LE DOORMAN

"Domaine français"

ISBN 978-2-330-14427-2

MADELEINE ASSAS

LE DOORMAN

roman

ACTES SUD

pour Didier

Oui, c'est New York, un perpétuel tohu-bohu. Mais que faire ? L'Amérique est notre dernier refuge.

Isaac Bashevis Singer

La nostalgie de l'absolu est sans doute la véritable motivation de tout vrai voyageur.

Annemarie Schwarzenbach

Le 9 novembre 1965, à 17h28, une gigantesque rupture du courant électrique se produisit à New York.

Dès le lendemain, l'incontournable succession exponentielle des chiffres, énumérant en désordre le nombre de foyers paralysés, les heures sans fin dans l'obscurité, le décompte des populations en mouvement cherchant la lumière, celui des sauveteurs réquisitionnés ou improvisés, révéla l'ampleur de l'événement. Une catastrophe pour les uns, une péripétie curieuse, excitante pour les autres, la plus grande part de l'énorme population du Nord-Est des États-Unis touchée par la panne.

Il y en eut qui regrettèrent presque ces heures d'obscurité, d'immobilité, de marche forcée, d'attente impuissante, et pensèrent encore longtemps après, avec nostalgie, au rapprochement improvisé de la multitude, à la solidarité soudain inévitable et instantanément gratifiante, aux élans spontanés qui se manifestèrent partout sans compter, grâce à la faillite d'un petit relais électrique de dix centimètres, dans une centrale de l'Ontario.

Il y eut des chiffres records : la durée de la panne – jusqu'à quatorze heures –, le nombre de personnes immobilisées, coincées dans les métros, les ascenseurs, sur les quais de gare ; celui des policiers, des pompiers, membres des forces de l'ordre et de secours, en service ou appelés en urgence sur le terrain.

Il y eut bien quelques pillages et bris de glaces. Mais le nombre des personnes arrêtées fut étonnamment bas et celui des accidents anormalement faible, malgré l'arrêt de tous les feux de circulation de la mégapole. Dans cette ville où le superlatif est le fondement même de toute existence, humaine, architecturale, professionnelle, financière, esthétique, la fierté et le plaisir d'aligner des chiffres dépassant le périmètre du commun des mortels, à savoir tout ce qui n'était pas new-yorkais, les individus, les métros, les bus, les hôpitaux, les repas distribués gratuitement, les couvertures, les anecdotes, cocasses ou bouleversantes, les bougies, furent jubilatoires.

Des mois durant, New York se rengorgea du succès de la gestion de l'incident. Et aucun New-Yorkais ne manqua de signaler, fier et incrédule à la fois, que la statue de la Liberté était restée éclairée pendant toute la durée de la panne. On se garda bien de préciser que le flambeau de la grande dame était alimenté par le réseau du New Jersey voisin, source d'électricité indépendante. Ce New Jersey raillé, méprisé qui, le temps de ces jours d'euphorie et de solidarité, remonta dans l'estime de ceux de l'autre rive, à l'autre bout du Holland Tunnel, puisqu'il s'était fort bien acquitté de la tâche noble et essentielle de veiller sur le symbole de la ville. Qui sans faillir, seul sur son caillou, continua d'éclairer le monde et les eaux obscures de l'entrée du port.

Il y eut des rencontres improbables, des entraides incongrues. C'était la panne totale, compacte d'obscurité et mouvante d'ombres, mais partout dans la ville jaillirent des étincelles d'humanité dont la grande ruche avait oublié sinon l'existence, du moins la possibilité même d'une infime manifestation.

New York est sacrément, salement et merveilleusement humaine. Elle est brutale, dure, âpre, hautaine. L'agressivité et l'impatience disparurent des canyons de pierre, des avenues bondées, des rues surpeuplées, des parcs, des bureaux, des magasins, de la fin de l'après-midi jusqu'au lendemain matin.

Ce 9 novembre 1965, dans l'ascenseur du 10 Park Avenue, Hannah Belamitz et moi nous nous sommes embrassés. On ne sait pas vraiment quand le baiser commence. Même espéré, même attendu, cet instant fugace est en général oublié. Je pense que c'est elle qui m'a embrassé. D'abord. Ce baiser ne fut ni le début ni la fin de quelque chose. Il s'inscrivit, à l'instar de la panne, comme un soupir, une interruption infinitésimale sur l'échelle du temps, avant que le monde ne reprenne sa course, le chaos urbain son désordre organisé et l'ascenseur, sa montée vers le dixième étage.

Comme tous les mardis, j'avais beaucoup marché avant de prendre mon service, à seize heures. C'est le jour où je retrouve Salah. Salah Waahli est mon premier ami, ici. Il a quitté sa Palestine natale quand celle-ci est devenue l'État d'Israël. Son âge paraît fluctuant, selon qu'il sourit ou pas. Nous nous étions rencontrés l'hiver précédent, au marché aux poissons. Après avoir déchargé pendant plusieurs semaines les casiers de l'entreprise de pêche Fanelli, je conduisais alors un camion de livraison. Lui, travaillait pour un oncle qui avait un restaurant à

Brooklyn, et choisissait la marchandise. Il m'avait demandé du feu. Appuyé au camion, j'attendais en grelottant la fin d'un chargement. La glace pilée débordant des étals, la vision des poissons brillants et pétrifiés sur ce linceul blanc, l'air troublé des brumes composites des souffles des humains énervés qui s'invectivaient sous la lumière crue des néons et des jets noirâtres des pots d'échappement des véhicules sur le départ, durcissaient d'autant plus l'atmosphère glaciale de cette aube de décembre. Mon cœur était lourd d'ennui, de solitude. Après les premiers mois d'installation, pendant lesquels j'avais profité de mon indépendance, apprécié comme jamais ma liberté, chéri ma solitude et savouré le luxe ultime de ne rien devoir à personne et ne compter que sur moi ; quand, peu à peu, moi et New York était devenu New York et moi, j'ai senti que, sujet minuscule avalé par le monstre, il me fallait respirer, prendre des pauses. J'ai compris que si je ne voulais pas être digéré par l'énergie colossale de la ville et rejeté comme un débris par sa mécanique sans pitié, je devais me construire, ou plus exactement me reconstruire. Recomposer un monde affectif autour de moi, au moins une bulle, modeste, et cela passait par des rencontres, des liens. Les rencontres étaient faciles à New York, le contact simple, immédiat. Mais je restais profondément européen, français, dans mon comportement. J'abordais les autres avec timidité, une réserve polie, presque sauvage à l'étalon de la cordialité américaine, directe et bruyante. Or je brûlais de curiosité. Je m'interrogeais sur l'affabilité du sourire qui s'étirait devant moi, je voulais découvrir, connaître, aimer. Au marché aux poissons, c'était impossible. Tout était trop froid, et pas seulement les matins d'hiver. Tout allait trop vite. Les gestes, les transactions ne pouvaient être suspendues.

J'avais répondu machinalement à Salah que je ne fumais pas. Au lieu de s'éloigner, il s'était rapproché de moi. Son regard direct, interrogateur, m'avait fait lever la tête et décroiser les bras que je gardais contre moi pour me réchauffer.

Il m'avait demandé : "Tu as un accent. Tu es français ? – Oui", j'avais répondu.

Je n'avais pas su décrypter le "ah, ah…" ascendant et chantant, ni français ni anglais, qu'il m'avait lancé, mi-curieux mi-moqueur. Et on en était restés là.

Petit à petit, avec l'approche du printemps, on avait commencé à échanger davantage, dépassé les sujets de la météo et des poissons. Il faisait jour plus tôt et, même si la température était encore basse, la fraîcheur était différente, annonciatrice des beaux jours. Le soleil léchait les eaux de l'East River et créait sous le pont des carrés de lumière où il faisait bon accueillir, les yeux fermés, la douce chaleur des premiers rayons. Ou boire vite fait un café. Nos chargements terminés, on s'accordait toujours un bref moment, avant qu'il ne parte pour Brooklyn et moi vers mes livraisons. On avait beaucoup parlé de l'Algérie, où j'étais né. Il ne me parlait pas de lui. Seul le présent comptait. Il me disait : "Je suis amoureux de New York comme d'une femme. Quand je ne travaille pas, je marche, je marche, New York c'est le monde, c'est chez moi et c'est une terre étrangère, les territoires, les peuples, tous différents ! Les frontières, je les passe toutes, je vais, je viens, no passport, no control ! Tu veux m'accompagner ?"

Je ne demandais pas mieux. Pour moi, c'était avant tout la meilleure façon de découvrir la ville. Depuis mon arrivée, je ne m'étais pas encore beaucoup aventuré au-delà du périmètre de ce que j'appelais mon appartement, un petit studio sur Eldridge Street, et du trajet vers Fulton et le marché. Et Salah était ce qui ressemblait le plus à un futur ami, j'osais l'espérer. J'avais accepté et depuis, ensemble, nous nous consacrions un jour par semaine pendant quelques heures, à la découverte de la grande cité. Des premiers dimanches nous étions passés au mercredi, au lundi, puis au mardi, au gré de nos jours de repos. Ou plutôt du mien : j'avais deviné qu'il s'arrangeait avec son oncle pour faire coïncider notre journée de congé. Quelles que soient l'humeur du ciel ou la nôtre, nous partions en exploration, nous marchions.

J'avais alors quitté le marché aux poissons. Lui aussi. Il accueillait les clients au restaurant de son oncle et avait commencé des études de cinéma à NYU. Moi, j'avais trouvé une place de réceptionniste dans un hôtel de Midtown, près de Grand Central, et trois jours par semaine, j'étais serveur dans un restaurant de l'Upper West Side. C'était avant de travailler ici, sur Park Avenue.

Ce 9 novembre, il commençait à faire froid. À New York, en automne et jusqu'en décembre, le thermomètre fait le yoyo et il faut quelquefois attendre la fin du mois de janvier pour que le ciel se décide à basculer dans le long tunnel de l'hiver, sans soubresauts d'été indien ou autres signes de printemps précoce. J'attendais Salah sur Lexington, à l'angle de la 41e rue. Le rituel est le même depuis que nous avons commencé nos équipées. Il m'appelle, me donne rendez-vous à l'angle d'une rue et d'une avenue. Jamais une sortie de métro, ou dans un café. Se retrouver dans la rue, c'est sans doute pour lui être déjà en marche. Il est d'une ponctualité scrupuleuse qui m'oblige à la même courtoisie. Il arrive le plus souvent de Flatbush, où il vit, ou d'Atlantic Avenue où habitent ses parents. C'est toujours lui qui choisit notre itinéraire. Rien de remarquable ni de pittoresque, rien de beau ni de spectaculaire, il ne s'agit pas d'une promenade touristique. On dessine des rectangles, trois blocs sur trois, sept sur sept, dix sur dix, cela dépend du temps dont nous disposons, de nos découvertes et de nos conversations. Une portion de rue, un morceau d'avenue, une portion de rue, un morceau d'avenue. Invariablement, nous commençons par remonter vers le nord. Ou bien on s'engage dans une rue jusqu'à l'avenue frontière qu'il a décidée ce jour-là, puis la rue au-dessus, le petit segment d'avenue de l'autre côté du rectangle, et on plonge dans une autre rue. Nous dessinons de nos pas un tissage urbain invisible. Notre marche est rapide, nous devisons côte à côte mais c'est lui le meneur. Souvent il s'arrête, stoppe brutalement notre conversation du moment pour commenter la ville, inlassablement.

— Tu vois, on pense ici que l'horizontalité est limitée, à la différence de la verticalité. C'est faux ! Regarde. – Il me prend par les épaules, me place dans un axe est-ouest, à partir des 30e rues, il fait ça systématiquement. – Suis la rue vers l'ouest, ou vers l'est – il me bouscule, me tourne brutalement de l'autre côté –, cette trouée magnifique, cette saignée grandiose entre les buildings, qu'est-ce qu'il y a de l'autre côté, hein ? Qu'y a-t-il au bout de ce ciel ?

— Eh bien, à l'ouest l'Hudson, de l'autre côté l'East River, New York est entouré d'eau, c'est une île, je réponds.

— Mais tu ne les vois pas ! Il y a… Je ne sais pas, imagine ! – Il s'anime. – Une falaise à pic, une autre ville gigantesque, l'océan, une flotte de galions hollandais fantômes, de bateaux anglais rouillés…

— Tu devrais faire du cinéma.

— Je croyais les Européens un peu plus rêveurs et poètes. Surtout toi, un Français.

— Il y a surtout la voie rapide FDR et Brooklyn, Queens…

Salah lève les yeux au ciel, puis m'enfonce son index dans la poitrine.

— C'est la verticalité qui est limitée. Et tu sais pourquoi ? Parce que sa limite, c'est l'arrogance. – Comme par réflexe, il se tourne vers le sud. – Il paraît que l'année prochaine va commencer la construction d'un gigantesque complexe d'affaires Downtown, près de Wall Street, les plus hautes tours de New York. Jusqu'où vont-ils aller !

Sa passion m'amuse. Je ne discute pas, je sens qu'il attend, dans ces trajectoires géométriques que nous dessinons semaine après semaine, que quelque chose se passe, quelque chose d'inhabituel, de surprenant. Il est comme au cinéma. Je le soupçonne quelquefois d'organiser notre trajet du jour, de faire des repérages pour mieux apprécier la promenade avec moi et commenter le plus précisément possible nos découvertes. Pour ma part, il me suffit d'un son, un parfum, un regard échangé. Chaque passant, chaque individu croisé est un monde à lui seul, un voyage mystérieux. La ville vibre de millions de promesses.

Elle est puissante, dangereuse, imprévisible. On ne peut vivre qu'aux aguets, à New York. La vie vous submerge, la mort est partout.

Aujourd'hui, notre but était Tudor City, cette enclave très particulière au bord de l'East River entre les 40e et 43e rues. Les limites du jour étant la Première et la Deuxième Avenue, nous n'avions pas beaucoup marché depuis notre point de départ. En allant vers l'est, les piétons se faisaient plus rares, même la chaussée était vide. Entrés dans ce territoire unique à Manhattan, nous nous sommes assis dans le petit parc cerné de grands buildings rouges néogothiques. Les bruits de la ville nous parvenaient étouffés. Nous étions comme sur une île. Presque déserte. Saisis par ce qui pouvait être considéré comme du silence dans cette métropole où il n'existe pas, peu à peu engourdis par la quiétude du lieu, nous sommes restés sans parler sur notre banc, à observer les ombres du jardin, les pigeons, les quelques passants qui longeaient les grilles du parc. Nous étions seuls. L'endroit me mit soudain mal à l'aise. Trop protégé, trop à l'écart du chaudron. Trop tranquille. Je ne savais pas encore que Tudor City, comme toute la ville, serait plongée dans le noir à la fin de la journée, que gargouilles, corniches, dentelles minérales et balcons de pierre disparaîtraient dans l'obscurité accidentelle de la panne. L'îlot de briques écarlates et les enchevêtrements de pierre composeraient alors un décor de cauchemar, mystérieux et effrayant.

Revenus un peu plus tard à notre point de rencontre sur Lexington Avenue, grouillante d'une masse pressée, bruyante, nous nous sommes quittés rapidement, comme à notre habitude, en nous serrant légèrement la main. Le vent se levait, faisait rouler des papiers sales, voler les cheveux des femmes qui se hâtaient vers Grand Central. À contre-courant du fleuve continu qui me frôlait, me touchait, me heurtait, je suis redescendu vers Park Avenue, soulagé de replonger dans le vacarme, le mouvement, la multitude.

— Vous vous souvenez de notre rencontre dans ce restaurant… Comme s'appelait-il déjà ?

— Le Zarzuela.

— Oui, un restaurant espagnol ! Je me souviens, vous portiez une chemise rouge, très rouge. Je me demandais si votre moustache était fausse !

Elle rit. J'ignore où elle se trouve précisément dans la cabine. J'ai perdu mes repères. Nous sommes deux noyés dans l'obscurité de cet ascenseur qui devient peu à peu une boîte, qui se rétrécit inexorablement. Je me suis assis sur le sol parce que je commençais à trembler. J'aime l'obscurité mais je déteste les espaces clos. Je ne peux même pas m'accrocher au halo de la veilleuse elle aussi en panne pour échapper à ce noir solide. J'agrippe mes chevilles, la tête rentrée dans mon col.

Deux heures. Peut-être trois, que nous sommes prisonniers. Et elle rit. Debout sans doute. J'entends, dans le bourdonnement qui emplit mes oreilles, sa voix au-dessus de moi. Ou bien elle s'est assise, si elle a réussi à rabattre la petite banquette de bois. J'essaie de ralentir ma respiration, d'inspirer profondément sans que cela s'entende.

— Vous savez, madame Belamitz, vous n'êtes pas obligée de me faire la conversation.

— Non, je me demandais… C'était très bon ce que nous avions mangé.

— De la paella.

— C'est ça, de la paella ! Je ne connaissais pas du tout. C'était délicieux. C'était vous qui la faisiez je crois.

— Oui. C'est une recette de ma mère, qui la tenait de ma grand-mère. Il paraît que mon arrière-grand-père, qui était cuisinier, est allé jusqu'à Liverpool faire goûter sa paella.

— Liverpool ? Il était anglais ?

— Non ! – Je ris. J'en profite pour souffler deux petites expirations silencieuses. Je me sens soudain mieux grâce à Juan Batista de Liverpool. – Il venait de Valence, Valencia, en Espagne.

— Alors vous êtes un peu espagnol ?

— Je suis beaucoup espagnol.

Je l'entends respirer. Un léger soupir.

— Vous deviez être un bon fils.

Les minutes, les heures n'existent plus quand on cesse d'y penser. Un fourmillement douloureux me paralyse le pied droit. J'ai chaud. Je vais essayer d'enlever ma veste d'uniforme sans qu'elle ne s'en aperçoive.

— Vous pouvez enlever votre veste, vous savez. Il fait chaud.

— Merci.

— Ne vous inquiétez pas, je me suis déjà débarrassée de mes chaussures.

Nous avons bavardé ainsi pendant presque sept heures. C'était surtout elle qui parlait. Par moments, je voulais qu'elle se taise. J'avais besoin du silence pour me concentrer sur mon angoisse, l'envie insidieuse d'uriner, la sueur que je sentais perler sur mon cuir chevelu, le chuintement dans mes oreilles. Mais il m'oppressait aussi. Elle l'avait compris. Nous étions dans le noir. Hors du temps.

— M. Belamitz et moi, nous n'avons pas eu d'enfant. Nous n'avons pas voulu. Vous avez toujours votre père ?

— Il est mort.

— Je suis désolée.

— Ce n'est rien… Je veux dire que vous ne pouviez pas savoir. Il est mort pendant la guerre.

— La guerre d'Algérie ?

— Non, la Seconde Guerre mondiale.

— Mais vous m'aviez dit, je crois, votre mère…

— Ma mère est morte pendant la guerre d'Algérie. Mon père, c'était avant.

— Vous deviez être si jeune. Vous êtes seul alors, Ray ?

Je l'ai entendu comme une question mais ce n'en était pas une.

— Oui. Non. Je ne me sens pas seul ici, à New York.

— Je suis née ici. Pinchus vient de Brooklyn. Mon père aussi était né à Brooklyn.

Dans l'obscurité, on ne sait pas de quoi sont faits les silences.

— Il est mort en Europe. Un endroit qui s'appelle Sobibor. Il était retourné chercher sa mère, qui elle-même voulait ramener la sienne ici, en Amérique. Il était têtu… Mais la famille, vous savez…

Le dos appuyé contre la paroi de l'ascenseur, je ravale les mots qui se bousculent. Je connais à peine cette femme et je me dois de rester à ma place. Je voudrais lui dire que mes parents, en réalité, ne sont pas morts *pendant* les guerres. On dit *pendant la guerre* mais l'expression devrait rester dévolue aux soldats, aux militaires, aux politiques. Aux hommes en armes, sur le terrain des champs de bataille ou des combats idéologiques.

J'aurais voulu lui dire que mon père avait été raflé à Nice, en 1942, après avoir traversé la Méditerranée pour faire passer une partie de sa famille en Italie et en Corse, Oran-Gênes sur un cargo maltais et une mer démontée. Ma mère, elle, avait disparu le 5 juillet 1962 à Oran, trois mois et demi après le cessez-le-feu. Le massacre d'Oran a gardé ses mystères, ses disparus et ses morts, et ma mère effacée. La Méditerranée reste pour moi une mer sanglante. Une nappe froide de silence recouvre ses vagues de tragédies. Ce silence, c'est ma force, mon arme et ma survie. Même si cette Hannah Belamitz, avec sa voix douce, ses phrases qui se terminent toujours comme si elle questionnait, comme si ses affirmations manquaient de certitude, ébranle de sa délicatesse et de sa sollicitude mes résolutions de secret et d'oubli. C'est elle qui m'avait proposé, l'été dernier, alors que je transpirais sous la chemise en nylon rouge du Zarzuela, de venir travailler ici. Pinchus Belamitz, son mari, était à la tête du *board*, le conseil des copropriétaires, et ils cherchaient un doorman. Elle m'avait posé la question, avec cette façon de vous regarder comme si c'était à l'intérieur de vous et j'avais dit oui tout de suite. Je pouvais laisser tomber l'hôtel et le restaurant, doorman, c'était un job à plein temps, et même plus que ça, je ne le savais pas encore.

Je me suis levé pour me dégourdir les jambes, en quelque sorte, dans l'espace réduit.

J'ai senti sa main légère sur mon bras. J'ai senti sa chaleur. Et puis ses lèvres sur les miennes. L'oubli. Le silence. Nos souffles. La lumière est soudain revenue, tremblante, nouvelle. L'ascenseur a hoqueté, soupiré et il s'est lentement élevé, comme par magie. Je n'ai pas bougé. Elle me regardait, elle m'a souri. Un sourire doux, triste, qui m'a serré le cœur d'une tendre poigne incompréhensible. L'ascenseur s'est arrêté, les portes se sont ouvertes et elle est sortie, ses escarpins à la main, sans se retourner.

Le 10 Park Avenue est un ancien hôtel. Construit dans les années 1930, il a été reconverti, comme nombre de ces grands bâtiments édifiés dans le New York de l'entre-deux-guerres, en immeuble d'habitation. Après toutes ces années à mon poste de doorman, je reste surpris par la pénombre du grand hall quand, les jours d'été, je laisse derrière moi l'avenue brûlée de soleil. Tourne la large porte à tambour et c'est entrer dans un autre monde, retrouver un passé luxueux figé en couleurs sombres, bois, cuivre et velours. La réception du concierge est restée la même depuis les riches heures oisives, où escarpins et richelieux vernis foulaient élégamment le sol à damier noir et blanc. Derrière le comptoir de marbre, le mur de bois sculpté en arabesques compliquées garde la marque des clés des chambres et l'empreinte de missives aux couleurs pâles. Depuis les années 1950, les crochets de cuivre sont inutiles et les niches cirées muettes.

Les voyageurs de passage sont aujourd'hui des résidents, la plupart d'entre eux propriétaires d'appartements de diverses superficies mais au standing à peu près égal. La moyenne d'âge est plutôt élevée, la population aisée, le 10 Park Avenue est une adresse sinon prestigieuse du moins recherchée, telle qu'elle sera définie à l'aube du XXIe siècle, quand la fièvre immobilière s'emparera de la ville. Sur vingt-deux étages, les cent dix logements diffèrent selon le goût de chacun, classique, excentrique, minimaliste, kitsch. Il y a le style américain, le genre européen, anglais ou français, l'ambiance orientale, quelques capharnaüms qui tiennent plus du garde-meuble d'antiquités que du lieu de vie. Je les découvrirai peu à peu.

En cette année 1965, quelques mois après ma prise de fonction, je n'ai pas encore visité tous les domiciles. Il m'est arrivé quelquefois d'apporter mon aide, chargé de paquets, de bagages, ou de pousser la chaise roulante de Mme Raider lorsque celle-ci est revenue de l'hôpital. Mais mon service s'est arrêté sur le seuil de la porte. De même, si j'ai l'obligation et le devoir, par mon poste, à la fois d'accueil et de vigie, de mettre un nom sur chaque résident de l'immeuble, je ne connais pas, pour l'instant, tous les habitants. Cela dépend de l'heure de mon service.

J'ai débuté par le service de nuit. Je commençais à vingt heures et je finissais onze heures plus tard. Trop tard pour dire bonsoir à ceux qui rentraient du travail, trop tôt pour les saluer d'un bonjour matinal au commencement d'une nouvelle journée. J'ai toujours préféré cette tranche horaire nocturne. Non parce que les départs et les arrivées des habitants et des visiteurs y étaient moindres et par conséquent ma tâche plus légère et mon attention plus relâchée, mais parce que le soir, la nuit, sa fin et le lever du jour donnaient à ceux et celles pour qui je faisais tourner la porte d'une pichenette bien réglée une sorte d'aura magique et mystérieuse. Un des deux doormen de jour, Vince, appelait ces heures, *the glamourous time.*

Souvent, c'était en effet l'heure du théâtre ou de l'opéra, le moment d'un dîner en ville entre amis dans un restaurant huppé à la cuisine le plus souvent d'inspiration française. La manche de mon uniforme frôlait vison, cachemire, vigogne ou cape de soie. Car en ce temps-là, dans certains quartiers de la ville comme le nôtre, on s'habillait encore pour sortir et le 10 retrouvait sa riche et scintillante atmosphère de grand hôtel.

J'avais noué une relation particulière, que j'ai toujours gardée même lorsque je suis passé, l'année suivante, "de jour", avec ceux de la nuit. Ils étaient plus disponibles, plus insouciants. Les femmes me souriaient, j'étais le premier regard étranger qui les découvrait dans leurs atours de soirée, en sortant de l'ascenseur. À la fois bienveillantes et séductrices, elles plongeaient leurs yeux dans les miens comme dans un dernier miroir. Leurs compagnons appréciaient, fiers et amusés, complices.

Mais plus que les autres, mes préférés restaient les chiffonnés du petit matin. Durant toutes ces années, il y en eut toujours six ou sept, souvent les mêmes, sur les deux cents habitants du building. Quand il ne faisait pas trop froid, j'aimais faire le guet à quelques pas des portes, sous le dais de toile vert foncé, et je les voyais arriver, en tanguant, à petits pas comptés, ou la démarche maintenue digne jusqu'à l'écroulement final devant l'ascenseur. Au fil des mois, des liens de confiance réciproque établis, j'en ai soutenu plus d'un jusqu'à son appartement où, après les avoir fait entrer, et plus ou moins installés dans un fauteuil – je ne pouvais en faire davantage –, je me voyais sollicité d'un dernier verre, de confessions que j'essayais d'écourter le plus diplomatiquement possible, ou de propositions loufoques. Mes chiffonnés du petit matin restaient toujours affables et polis. Les quelques agressifs qui gâchèrent ces moments suspendus de l'aube, où j'avais le sentiment d'être le capitaine d'un grand navire solitaire dans l'océan de la nuit, furent rares. Ils n'étaient pas réellement ni volontairement méchants et je les comprenais. Nous étions seuls et nous en souffrions à cette heure sombre du jour, chacun à notre manière, agitée et décousue ou silencieuse et immobile.

Le doorman est à la fois omniprésent et invisible. La fonction et l'uniforme lui assurent une légitimité, gardienne de l'édifice, et je ne parle pas ici du bâtiment. La moindre remise en question et la vie de chacun s'en trouverait atteinte, minée.

Le doorman est un pilier. Il est le rempart entre le chez-soi et l'extérieur, entre la lumière et l'obscurité. Il ouvre la porte de l'intimité et du confort, rassurant. À l'inverse, dernier témoin avant le saut dans la ville, vers une nouvelle journée, vers ce qui a toujours une part d'inconnu, le doorman sait si vous partez pour un rendez-vous important, un examen, une rencontre amoureuse, chez le médecin, pour des vacances ou des funérailles. Certains résidents sont plus discrets que d'autres mais leurs précautions ne résistent pas à l'observation du doorman, elles disent même davantage que d'évidentes manifestations. Il connaît les expansifs, les extravertis, comme il déchiffre les secrets et les timides. Tout en restant à sa place, en marge de l'intime. Au service, mais pas servile, on ne le lui pardonnerait pas. Même les résidents les plus exigeants et les plus capricieux. Ce serait leur renvoyer une image détestable et vulgaire d'eux-mêmes. C'est là où la fonction d'invisibilité est utile. Quand chaque foyer est reconnaissable à ses poubelles, ses déchets, le nombre de bouteilles d'alcool jetées, les flacons de médicaments vidés chaque semaine, la discrétion devient virtuose vis-à-vis des habitants comme des autres doormen et du concierge, même si chacun sait qu'il sait. Quant au superintendant, il veille à cette tour de Babel de comportements divers et d'attitudes contrastées. C'est le seul à qui l'on pourrait rendre compte d'un problème qui troublerait la vie de l'immeuble et engagerait alors sa responsabilité. Le plus souvent dans son bureau, il est en permanence dans l'immeuble, il y habite, et trouvera réponse à la moindre question posée par résidents ou visiteurs, transmise par l'intermédiaire d'un doorman ou du concierge.

Je préfère mon poste. C'est grâce à lui que j'ai appris New York, outre les promenades avec Salah. Un New York aisé, confortable certes, loin de la crasse générale de la ville, de la misère des rues de Times Square, de la bohème agitée du Village ou de certains quartiers de la périphérie dont le déclin annonçait alors la destruction inexorable. La population du 10 était homogène, mais l'on pouvait deviner, par d'imperceptibles signes, les contrastes entre les familles dont l'aisance financière déjà lointaine était devenue héréditaire et celles dont la fortune plus récente les avait conduites ici, première génération d'après-guerre à avoir quitté les quartiers surpeuplés du bas de Manhattan. Ces derniers apprenaient vite. Je faisais comme eux.

J'étais d'autant plus chanceux et protégé que Mme Belamitz, quand le *board* avait donné son accord pour me proposer la place, avait immédiatement évoqué un studio au dernier étage, qui lui appartenait, et qu'elle pouvait me louer à un prix raisonnable, en réalité dérisoire pour le quartier. J'avais hésité, je voulais garder ma liberté. Vivre sur son lieu de travail, et particulièrement sur Park Avenue, ne correspondait pas à mes désirs d'indépendance et d'intégration, à l'envie que j'avais de me fondre dans la masse de tous ces employés, ouvriers, travailleurs qui chaque jour prenaient le métro, ou le bus, pour rejoindre le lieu où ils gagnaient leur vie. Le trajet depuis Eldridge Street ne me faisait pas peur. Je ne voulais pas, non plus, paraître privilégié aux yeux des autres doormen et du personnel de l'immeuble. Mais Mme Belamitz avait opposé un sourire amusé à mes arguments et j'avais finalement cédé. Je m'étais aperçu que je ne pouvais rien refuser à Hannah Belamitz.

Une semaine plus tard, la petite Alma Wald, cinq ans, du 17B, m'interpelle devant l'entrée. C'est le début de l'après-midi, je ne suis pas en service. Je m'apprête à sortir, marcher seul, descendre Park Avenue jusqu'à Gramercy Park, pousser jusqu'au Lower East Side, mon ancien quartier, où je dois retrouver mon ami Bentzion. Je ne reprends mon poste qu'en début de soirée. La petite Alma est très curieuse. C'est une enfant espiègle, joyeuse et polie, la plus jeune de toute la copropriété. Son père est un militaire de carrière, souvent absent. Sa mère, traductrice, travaille chez elle. Alma me reconnaît mais, pendant quelques secondes, son regard reste interrogateur, elle me dévisage, timidement ses yeux descendent sur mes vêtements, caban en laine, jean. Je vois bien qu'une foule de questions se bousculent dans sa tête de petite fille vive et intelligente mais elle est trop bien élevée pour les exprimer. C'est la première fois qu'elle me voit sans mon uniforme. Je ne suis pas mécontent. Le sentiment d'être un usurpateur d'opérette, l'impression d'évoquer l'image d'un amiral en goguette perdu sur la terre ferme, avec ce costume noir à galons et boutons dorés, mettront du temps à disparaître au fil des années. J'oublierai peu à peu la longue veste raide, la casquette, les gants blancs au port obligé en soirée, je demeurerai le doorman, mais je serai enfin devenu moi-même, Ray, un sang-mêlé parmi les sangs-mêlés.

— Hello… Ray ?

— Bonjour, mademoiselle.

Je la salue en français, elle adore ça. Je dis bonjour à sa mère, qui tient sa petite main.

— Comment allez-vous, Ray ? Belle journée, n'est-ce pas ?

— Oui, on a de la chance.

La petite intervient :

— Nous, on a mis des bougies partout, c'était très beau. J'ai pas eu peur. Et toi ?

— Alma, s'il te plaît, Ray doit s'en aller, laisse-le tranquille.

— Ça ne me dérange pas, madame Wald.

Je m'adresse à Alma :

— Moi j'ai eu un peu peur, je suis resté coincé dans l'ascenseur.

Elle me fixe, étonnée. Elle devine, par mon expression, mon intonation, qu'il y a quelque chose d'effrayant dans ce que je viens de lui dire. Je le regrette presque. Mais face à cette enfant si vive, il m'est difficile de mentir, d'édulcorer une histoire, je ne peux m'empêcher de plonger sans réserve dans la conversation secrète qu'elle tient avec son imaginaire et lui répondre le plus sérieusement et le plus sincèrement possible. Elle est déjà, à son âge, d'une perspicacité que je me dois de ne pas trahir. Je réalise soudain que c'est la seule enfant que je connaisse, à qui je m'adresse. Je cherche quelques mots d'humour pour la rassurer mais déjà elle entraîne sa mère dans la rue.

Je descends l'avenue ensoleillée. En cette mi-novembre, la fraîcheur est de printemps. Les piétons dispersés deviennent une petite foule compacte aux intersections des rues, chacun se presse pour traverser, poursuivre sa course. Où vont-ils tous ? Vers où courent-ils, vers quelle rencontre, quel destin ? Nuit et jour, l'essaim bourdonne, soupire, crie, crache. La cacophonie sonore en est l'écume, le couronnement.

J'avance d'un bon pas, franchis les rues par ordre décroissant avec une régularité de métronome. J'entre naturellement dans la mécanique de la marche. Quand je suis avec Salah, qui s'arrête, sautille, accélère, le mouvement est heurté, l'allure dissolue. En solitaire, je trace, j'inscris mes pas sur le trottoir à distance égale millimétrée. 29e, 28e, 27e, je pourrais faire le décompte les yeux fermés rien qu'en comptant mes pas. Je suis presque certain que leur nombre, par bloc franchi, est identique.

À l'approche des 20e rues, le paysage change imperceptiblement. Si, sur Park Avenue, la masse architecturale reste majestueuse, les immeubles des rues transversales deviennent des maisons de trois ou quatre étages. Des volées d'escaliers abrupts mènent aux entrées, protégées de barrières en fer forgé à la peinture écaillée. L'hygiène est désinvolte, des papiers gras, des emballages déchirés, des restes d'ordures barrent les bouches d'égout, quelques poubelles grillagées débordent.

Je suis toujours surpris, souvent choqué, par les contrastes d'une rue à l'autre, d'un bloc à l'autre.

Le regard saute de l'opulence à la misère et inversement, le temps de trébucher sur la chaussée défoncée en traversant une frontière invisible.

J'approche de Gramercy Park qui, avec ses immeubles cossus protégeant l'écrin du petit parc privé, est bien loin de la violence et de la pauvreté d'autres blocs pourtant tout proches. Je longe les grilles de l'îlot désert et serein. Des riverains passent, tenant en laisse des chiens extravagants. Je jette un coup d'œil discret aux fenêtres des entresols mais ne distingue pas grand-chose dans les reflets du soleil. La place est bicolore, dorée et bleutée, ombre et lumière, je passe de l'une à l'autre comme autant de saisons, de mystères irrésolus.

Mes pas me mènent bientôt vers l'autre parc du quartier, Stuyvesant Square Park, et j'aborde la Deuxième Avenue qui le divise, pour descendre retrouver Bentzion.

— Alors mon fils, quel est aujourd'hui le sens de ta vie ?

Je n'ai pas le temps d'enlever ma veste et de m'asseoir face à lui à l'une des tables de l'étroit B & H Dairy que Bentzion m'agrippe déjà de son affection.

— Là tout de suite, un café. Et un knish.

— Ah, nourritures terrestres !..., soupire-t-il, en se caressant la barbe.

— Je n'ai pas mangé.

— Et tu as beaucoup marché.

— Exactement.

— Et tu es jeune, mon ami. Voilà pourquoi je te repose la question, quel est aujourd'hui le sens de ta vie ?

Un serveur me verse du café dans une tasse épaisse et disproportionnée. Le temps que je me saisisse du sucre, une assiette avec deux knishes est posée devant moi. Bentzion feint la surprise.

— Tu crois quoi ? Que je ne sais pas ce que tu aimes ?

Bentzion est facétieux aujourd'hui, je le lui dis. Peu de chance qu'il se trompe. Depuis que j'ai découvert, grâce à lui, ces spécialités juives d'Europe de l'Est, chez B & H, pour moi, c'est invariablement knishes ou latkes.

— Bentzion, tu es un devin ! – Il grimace. – Tu es un grand sage ! – Il soupire. – Tu es mon rabbi !

Hilare, il me donne une petite tape sur la main et en profite pour escamoter un gros morceau de knish qu'il engouffre illico dans sa bouche.

— Alors, me demande-t-il la bouche pleine de pomme de terre, as-tu fait les lectures que je t'ai prescrites ?

J'ignore si son langage aux tournures alambiquées et au vocabulaire déroutant vient en droite ligne de la traduction de son polonais natal, ou si, à dessein, il emploie des phrases compliquées pour paraître plus savant ou plus énigmatique. Peu importe, je comprends toujours ce qu'il me dit, ou qu'il me laisse deviner. Il m'a confié un jour : "Ray, mon fils, j'ai presque le double de ton âge, tu viens du Sud de miel et de sable, moi des mauvais champs de betteraves et des petits bois de bouleaux maudits, mais tu comprends mon âme."

Il s'est mis dans la tête de m'éduquer, de me cultiver. Selon son expression, de faire chanter le sang juif que j'ai dans les veines.

— Bentzion, je n'ai pas le temps de lire. J'aime lire la nuit, mais c'est le moment où je travaille.

— Et la journée, tu fais quoi ? Ne me dis pas que tu gâches ta précieuse vie à dormir ?

— Non. Mais je n'aime pas lire la journée, j'ai l'impression de perdre mon temps, tu comprends ?

Il hausse les sourcils en secouant la tête, donne une petite tape sur la table.

— Tais-toi, tais-toi. C'est de ne pas lire qui est perte de temps ! Une… perte de vie, mon ami ! Comment…

— Avec tout le respect que je te dois, je n'ai pas, comme toi, le temps de me plonger dans un livre entre deux clients. Je suis debout, à la porte et, laisse-moi terminer, quand je ne travaille pas, j'aime bien sortir, marcher, rencontrer des amis, comme toi. C'est une autre forme de lecture si tu veux, lui dis-je dans une bouffée de son inspiration contagieuse et pensant le calmer.

— Raymond…

— Ray !

— Ray oui, Ray ! Tu veux faire ton Américain, d'accord. Mais tu as la chance, inouïe, magnifique – il cherche ses mots –, sainte, oui sainte, d'être né sur une autre terre, de venir de loin, et d'un ailleurs si riche et merveilleux. Ici, pas de place pour l'imaginaire, la rêverie, du concret, froid, épais, on doit marcher sur le granit sans jamais s'arrêter ou on crève dans le caniveau. – Il se penche vers moi, retient sa barbe vers son col de chemise comme si c'était une cravate. – Parce que, de toi à moi, reconnais que les vrais Américains, ce sont des brutes épaisses et incultes, non ?

Souvent il me provoque de la sorte et j'entre sciemment dans son jeu.

— Tu parles de qui, Bentzion ?
— Les Américains, tous !
— Et toi, tu es quoi ?
— Moi, j'ai été polonais, je suis un peu américain et beaucoup juif !
— Et un Américain, pris au hasard dans cette ville, ce n'est pas un peu tout ça, par exemple ?
— Pfff !
— Et qui t'a fait venir ici ?
— L'Alliance juive universelle.
— Et qui ?
— Oui. Bon. Des Américains.
— Et qui t'a fait entrer dans cette ville ?
— Un schmock d'Ellis Island.
— Alors, Bentzion, pourquoi tu m'embêtes avec ça ?
— Ray, mon fils, je ne peux pas m'empêcher de me torturer, c'est comme ça, sinon je meurs. – Il boit une gorgée de thé, fait la grimace. – Il est froid ! On arrive tout juste à soulever cette tasse, tu as vu comme elle pèse, et elle ne garde même pas la chaleur ! – Il s'appuie de tout son poids sur le dossier de sa chaise et lève une main. – Herschy, tu m'apportes du café ?

Herschel, qui doit avoir le même âge que lui, qui pourrait être son frère, se saisit d'une tasse et va chercher la cafetière. Je sais que ce sont les meilleurs amis du monde, qu'ils vont ensemble à la synagogue de Norfolk Street. Je me suis souvent demandé s'ils ne venaient pas du même coin en Pologne mais je n'ai jamais osé poser la question. Il y a des réponses que Bentzion ne voudra jamais donner à certaines interrogations concernant son passé en Europe. Mais ses nourritures spirituelles viennent directement du shtetl et des sages hassidiques avec qui il converse en silence au fond de son magasin d'Orchard Street, entre deux rouleaux de tissus bon marché.

— Laisse mes pleurs et mes soupirs me guérir en me reconstruisant et m'apportant la joie. Ne me laisse plus succomber à l'amertume ni à la dépression. Mon Dieu, montre-moi le sens de la vie. Qu'en penses-tu, mon ami ? dit-il en rouvrant les yeux.

— Rabbi Nahman de Breslau, répond Herschel, arrivé derrière lui et posant une tasse pleine sur la table.

Je lui fais signe de me resservir. Bentzion se tourne vers lui.

— Herschy, tu m'étonneras toujours…

— Herschel, s'il te plaît.

— … et je ne m'adressais pas à toi.

Ces deux-là sont réjouissants. Ils m'amusent et m'émeuvent. Ils sont les deux ventricules d'un même cœur battant, celui de New York, plein du sang d'une Europe massacrée et disparue qui renaît dans l'énergie tellurique du tohu-bohu citadin d'un monde nouveau.

Le jour où j'ai aperçu pour la première fois Bentzion Levi au fond de son minuscule magasin d'Orchard Street, perché sur un tabouret au milieu des rouleaux de tissus aux couleurs fanées, calotte sur la tête et plongé dans un livre, qu'il a soudain levé les yeux vers moi, figé sans raison devant sa vitrine, et que son sourire a illuminé le placard sombre qui était sa boutique, j'ai compris les mots *ancien* et *nouveau* mondes.

— Bentzion, aujourd'hui, le sens de la vie, pour moi, c'étaient les mots d'une petite fille, le soleil à travers les arbres de Gramercy Park et mon rendez-vous avec toi. Et un knish.

— *Mazel tov !* – Il hoche la tête. – Tu fais des progrès, Ray, c'est bien.

Je lui réponds parce que je veux lui faire plaisir. Mais j'aimerais lui demander : C'est quoi le sens de la vie ? Ce sens a différents sens, non ? Que veut dire la vie ? Où va la vie ? Où va ma vie ?

Quelques instants plus tard, le sens était celui du métro, vers le nord. Bentzion m'a serré dans ses bras, comme d'habitude. Comme d'habitude, il m'a accompagné dehors. Puis il a fait mine d'oublier quelque chose, et il est rentré dans le café retrouver Herschel. Comme d'habitude.

J'avais neuf ans en 1942, quand mon père a pris le bateau de son voyage vers la mort. Les dernières images que j'ai de lui sont confuses, tremblantes, je ne suis plus certain de leur réalité. L'ai-je rêvé, sur le pont du cargo, entouré de sa mère, de son frère et de sa sœur, ma tante, encore adolescente, agitant la main en un signe d'au revoir, ou de bénédiction. Il était confiant, malgré les avertissements répétés de ma mère. Je me souviens d'une dispute entre eux, quelques mois avant son départ. Il voulait se réfugier en France, en zone libre. Les mesures anti-juives avaient débordé jusqu'en Algérie française. Il avait perdu son poste de professeur de gymnastique. Il avait tenté de m'expliquer que même s'il avait retrouvé un emploi – les juifs d'Oran s'étaient empressés d'ouvrir une école privée où les enfants bannis pouvaient continuer à étudier et les professeurs révoqués à enseigner –, sa situation et celle de sa famille la plus proche, ma grand-mère, mon oncle et ma tante, pouvait s'aggraver. J'ai su, plus tard, qu'il avait appris que des cartons remplis de brassards avec l'étoile jaune attendaient à la mairie, et que ce n'était qu'une question de jours pour que la très zélée administration française obligeât les juifs d'Algérie à les porter. “Toi, tu ne risques rien”, me répétait-il, pour me rassurer. J’allais vivre avec ma mère dans sa famille à Gambetta, le quartier espagnol de la ville, au bord des falaises. Jusqu’à la veille de son départ, ma mère avait tenté de le dissuader de nous quitter. Il n’y avait pas de troupes allemandes à Oran, leur seule présence se signalait par d’épisodiques passages de l’aviation, haut dans le ciel. Les responsables de la défense passive, désignés par immeuble, nous ordonnaient alors de descendre à la cave, rue El-Moungar, où nous habitions, nous suivions les voisins à la queue leu leu dans le raide escalier aux marches inégales qui menait à l’abri, humide et poussiéreux. Chacun obéissait, personne n’était inquiet. On disait “les Allemands”, mais ils n’étaient pour nous qu’une entité abstraite, un groupe invisible, une menace lointaine, sans existence concrète, si ce n’était le vrombissement sourd de ses escadrons, un roulement de tonnerre qui s’évanouissait très vite dans les nuées et qui ne nous faisait pas peur.

Mon père craignait la population oranaise, majoritairement favorable au régime de Vichy. Il avait pensé partir à Alger, rejoindre le mouvement de résistance qui s’était organisé dès les premières heures de la guerre, mais ne voulait pas laisser ma grand-mère et ses frère et sœur. Son père était mort à Arras, pendant la Grande Guerre, il était le chef de famille, le guide. Il avait des cousins à Nice qui lui avaient proposé de les rejoindre, des amis italiens pouvaient les cacher dans une bergerie perdue dans le massif du Mercantour. Les Italiens, malgré Mussolini, cachaient les juifs. Ils étaient plus fiables que les Français, avait-il expliqué à ma mère. Elle s'était résignée, n'avait plus rien dit. Comme toujours, dès qu'elle avait pris une décision, quoi qu'il lui en coûtât, elle ne regardait jamais en arrière. Sa détermination était essentiellement motivée par moi, son petit garçon, elle voulait me protéger. Certaines femmes de leur entourage choisissaient leur mari. Elle avait choisi son fils et ne suivrait pas mon père, même si je savais que celui-ci aurait cédé si elle avait finalement décidé de l'accompagner. "Ton père me fait confiance, Raymond, tu es mon petit homme, ne me déçois pas", m'avait-elle dit, de retour du port. On a entendu deux fois la sirène du bateau qui s'éloignait. Elle marchait vite, le visage sec, tendu. On a pris le boulevard du Front-de-Mer pour rejoindre Gambetta, j'essayais de distinguer le bateau, comme si je voyais encore mon père, sur le pont, je le suivais par la trace écumeuse sur le bleu de la mer. Ma mère ne s'est jamais retournée.

Je ne sais plus rien de cet après-midi-là, de l'arrivée dans la maison de ma grand-mère, sur cette avenue des Palmiers qui donnait dans le vide de l'océan du ciel.

Elle avait installé un petit lit près de celui de ma mère, dans son ancienne chambre d'enfant. J'ai dû aller dans le jardin, jouer aux cailloux, sous la pergola, j'ai dû parler aux lapins, aux poules, à Rosalie la truie. Le soir tombait quand ma grand-mère est venue me chercher. Elle m'a tendu des quartiers d'orange. J'ai éclaté en sanglots et je me suis jeté dans ses bras. Cette journée a le goût du jus de l'orange, de la morve qui coulait de mon nez, de mes larmes et de l'odeur de savon de son tablier.

Mais j'étais un petit garçon vaillant et dès le lendemain, je m'imaginais soldat intrépide et vengeur, je dégommais de l'Allemand avec ma propre armée de poche, que je maniais sur le ciment craquelé de la terrasse dans une stratégie compliquée et avec une sévérité intraitable. J'avais peint la moitié de mes petits soldats en noir, c'étaient les Boches, les méchants, ils étaient tous morts à la fin de la journée. Je me parlais à moi-même, je jouais tous les personnages, je chuchotais des ordres, des invectives, des insultes. C'était un jeu secret. J'arrêtais net quand un adulte approchait. Je pensais, à tort, que ma mère, ma grand-mère et mes deux oncles, qui venaient de temps en temps prendre des nouvelles, étaient dupes. Ils me souriaient avec tendresse, m'embrassaient, me donnaient une tomate ou un verre de lait et me laissaient tranquille. La bataille reprenait de plus belle. Les gentils, c'était mon armée à moi. Les gentils, ce n'étaient pas les Français. Qui et où étaient les gentils ? Je n'en savais rien et cela n'avait pas d'importance. L'armée de Raymond était la seule, courageuse et invincible.

Mon père me manquait. J'aurais voulu qu'il fût là. C'était son visage que je voyais chaque soir avant de m'endormir, son sourire, la petite cicatrice qu'il avait au-dessus de la lèvre. Je pouvais presque sentir sa main sur mes cheveux. Mais je n'aurais pas si bien joué aux petits soldats s'il avait été près de moi. Ce que j'aimais avec lui, c'était le foot, sur la plage des Andalouses. Il attrapait le ballon, il plongeait dans l'eau, sur le sable. Il envoyait haut la balle, je tapais du pied, je renvoyais de la tête. Alors, tout seul, avenue des Palmiers, sous le soleil encore brûlant de cette fin d'été, je shootais mécaniquement dans le mur au fond du jardin, qui me renvoyait l'écho de ma solitude et de mon chagrin.

Nous avions très peu de nouvelles. Ma mère m'avait dit que le bateau était bien arrivé à Gênes. Puis que mon père et sa famille étaient à Nice. Je regardais la carte postale, les tampons de la poste et les quelques mots griffonnés de mon père que je ne réussissais pas à déchiffrer. Le recto de la carte me troublait. Un bord de mer qui ressemblait au nôtre. Des palmiers, de grands immeubles blancs. Il y avait une sorte de palais sur l'eau, au bout d'une jetée. J'avais fixé une carte de France dans la chambre, j'y avais collé la carte postale et je figurais, par de petits drapeaux que j'avais fabriqués avec des allumettes taillées et du papier, les déplacements de mon père. J'en avais planté un au milieu de la Méditerranée. À ce point précis de la mer, avait-il regretté de nous avoir laissés ? Pensait-il à moi quand il marchait dans les rues écrasées de soleil de cette ville étrangère ? Allait-il au bord de l'eau, sur cette plage qui me semblait, sur la carte postale, de cailloux, pour se rapprocher de nous, faire vibrer plus fort le fil qui nous reliait à lui par-delà la Méditerranée ? Je gardais les questions pour moi. Même petit garçon, je comprenais qu'elles auraient peiné ma mère, je ne savais que penser de son silence à propos de mon père entre deux réceptions de nouvelles.

En cet automne 1942, il était logé à Nice, dans une maison du centre-ville. J'entendais ma mère prononcer le nom de la rue. Rue *Alfonscar*. Le transport vers l'arrière-pays niçois était alors compromis, la bergerie, sur le chemin de la frontière, étant devenue un repaire de résistants descendus de Savoie. Refuge, abri, repaire, base, les lieux isolés changeaient de vocation à la vitesse des avancées des armées et de la menace. Quand ils n'étaient pas détruits, et dès lors effacés des cartes et des espoirs.

Ce 8 novembre 1942, nous fûmes réveillés par la batterie du Santon, sur le fort de Santa Cruz, à l'ouest de la ville. Bien qu'à l'opposé de notre quartier, ce furent comme des coups de canon frappés à notre porte. Finies les batailles de petits soldats sous la pergola transformée en Europe de fortune, la guerre était là, énorme, assourdissante et je me précipitai dans le lit de ma mère. Ma grand-mère entra dans la pièce, en chemise de nuit et fichu au crochet sur les épaules, et dit à ma mère en espagnol, ils sont là, ne bougez pas.

Je relevai la tête de l'oreiller, une boule au ventre.

— Les Allemands ?

— Non, *mi tesoro*, les Américains.

Ce n'était pas plus rassurant. La guerre, les soldats, les bombes étaient partout, et mon père m'avait expliqué que les Français d'ici, les Français d'Algérie aux ordres de Vichy, en cas de débarquement allié, se défendraient de l'invasion. Mais pour moi, cette arrivée inattendue changeait tout. Moins parce que j'étais un petit demi-juif menacé et promis tôt ou tard à un destin hasardeux, que par la vision éblouie que j'avais eue de ces héros invincibles, dans les films que nous étions allés voir, les jeudis en matinée, au Familia, dans le quartier de la Marine. Je m'étais promis de devenir, quand je serais grand, un cow-boy, un vrai Américain. Ils étaient déjà des personnages mythiques et mes parents, chacun à leur façon, alimentaient le rêve et l'adoration que je portais à ces supermen.

Je voulais me lever, m'habiller et courir au bout de la rue, vers le vide des falaises, pour voir le spectacle. Mais je restai blotti contre ma mère, elle sentait bon, elle me serrait fort en murmurant :

— Bientôt, ce sera fini, ce sera fini.

— Et papa ?

— Il reviendra mon chéri, bientôt.

— Mais s'il y a la guerre ici, comment il fera ?

— Il n'y aura pas la guerre, je te promets.

Nous sommes restés trois jours sans sortir, sans savoir ce qui se passait dans les rues de la ville et sur les plages. Plusieurs fois, nous descendîmes dans l'abri sous la maison, une petite pièce propre et sèche que ma grand-mère avait aménagée dès le début du conflit et où venait nous rejoindre le voisin d'à côté. Il nous avait raconté que les Français résistaient sur le fort, ils bombardaient les bateaux anglais qui mouillaient au large, mais que ce n'était qu'une question d'heures pour que les troupes américaines, qui encerclaient la ville, ne nous libèrent "des cafards". Quand on remontait, j'essayais de voir la rue à travers les persiennes. Elle était déserte mais je sentais que des yeux comme les miens étaient partout derrière les fenêtres, à guetter, à attendre. La veille de la libération de la ville, on entendit un sifflement puis une énorme explosion, toute proche. La maison trembla, ma grand-mère se signa, les yeux fermés. On découvrit le lendemain qu'un éclat d'obus était tombé dans le jardin. Nous étions le 10 novembre 1942, Oran était officiellement libérée et l'Amérique entra dans nos vies, en chair et en os, en déferlement noir et kaki de véhicules, de matériel et d'hommes. La ville s'emplit de mouvements inédits, de sons nouveaux, d'une autre langue. Ils étaient bruyants, ces Américains, ils parlaient fort. Je les regardais, fasciné, défiler en fanfare rue d'Arzew où les Oranais se pressaient pour venir admirer les "sauveurs", ou passer sur les trottoirs, en grappes compactes, sans armes, la démarche nonchalante mais sûre, bavardant, riant entre eux. Ils étaient magnifiques. Nous, les enfants, étions émerveillés. Nous n'étions pas farouches et eux non plus. Ils ébouriffaient nos cheveux et, délice des délices, nous glissaient dans la main des chewing-gums, des barres de chocolat, des rations de survie qu'aucun d'entre nous, même à l'article de la mort, n'aurait jamais entamées. Nous apprenions vite, "guimi guimi, candiz, candiz !", on hurlait, quand on en voyait passer près de nous. La guerre avait tout à coup le visage séduisant de ces jeunes hommes venus de l'autre côté du monde pour nous sauver.

Je ne jouais plus aux petits soldats. En quelques jours, je l'étais devenu. L'intrusion de la guerre, avec ses vrais hommes, leurs armes, lourdes, intimidantes, leurs uniformes, leurs gestes, leur odeur même, m'avait transporté dans un univers adulte, responsable. Je ne pouvais plus faire semblant, c'eût été ridicule.

Et puis surtout, j'avais "mon" Américain. En bas de notre rue, un contingent avait réquisitionné une école pour y installer un poste de commandement. Y étaient entreposés du matériel divers, des armes. On voyait aller et venir des véhicules de toutes sortes, jeeps, camions. Et les soldats. Pour les remercier de leur générosité, de leur gentillesse, ma mère et ma grand-mère avaient invité l'un d'entre eux à manger à la maison. Le sergent Bernstein devint un habitué. Beaucoup de familles agissaient de même dans le quartier et dans toute la ville. Oran accueillait ses libérateurs dans ses foyers, l'intimité des salles à manger, le quotidien des repas partagés, souvent le dîner quand, après l'abrupte tombée de la nuit, on devait bien à ces jeunes gens venus se battre si loin de chez eux le réconfort douillet et odorant d'une maison. Ils ne parlaient pas français, on ne parlait pas leur langue. Mais il y avait les gestes, les sourires, la chaleur des regards. Même ceux qui s'étaient rangés derrière Pétain depuis le début des hostilités jusqu'à la chute de Santa Cruz étaient devenus amnésiques et il n'y en avait que pour les *boys* des États-Unis d'Amérique.

J'ai tout de suite aimé Leon Bernstein. De taille moyenne, brun, avec une fine moustache, il ne ressemblait pas à la majorité des autres soldats de son pays. Il était discret, et nous apportait, chaque fois qu'il venait, des choses dont l'emballage attirait nos yeux et notre curiosité : des boîtes de corned-beef, du savon, du pain de mie. Il les posait sur la table presque en s'excusant, avec un sourire timide. Ma grand-mère avait pris les choses en main. Elle faisait découvrir à notre hôte les mets de l'Algérie et de l'Espagne réunies. Même si elle manquait d'ingrédients, il y avait heureusement le poulailler, les lapins, les fruits et légumes du jardin et Leon se régalait de festins. Il avait réussi à nous faire comprendre qu'il ne mangerait pas Rosalie, notre truie. Nous avions pensé qu'il plaisantait. Rosalie grossissait à vue d'œil, elle finirait bientôt, à mon grand désespoir, en saucisses, saindoux et pâtés, mais elle était toujours bien vivante et amicale, comme un animal domestique. Leon répétait en mettant la main sur son cœur, *"me Jewish"* et ma mère comprit enfin. Elle n'en fut que plus aimable avec lui et le jour où il vint nous faire ses adieux, je lus dans ses yeux, quand il serra longuement la main de ma mère, les regrets d'un amour rêvé, qui resterait au seuil de cette petite maison d'Algérie, sous l'oranger.

J'habite au vingt-deuxième et dernier étage. C'est mon refuge, dans ce grand vaisseau du 10 Park Avenue. La métaphore maritime ne peut filer très loin puisque mon poste de vigie est en bas. Au vingt-deuxième, en haut du mât, je suis comme dans une coque, protégé et souverain.

Depuis la fenêtre à guillotine, je n'ai pas de vue véritable, mais cela ne me manque pas. Le sentiment de protection n'en est que renforcé. La baie donne sur une sorte de puits, un renfoncement entre deux angles du building. Un carré de ciel se découpe entre les briques. Certaines, réchauffées depuis des années par l'oblique du même rayon de soleil, ont légèrement pâli. Empreinte du temps, délicate, énigmatique.

À mon étage, il n'y a que cinq appartements. Le superintendant habite un deux-pièces, à l'autre bout du long corridor. Autour de mon studio, derrière les murs, il n'y a personne, c'est le vide. Des lieux abandonnés, des appartements fantômes. Il faut passer les portes de locaux techniques et de stockage pour arriver aux trois autres appartements. Celui de Mme Tchermnov, qui a vendu son vaste cinq-pièces trois étages plus bas quand son mari est mort, pour déménager dans un espace plus modeste ; le studio de

Mme Wald, qu'elle utilise comme bureau pour travailler à ses traductions et qu'Alma occupera plus tard lorsqu'elle sera étudiante ; et enfin le salon de musique, comme on l'appelle entre nous, les employés de l'immeuble, de Marguerite Poinson, professeur de piano et frêle Française d'une quarantaine d'années. C'est elle que je croise le plus souvent dans notre couloir. Étrangement, elle ne me salue pas de la même façon lorsqu'elle franchit la porte, en bas, quand je suis en uniforme, et lorsqu'on se voit à notre étage, au seuil de nos appartements respectifs. Nous avons pris quelquefois l'ascenseur ensemble et je la sens toujours gênée, timide, pendant l'ascension, comme si elle ne savait quelle attitude adopter. Arrivée au vingt-deuxième, elle se transforme, aimable et chaleureuse. Elle est très française dans cette délicatesse, la recherche de l'expression nuancée et de la juste attitude. Les Américains et les New-Yorkais en particulier font beaucoup moins de manières, ils ne s'embarrassent pas de politesse exagérée et de considération superflue à leurs yeux. Bonjour, au revoir, ils s'expriment dans une saine brutalité. Je suis le doorman avant tout. Ils n'ont aucun doute sur ma fonction. Beaucoup moins que moi.

Mon studio est une grande pièce d'une quarantaine de mètres carrés. Je n'ai jamais regretté d'avoir dit oui à Hannah Belamitz et d'avoir accepté son offre. Je travaille au 10 mais ici, c'est mon lieu, mon nid d'oiseau, qui ne ressemble en rien aux autres appartements, j'en suis sûr, et certainement pas, ni de près ni de loin, aux parties communes, son mobilier cossu et ses couleurs au camaïeu étudié. J'ai conservé le grand tapis aux tons chauds qui couvre une partie du parquet à larges lattes, du côté du lit. Dans une alcôve, près de l'unique fenêtre, il y a une petite kitchenette, simple et fonctionnelle, que j'utilise rarement. Je préfère prendre mes repas à l'extérieur. J'ai fixé des étagères sur tout un mur, qui se remplissent au fur et à mesure des livres d'occasion que j'achète chez Strand ou dans les minuscules librairies du Village. Au milieu des livres, une porte, celle de la salle de bains étonnamment grande, nouvellement carrelée de blanc. Dans la pièce, une table, trois chaises, dont deux pour des invités qui ne viendront jamais. Une seule chaise me paraissait triste. J'ai acheté un confortable fauteuil chez un brocanteur, je l'ai nettoyé, frotté, poncé, j'ai remis à neuf les accoudoirs en teck, il réconforte mon dos douloureux quand mon service est fini. Car même si je suis encore jeune, la station debout est fatigante et à la fin de la journée ou de la nuit, les lombaires tressaillent, les muscles tirent, avant de lentement se détendre. Je me dis souvent, pour rire de moi-même, de cet humble confort que je m'accorde et qui me réjouit de sa simplicité rustique, que je mourrai dans ce fauteuil.

Pour l'instant, les yeux fermés, les pieds nus, je me délecte de la *Rhapsodie in Blue*, sur le tourne-disque. Quand je n'écoute pas de musique, le studio est totalement silencieux, aucun bruit de circulation ne me parvient, sauf les sirènes des camions de pompiers ou des voitures de police, mais même elles sont lointaines et étouffées. C'est un luxe dans cette ville et une nécessité pour moi dont le sommeil se brise au son le plus léger. Pourtant, le pouls de la ville me manque quelquefois, le son des mécaniques, la cacophonie perpétuelle qui est une des identités de New York. Le silence m'isole tout à coup. Heureusement, Gershwin, dans mon cocon près du ciel, me fait vivre les rues, les avenues, le trafic. J'entends, dans les sons et les disharmonies savamment orchestrées de sa musique, les klaxons, les soupirs des amortisseurs, les crissements des freins, les accélérations et les silences suspendus, avant-garde des élans téméraires, des courses effrénées. Je perçois même le battement des pas des piétons, leurs danses sur les trottoirs, entre les voitures. Ça glisse, ça martèle. Les notes sourient, galopent, c'est la cavalcade, puis une marche, martiale, qui devient claquettes. Une voiture passe, puis une autre, puis un autobus. Derrière mes paupières, je vois le film, je me vois, roi de New York bondissant. Vais-je traverser cette large avenue ? Oui, je saute, je vole, et je marche tel un géant sur les terrasses, les *roof decks*, je franchis les buildings, dominos géants, monolithes bienveillants, des millions d'yeux me regardent, m'accompagnent, me soutiennent et me guident. Je suis au cœur du cœur du monde, je ne me lasse pas des trépidations de la grande ville. Le tam-tam de mon cœur suit ma course par les ponts, vers l'océan.

Le disque s'est arrêté. Je somnole, je me laisse aller sur les vagues, au sud de mon horizon. Encore plus loin, une mer. Elle est au nord. Les échos saccadés de Gershwin s'estompent lentement et s'invitent gracieusement en volutes orientales des arabesques dorées, noires, andalouses. Je ne sais si c'est du son ou de l'image. Une onde profonde et douce, qui rythme mon sang, court sur ma peau. Il fait chaud soudain. Un souffle, puis un autre. Peu à peu, le sable, en vagues caressantes, recouvre le granit de Mannahatta, le gris, le froid. Je m'endors toujours sereinement, en terre africaine. Même les parfums me viennent en rêve. Mais une stridence m'arrache à l'étrange voyage. Le téléphone, sur la table.

— C'est Salah. Je te réveille ?

Je me redresse en essuyant la salive qui a coulé sur mon menton.

— Non, non, ça va.

— Bon, je te réveille, désolé. Tu travailles toujours de nuit cette semaine ?

— Oui. D'ailleurs, je ne vais pas tarder à prendre mon service. Pourquoi ?

— Demain Brighton Beach. Ça te dit ?

DOORMAN, MORCEAUX CHOISIS 1

Service de nuit ou permanence de jour, je travaille durant onze heures, avec deux arrêts de trente minutes. En journée, le troisième doorman, à mi-temps, assure les entrées et sorties quand je fais ma pause, et reste en soutien pendant quatre heures. Quand je suis de permanence le soir, nous nous relayons, le concierge de nuit et moi. Je fais souvent la paire avec Archie. Au plus vide de la nuit, entre trois et quatre heures du matin, l'unique heure où l'on penserait que même la ville s'est enfin endormie, nous pourrions nous installer dans le réduit qui sert de bureau au superintendant, près de l'ascenseur de service, pour jouer aux échecs ou aux cartes. Ce moment est fait de paix et d'ennui. Mais nous ne pouvons quitter, ensemble, nos postes. Alors nous bavardons, nous parlons de tout, sauf de l'immeuble, c'est une loi tacite entre nous. L'autre concierge de nuit, Esteban, est moins disert. Frais immigré cubain, il profite du calme nocturne pour dévorer, dissimulé derrière le comptoir, livres et revues afin de parfaire son anglais. Quelquefois, il lève la tête, ses grands yeux sombres derrière ses lunettes rondes me demandent une définition, ou une explication. Il doit avoir le même âge que moi mais, petit et fluet, il paraît beaucoup plus jeune. Il assure un deuxième travail, serveur dans un restaurant, à partir de midi jusqu'à sa prise de fonction ici. Il arrive toujours à l'heure. Quelquefois au dernier moment, auréolé d'odeurs tenaces d'épices et de friture, je lui laisse le temps de se rafraîchir, avant de revêtir son uniforme. On dirait alors un petit soldat, vaillant et fidèle. Il est discret, toujours d'égale humeur et ne laisse rien filtrer de sa fatigue même si celle-ci, au coin de ses yeux las, trace des rides qui ne sont pas de son âge. Mais Esteban sait qu'il ne fait que passer, au 10. Comme celui du troisième doorman, son poste sera occupé par d'autres, pour quelques mois, avant de changer de nouveau de visage. Archie, Vince et moi, nous sommes les seuls "permanents", avec le superintendant. Et je n'ai pas connaissance, pour l'instant, de velléités de départ pour aucun d'entre nous.

Quand je sens que je glisse sur la pente de l'ennui, je me prends à rêver de réceptions d'hôtels de luxe, de postes de commandement devant un mur de clés dorées, de halls bruissant de langues étrangères, dans le glissement soyeux des chariots à bagages. Un tourbillon de voyageurs stylés, de touristes élégants, d'un autre temps. Mais les images se fondent peu à peu dans la quiétude de l'entrée familière, je marche sur le sol à damier comme si j'étais chez moi. La nuit, nous n'utilisons que les doubles portes vitrées. Je reconnais par la poussée l'infime résistance du battant gauche, le léger grincement familier du droit, j'ai comme imprimé dans mon squelette les tressautements réguliers de l'ascenseur, le chuintement velouté de l'ouverture des portes, l'imperceptible cahot, à certains étages. L'idée d'appartenir au même ensemble, comme une famille, de voir, saluer les mêmes personnes, jour après jour, leur sourire, leur apporter mon aide, nuit après nuit, me rassure. Je vois les visages familiers se transformer, changer, vivre. Je devine les agacements, les soulagements. À ma place, je suis à la fois dedans et dehors. Même à la porte, j'appartiens à une communauté. Je dirige l'entrée et la sortie et je partage les moments fragiles de chacun, ces transitions où l'intime affleure, quand on n'est pas encore dehors et quand, au retour, pas tout à fait revenu, les pans de la journée bonne ou mauvaise, de la soirée réussie ou calamiteuse, flottent encore autour du sourire ou du pli amer de la bouche.

Ces instants sont toujours d'une grande vérité. Je pourrais dire à chacun tant de mots de soutien, d'avertissement, je pourrais lancer une plaisanterie, livrer une consolation. Mais la familiarité m'étant interdite, je ne peux qu'exprimer mes réactions en modulant mes bonjour et au revoir, en variant mes bonne journée et bonne nuit. Je sais, au regard, au signe que je reçois en retour, que le message passe. Et je jubile au partage silencieux.

Les jours peuvent paraître longs, les nuits sans fin, mais chaque heure est unique, jamais ne se répète. J'aurais voulu tenir, pour chacun des résidents, un journal de leurs passages par la porte à tambour, les entrées, les sorties, chaque fois si semblables mais toujours différentes. Dehors, le soleil ou l'obscurité, la pluie ou la neige, le vent, la canicule, les sacs, les valises, les porte-documents, les courses de la semaine, les clubs de golf, les raquettes de tennis, les skis dans leur housse… Les nouveaux arrivants, au début timides, anxieux, leur volonté de bien faire, bien dire, pour se faire accueillir, bien voir, les résidents de longue date, les habitués nonchalants, désinvoltes, un bref coup d'œil, une tape sur l'épaule, bonjour Ray. Une sensation de faire partie des meubles, dirait-on. Mais je suis admis dans la communauté, une fois pour toutes. Certainement apprécié, je le sais et je le reconnais sans honte. Fregoli des attitudes et caméléon du comportement mais toujours égal.

Cinq heures du matin, il fait déjà jour mais une lourde pluie d'été assombrit l'avenue, du ciel au trottoir noir d'eau. Encore une heure de travail et j'irai prendre un café au *luncheonette* de la 37e rue, puis je monterai me coucher. Dormir quelques heures avant d'aller marcher, ou au cinéma si la pluie ne cesse pas. Appuyé au comptoir, je suis seul. Un taxi jaune ralentit. La portière s'ouvre lentement. C'est M. Lipmann qui s'en extirpe avec difficulté, mais un large sourire aux lèvres. Il reste planté au bord du trottoir, le visage vers le ciel, il est presque déjà trempé quand j'arrive près de lui, un grand parapluie à la main.

— Allez, rentrons, monsieur Lipmann. Tenez, appuyez-vous sur moi.

Je vois la manche tachée de sa veste, je reçois son haleine douceâtre. Il marche lentement, mais dignement et puis il éclate de rire.

— Merci, Ray ! Oh là là, j'en tiens une bonne.

Une fois à l'intérieur, j'appelle l'ascenseur. Je patiente avec lui. Il observe le plafond comme si l'ascenseur allait arriver par là et lui tomber dessus. Un rectangle lumineux se découpe et descend sur ses traits las, l'ascenseur arrive lentement et s'immobilise. J'ouvre la porte. M. Lipmann entre, lève une main mouillée.

— Merci, Ray. Bonne nuit.

— Bonne nuit, monsieur Lipmann

Je referme la porte et j'entends : "Bonne journée, Ray ! Bonne journée et merci !"

Midi, un autre jour. Les sœurs Mallard sortent de l'ascenseur. Inséparables, elles habitent au même étage, deux appartements contigus, le 15E et 15F. Qu'elles arrivent dans l'immeuble ou qu'elles le quittent, une fois sur deux, elles se disputent. Celle qui semble plus âgée, la plus grande, a une voix de crécelle insupportable. L'autre est plus posée. Elle répond le plus souvent à sa sœur par des soupirs, des pfff, des oui je sais. Mais la porte franchie, dès qu'elles font quelques pas sous l'auvent, la sœur aînée prend le bras de l'autre, qui de son autre main tend sa canne d'aveugle vers l'inconnu de la rue. Elles sont toujours charmantes avec moi.

Quinze heures. En semaine, c'est l'heure où Alma franchit la porte, en uniforme d'écolière et son cartable à la main, accompagnée de Betty, l'étudiante qui est allée la chercher à l'école.

— Bonjour, Ray ! Tu as déjà vu le dedans d'une grenouille ?

— Non, mademoiselle.

— Tout est minuscule ! Elle a un tout petit estomac, un tout petit cœur !

— Pauvre grenouille !

— Mais elle n'a pas eu mal, je te promets !

Dimanche, dix heures. Je suis près de la porte, je contemple le joyeux soleil du printemps, que je ne pourrai apprécier aujourd'hui que derrière la vitre, service de jour oblige. L'avenue étincelle, tout semble propre et neuf. Derrière moi, le claquement de l'ascenseur qui se pose, la porte s'ouvre en grand, j'entends le battant buter sur l'encadrement métallique. Cliquetis bruyants. C'est M. Rhys-Mullan qui s'en va jouer au golf. Il m'a appelé dix minutes auparavant pour aller chercher sa voiture au garage, en sous-sol. Je l'ai garée au bout du dais. Sa femme descendra peu après, avec leur chien, pour sa longue promenade dominicale. Je l'ai surprise une fois, dans Central Park, le chien était assis à côté d'elle, sur un banc, la tête sur ses cuisses. Elle le caressait en lui parlant, les yeux dans le vide. Je ne pense pas qu'elle m'ait vu.

Dix-huit heures. Hannah et Pinchus Belamitz sont dans le hall. Ils annoncent au concierge que des amis arrivent demain de Paris pour passer une semaine avec eux. Vince inscrit leurs noms sur le grand registre. Il faut montrer patte blanche pour entrer. Les amis des Belamitz seront bien accueillis et, le temps d'une semaine, appartiendront à notre communauté protégée.

Un lundi matin, il est encore tôt, je finis la nuit du dimanche, qui me semble toujours plus longue que les autres. Les parents de la petite Alma sortent de l'ascenseur. Il est en uniforme, une valise à la main, un gros sac kaki de l'autre. Elle lui tient le bras, elle me sourit mais je vois qu'elle a pleuré.

Au même moment, je distingue du coin de l'œil une jeep qui s'arrête au bord du trottoir, un soldat patiente derrière le volant.

— Bonjour, Ray.

— Bonjour, monsieur Wald. Un coup de main ?

Je n'attends pas sa réponse, lui prends sa valise. Il est gêné.

— Je vais la mettre dans la voiture.

Sur le trottoir, le militaire me voit, il descend de la jeep, me salue et se saisit sans un mot de la valise, qu'il pose sur la banquette arrière. Je l'arrête quand il ouvre la portière pour remonter derrière le volant.

— Je peux vous demander où il s'en va ?

— Je ne peux pas vous dire.

— Viêtnam ?

— Je ne peux pas vous dire.

— Okay, bonne chance.

Je donne une petite tape sur le capot, il hoche la tête. Arrivé près de nous, Monty Wald ouvre la portière.

— Bon courage, monsieur.

— Merci, Ray. Il en faudra, j'en ai peur.

— Mme Wald et la petite Alma sont très courageuses.

— Oui.

Il sourit. Puis brusquement, il pose son sac, me tend la main.

— Au revoir, Ray, prenez soin de vous.

— Au revoir, monsieur. Bonne chance, et à bientôt.

Il grimace, se saisit de son sac. Je pousse la porte, j'entre dans le hall vide. Le bouton de l'ascenseur est allumé, Mme Wald est en train de remonter chez elle, rejoindre sa fille endormie. Quand je me retourne, la jeep n'est plus là. C'est la dernière fois que j'ai vu Monty Wald.

Ce jour-là, Salah m'attendait à l'angle de Park Avenue et de la 34e rue, là où se dresse le building. C'était un lieu de rendez-vous exceptionnel, tant il préfère que nous nous retrouvions loin de nos lieux de travail respectifs ou des endroits familiers à l'un d'entre nous. Il aime cette forme d'anonymat, chacun vis-à-vis de l'autre. Comme si nous étions neufs dans la ville, comme si nous venions d'y arriver. Mais il était en retard et, déjà dans le quartier, il m'avait téléphoné pour me dire qu'aujourd'hui, nous porterions nos pas vers Hell's Kitchen à la place de la promenade initialement prévue, qui était la découverte, Downtown, du gigantesque chantier du futur World Trade Center. Nous n'aurions qu'à prendre la 34e et filer droit vers l'ouest, jusqu'à la Huitième Avenue. Nous avions déjà exploré certains coins de ce quartier à la population majoritairement irlandaise, mais Salah ne se lassait pas de se perdre dans ces coins de New York populaires, sombres et dangereux.

Hell's Kitchen était alors un quartier délabré où les gangs d'une même origine et d'une même religion se battaient, dans les impasses, les caves, les cages d'escalier ou les cafés.

Guerres internes entre catholiques républicains, exportées sur le sol du Nouveau Monde, guerres de territoires pour quelques blocs limités par l'Hudson, entre Irlandais de Galway ou de Cork, de Dublin ou de Limerick. L'Angleterre honnie, maudite, était oubliée, mais la Grande Famine avait fait son lit dans les mémoires et les esprits, elle animait de sa force tragique la moindre rixe, elle brillait à la pointe des couteaux, lissait les cordes à étranglement, crachait sa flamme par les canons des armes. Certaines rues paraissaient plus calmes, plus inoffensives que d'autres, mais il fallait rester sur ses gardes. Faire profil bas était la meilleure des défenses, comme dans tous les lieux sensibles du monde où l'agression peut se déclencher au moindre regard, au plus minime hochement de tête.

— Prêt ? dit-il, en me tendant la main.

— Prêt. Comment ça va ?

— Bien, bien… J'espère qu'il ne va pas pleuvoir.

L'air est lourd, mat, solide. Le printemps touche à sa fin mais, depuis une semaine, de lourdes averses alternent avec des ciels chargés, suspendus. La violence est dans l'attente, des courants d'agressivité traversent les rues, s'arrêtent aux boutiques, aux kiosques à journaux, refluent devant les petites voitures qui distribuent cafés, beignets, hot-dogs. Il y a comme une impatience qu'on devine prête à exploser. La ville retient ses coups.

— Tu as déjà vu la foudre tomber sur l'Empire State Building ?

En quelques pas, nous sommes déjà à l'ombre du plus haut bâtiment de New York.

— Non jamais.

— Moi non plus. J'adorerais.

J'attendais une description apocalyptique et poétique comme il en a le secret, je reste sur ma faim.

Les orages à New York ont toujours un goût de fin du monde. Ils commencent en chacun de nous. Les fibres du corps gigantesque de la ville grésillent. Je sens leurs vibrations, alors que nous franchissons la Sixième Avenue et que nous marchons vers l'Hudson.

La traversée me semble longue aujourd'hui. Nous regardons distraitement les vitrines des magasins bon marché qui se succèdent tout au long de la 34e rue. Instruments de musique, vêtements de travail, quincaillerie, tous les articles présentés semblent figés depuis des années dans la poussière, même les fleurs de la boutique au coin de la Septième Avenue plongent tristement leurs corolles fripées dans l'air sale. Les grandes transversales, 14e, 23e, 34e, 49e rues, me laissent indifférent, je ne m'y attarde jamais. Elles n'ont pas de réelle identité, pas de charme, ce sont des traits d'union, des rues où l'on passe mais où on ne flâne pas. Comme la plus grande part de la ville ces années-là et pour encore une bonne vingtaine d'années, la 34e rue est négligée, sale. Certains immeubles paraissent abandonnés, les fenêtres sont grossièrement murées. Les détritus s'accumulent dans le caniveau, ils semblent là depuis des semaines. En traversant la Septième Avenue, je manque de marcher sur un rat écrasé, déjà desséché, couleur de bitume.

Nous voici Huitième Avenue, mais Salah poursuit la 34e.

— Allons au cœur, me dit-il, on remontera la Neuvième.

Les trottoirs, de part et d'autre de la chaussée, sont de plus en plus chargés. On se croirait dans le Lower East Side, si ce n'est qu'en bas, les rues sont plus étroites, les immeubles plus hauts, l'ombre trace un décor de XIXe siècle, alors que dans ce West Side, on voit le ciel. Tous les âges, femmes et hommes, sont représentés, en désordre, en tumulte, en bousculade. Des enfants – mais ne devraient-ils pas être à l'école ? –, des vieillards, de très jeunes mères de famille poussant des landaus disproportionnés. Tous ont un air de famille. Est-ce leur façon de se mouvoir, leur regard ? On entre dans un pays. Il y a des lieux à New York où je me sens étranger, en visite et j'aime ça. Au lieu de me déstabiliser, le dépaysement me recentre. Et tous les voyages passés reviennent en vagues dans ma mémoire et mon corps. Si le gène du voyage existe, il a gagné depuis la nuit de mes temps mes cellules et continue de croître en moi sous diverses variations. Enchantement ou nausée, émerveillement ou dégoût, il est la source de ma vitalité, de mes pas dans ce monde. Il est la nourriture première de mon instinct, de mes impulsions et a marqué de son empreinte toutes mes décisions, quelles qu'elles fussent.

Nous abordons la remontée de la Neuvième Avenue, au cœur de Hell's Kitchen. Le souffle d'air qui descend la grande avenue n'entame pas la moiteur de plus en plus épaisse, alors que grouillent les humains affairés, les voitures, les autobus qui expulsent par l'arrière-train leur crachat noirâtre. Mon cuir chevelu me pique, ma bouche est sèche. Il y a comme un point d'équilibre rompu, rien n'est adéquat, la foule déraisonnée, l'air immobile, le gigantisme du ciel, de plus en plus sombre. Les couleurs du monde se transforment, elles virent soudain en ton mineur et se diffuse peu à peu une angoisse sourde. Le chaos semble imminent. Un grondement de tonnerre saisit la multitude, une longue vague, grave, menaçante qui s'éteint dans la cacophonie de la circulation. Une autre onde sonore s'annonce, remplit l'atmosphère, s'éloigne. Sur le trottoir, le rythme ralentit, dans un unisson qui nous fige, tous nous regardons le ciel et comme s'il n'attendait que cette reconnaissance, cet acquiescement des hommes, il se dilate, s'ouvre, se déchire, et d'énormes gouttes commencent à marquer le béton de grosses taches noires. On accélère machinalement le pas, tout en sachant que c'est peine perdue. On sait bien que ce sont les premières notes d'introduction d'un déluge qui sera court mais brutal, une pluie d'été avant l'heure, violente et salutaire, qui lavera la ville et nos âmes. Protégé de l'eau du ciel ou pas, on sort toujours épuisé des grosses pluies de New York, comme blanchi. La tension se libère à l'instar des nuages, et dans cet univers exclusivement citadin me surprend toujours cette sensation dévorante de faire totalement corps avec la nature et ses manifestations coléreuses. Je suis certain qu'une même pluie au fin fond du Montana me trouverait plus serein, plus détaché. La ville, cette invention des hommes, amplifie, accélère, magnifie la puissance et la force des éléments.

On ne marche plus, on court, sur cette Neuvième Avenue. L'ordre implicite et préétabli des marcheurs de tous bords, de toutes tailles, explose. Chacun se hâte, à vitesse automatique, vers chez soi, vers un abri. Pas d'entrée d'immeuble sous laquelle se protéger de la rafale liquide, pas de marquise, pas d'auvent. Les façades des immeubles sont brutes, rases. Jusqu'au sol, l'eau ruisselle déjà sur les briques rouge foncé. La pluie est lourde sur nos épaules, nous sommes trempés. Je fais un signe à Salah, lui désigne un pub, devant nous, à l'ange d'une rue. Nous accélérons dans les derniers mètres et nous poussons la porte du Long Hall Pub.

Le Long Hall Pub n'est ni long ni étroit, comme souvent ces vieux bars de New York, aménagés dans l'étroitesse d'un couloir d'immeuble, comme les *diners* le furent dans d'anciens wagons. Habituellement, un long comptoir d'un côté, de l'autre de hauts tabourets dressés devant une étroite planche juste assez large pour poser son verre, au fond deux ou trois tables, rarement plus, rarement occupées, on ne s'assoit pas, au pub.

Le Long Hall est une pièce carrée de taille moyenne. Le comptoir est au fond. De chaque côté, le long du mur, court la traditionnelle étagère de bois pour verres et cendriers, limitée de part et d'autre du bar par deux petits box, pour deux personnes, tête-à-tête intime organisé dans l'obscurité du fond de salle. Il y a quelques tables rassemblées en désordre pour faire de la place, car tous les buveurs sont debout, verre ou chope à la main. Les tables servent de porte-cendriers. L'odeur douce-amère du houblon se mêle à celle de la cendre froide. La fumée a tapissé les murs d'une couleur et d'une odeur indélébiles. Il fait curieusement frais, nous gardons nos blousons mouillés tout en nous dirigeant vers le comptoir. Le bar, qui était presque vide à notre arrivée, se remplit de bruits et de monde le temps que l'on nous serve deux Guinness et que Salah nous trouve une place le long du mur, pour poser nos pintes.

— Tu arrêtes quand ?

Je taquine toujours Salah, qui boit de l'alcool tout en observant un régime respectueux et sage quand il rend visite à ses parents.

— Pour le moment, jamais.

— Santé alors !

— À la tienne !

La Guinness ne se boit pas fraîche mais son amertume est désaltérante. La première longue gorgée me tombe comme une boule liquide sur l'estomac.

— Tu connais l'Irlande ?

Salah contemple, accrochée au mur devant nous, la photo noir et blanc ternie d'une devanture de pub, The Long Hall. Écrit en petits caractères, en bas à droite, le nom du pub, South Great George's Street, Dublin, 1927.

— Non, je ne suis jamais monté si haut. Je suis allé à Londres, une fois. Tu y trouves le même genre de pub.

— Dis pas ça ici !

— Tu t'inquiètes pour rien.

— On ne sait jamais. Plutôt imprévisibles, les Irlandais. Ils ressemblent aux Italiens. Oui, ajoute-t-il en réponse à ma moue dubitative, j'en connaissais quelques-uns, au marché, ils sont chaleureux, expansifs, mais susceptibles. Des Latins du Nord, tu vois. Et il y a quelques violents qu'il vaut mieux ne pas chatouiller.

Il est indulgent ou mal informé, le taux de criminalité dans Hell's Kitchen est l'un des plus forts de la ville.

— Nous, on est flic ou voyou, mais toujours dans la rue. Avec au milieu les mères, et les enfants qui attendent de choisir dans quel camp ils vont se battre, se prendre des beignes et en donner. *Sláinte !*

Nous n'avions pas prêté attention à notre voisin, un grand type mince, brun aux yeux noirs, cheveux longs, blouson enduit imperméable qui semble doubler sa carrure. Il parle un anglais doux, chuinté, une langue caressée d'embruns et de tourbe.

— Santé ! dis-je machinalement en français, en levant mon verre.

— Français ?

Salah et moi répondons en même temps.

— Non.

Il sourit, amusé.

— New-Yorkais alors ?

— Oui.

Son regard perçant nous dévisage, neutre, sans curiosité.

Nous étions là, chacun de notre continent intime, trois îles assemblées par la parenthèse orageuse du ciel.

— Ciaran Talbot, dit-il en se présentant.

Nous fîmes de même. Cela n'engageait à rien mais le rapport changea imperceptiblement.

— Et vous êtes de quel côté ? demande Salah, l'air de rien.

— Quel côté ?

L'œil de Ciaran se fixe sur lui.

— Eh bien, dans la police ou…

— Ah…

La tension s'évapore, Ciaran plonge dans son verre de Guinness. De son index, il essuie la mousse qui ourle sa lèvre.

— Je ne porte pas l'uniforme, si vous voyez ce que je veux dire, glisse-t-il, rigolard. Dans ma famille, comme dans beaucoup de familles, frères, père, fils, on est soit l'un soit l'autre, la guerre commence à la maison.

— Et que font vos mères, au milieu ? je demande.

De fines stratèges, de grandes diplomates, elles sont dans les deux camps.

Salah sourit.

— Et ce sont elles qui commandent, je suppose ?

Ciaran acquiesce.

— Comme chez moi !

Les deux hochent la tête, lèvent leurs verres.

— Aux mères !

Je me joins à eux, un peu absent. J'admire la spontanéité de Salah, la façon qu'il a de s'ouvrir aux autres et de toucher leur intimité par sa généreuse et formidable curiosité.

Ma réserve naturelle continue de me tirer en arrière, elle me retarde. Je lutte contre elle, je ne voudrais pas qu'elle m'assèche. Mais, apparemment, Ciaran m'a aussi adopté ou bien mon attitude n'est pas si intimidée et intimidante. J'espère laisser passer le vif de mon cœur, de mon appréhension. L'inquiétude est une terre familière à l'autre, il la reconnaît, elle peut être une main tendue. Mon silence n'est pas hostile, et Ciaran me fait entrer dans l'amitié de cette sphère éphémère que nous avons créée grâce au tumulte du ciel.

— Moi je viens de Dublin, me dit-il, en montrant la photo du Long Hall d'origine. Enfin, je dis "je viens", mais je suis né ici. C'est mon grand-père qui a tracé la route, le premier. Mais lui, moi, c'est pareil. Beaucoup ici diront "je viens de", mais ils sont déjà de la deuxième génération. Et on a gardé nos accents comme si on venait de descendre du bateau.

— Il faisait quoi, dans la vie, ton grand-père ?

— Comme moi ! Il était dans la rue. Il faisait du business, ajoute-t-il en riant. Mon père, lui, il est dans la police. Une génération sur deux, c'est équitable. Je sais déjà que mon fils, quand j'en aurai un, sera dans la police. On est les bons et les méchants à la fois ! Mais qui sont les méchants, ça ? ! – Il roule des yeux. – Une autre ? nous demande-t-il en levant son verre presque vide.

Nous acceptons, on a le sentiment qu'en cette terre irlandaise, il serait malvenu de refuser le don et le partage. Le pub est plein à présent. Odeur humide de fumée et sueur mêlées. Beaucoup d'hommes. Groupés au bout du comptoir, quelques étudiants venus se réfugier sans doute. Il y a parmi eux deux jeunes filles, très belles, cheveux longs et cils trempés, qui sourient de toute leur fraîcheur juvénile, dans l'éclat d'ambre des bouteilles du bar. J'ai l'impression soudaine d'avoir cent ans.

— Eh Ray ? Tout va bien ?

— Oui, oui, je grimace. C'est la bière.

— Non, non, on ne dit pas la bière, j'entends derrière mon dos la voix de Ciaran, qui nous rejoint les mains jointes autour de trois pintes pleines à ras bord. On dit Guinness !

— Jamais allé à Dublin, ajoute-t-il en posant les verres. Mon père non plus. Mais il m'a dit que mon grand-père habitait pas loin, dit-il en montrant la photo du Long Hall. Aux Liberties !

Il fait claquer le mot avec fierté.

— Pourquoi tu ne fais pas le voyage ? demande Salah.

— Je le ferai. Ils ont besoin de soldats là-bas.

Il regarde sa Guinness, soudain songeur. Et puis, en un éclair, il prend son verre, ses yeux s'animent de nouveau, le liquide presque noir s'y reflète dans une obscurité farouche, révolutionnaire. Il le lève à la hauteur des nôtres et nous trinquons sans rien dire, petite armée venue de nulle part, associés improbables qui ont vaincu l'orage, en attendant les fantômes des Black and Tans.

Un éclat de voix vient briser notre entente silencieuse et l'harmonie de notre toast. Puis un cri, plus long, un bruit de verre cassé. Je vois un regroupement, un mouvement du côté du comptoir. Deux voix s'entrelacent crescendo, une rauque, une plus aiguë, je ne comprends pas ce qu'elles profèrent. J'aperçois les étudiants qui se dirigent vers la porte, ils jettent des regards inquiets derrière eux, ils entraînent les deux filles, ce sont elles qui sortent les premières. J'ai le temps de voir qu'il pleut toujours, avant d'être bousculé durement contre la tablette du comptoir. Salah tombe sur moi, je le retiens et mon coude renverse nos bières. Ils sont plus de deux à se battre maintenant, on le devine à la mêlée qui se forme au milieu du pub bondé, au mouvement du groupe qui reflue vers nous et nous pousse de nouveau vers le mur.

— Je vais voir ce qui se passe, nous dit Ciaran.

— C'est prudent ?

— Oh, je les connais, toujours les mêmes qui font du raffut pour rien. Ils aiment faire du bruit pour prouver qu'ils existent, ajoute-t-il, goguenard. Mais on ne sait jamais, ça peut dégénérer.

Le dos de Ciaran se mêle aux autres puis disparaît dans la mêlée près du comptoir. Les voix sont toujours très fortes mais des rires jaillissent du brouhaha. Devenus spectateurs, Salah et moi partageons tout à coup le sentiment d'être en dehors d'un cercle rompu. Alors, d'un même mouvement, nous avançons vers la lumière extérieure, derrière la vitre dépolie de la porte. En quelques pas, nous sommes dehors. Sur le trottoir, une pluie légère nous accueille, elle nous enveloppe d'un voile frais et bienfaisant, une brise mouillée. Ensemble, nous levons la tête vers le ciel, les pâles trouées au milieu des nuages qui s'effilochent, bandes mauves sur bleu translucide et froid.

J'ai quitté ma jeunesse le 8 août 1961 quand – du pont du bateau, accroché au bastingage, résistant les poings serrés autour de la barre rouillée à la poussée des passagers agglutinés derrière moi qui se tendaient, de tout leur chagrin, pour un ultime regard vers Oran – j'ai vu s'éloigner petit à petit, dans la brume de chaleur, la coupole blanche de Santa Cruz. Sur le pont, malgré la peine, le soulagement d'avoir sauvé sa peau rendait les larmes silencieuses. Dès que la ville eut disparu comme un mirage, on entendait déjà les mères organiser le campement pour les familles qui n'avaient pas eu la chance ou les moyens de voyager en cabine. Elles s'appropriaient avec une véhémence mal maîtrisée chaises longues et couvertures, les enfants collés contre elles, les pères, eux, à l'écart, les bras ballants, ou fumant entre eux une cigarette en discutant à voix basse. C'était à elles d'adoucir l'inconfort et la douleur de l'exode. L'activité et la responsabilité qu'elles s'infligeaient volontairement en ces temps dramatiques et qui pesaient sur leurs corps fatigués les empêchaient de s'effondrer. Les yeux rougis, les aisselles de leurs robes assombries de sueur, elles tentaient de recréer, sur un mètre carré et le temps de la traversée, un minuscule foyer au réconfort dérisoire. Les caisses au volume limité, qu'on avait tenté de remplir à bloc des souvenirs les plus précieux, étaient dans la soute, ou les rejoindraient plus tard par cargo, dans la ville inconnue qui serait désormais la leur et qu'ils avaient dû choisir en catastrophe. On avait gardé les valises et les sacs, qui servaient de table ou de siège de fortune. Perdus, hébétés et inconsolables, les parents les plus âgés, les grands-parents, ceux qui étaient nés sur cette terre d'Algérie qu'ils n'avaient jamais quittée, ceux dont les parents des parents étaient venus construire une vie faite d'espoirs et de promesses sur ce morceau d'Afrique du Nord, ceux enfin, dont l'histoire des familles remontait aux premiers temps berbères, erraient, accrochés l'un à l'autre par le bras, la main, d'autres restaient agrippés à la rambarde comme des statues, comme s'ils attendaient de disparaître, de se fondre dans le rivage de leur patrie. On les voyait, émus, désolés, impuissants devant leur chagrin, leur désarroi et leur solitude.

Je suis resté longtemps à contempler le fantôme de la ville disparue. L'image d'Oran, de la montagne des Lions au fort de Santa Cruz, s'est attardée au fond de mes yeux tant que j'ai regardé au sud. Le sud, point chéri de ma boussole intime. Je ne me suis arraché à ma place qu'à la tombée du jour, j'étais le dernier à me tourner encore vers un passé dissous. J'étais resté en chemise, je grelottais au vent du large. La Méditerranée s'assombrissait, elle devenait hostile, inquiétante. Rien ne nous rassurerait désormais, sur la terre comme sur l'eau.

J'ai saisi ma valise, restée entre mes pieds. Je cherchais un coin pour me poser, au moins m'asseoir. Je n'avais pas l'intention de dormir. Je me suis dirigé vers la proue et suis descendu sur un pont inférieur. Le *El Djezaïr* était surpeuplé, la traversée serait longue jusqu'à Marseille. Je ne remarquai aucun membre d'équipage, comme si le bateau était commandé, à ce point du voyage, par une armée d'émigrants. Je me faufilai au milieu des chaises longues, des valises, certains dormaient déjà à même le sol, enroulés dans des couvertures brunes et rêches. J'ouvris une porte mal fermée qui claquait dans le vent et réussis à atteindre, au bout d'une coursive, une grande cabine commune où des chaises avaient été dispersées et ajoutées aux banquettes en bois vissées au sol. La plupart étaient déjà occupées mais je trouvai au bout de l'une d'entre elles, près d'une armoire de secours, un coin pour m'installer. Je m'assis, ouvris ma valise sur mes genoux, pris mon unique pull-over, mon blouson. J'enlevai mes mocassins et enfilai des chaussettes. Il faisait moite et humide, la température était douce mais je continuais à grelotter. J'avais froid. Un froid qui mit des jours à me quitter, même en plein mois d'août, les premiers temps de mon arrivée à Marseille. Je m'appuyai contre le mur, les pieds posés sur mes chaussures, les bras croisés, le menton sur ma poitrine. Je fermai les yeux.

La plage. Le sable de soie brûlante des Andalouses, entre les orteils. Les vagues qui pétillent de mille éclats dans la lumière de l'été. Nous jouons au volley au bord de l'eau. Le ballon vole, deuxième soleil blanc. Entre garçons, on fait les fiers, les musclés, on surveille l'élastique de son maillot de bain. Avec les filles, on se frôle, des yeux, de la main. La peau frissonne de plaisir anticipé et de baignades prolongées. La chair de poule devient marque sensuelle. Les beautés bronzées, mâles et féminines, bougent avec grâce, courent, se cognent, sautent dans l'eau en étincelles mouillées. Puis la danse s'achève, on s'étend sur les serviettes, on s'assied à plusieurs sur les foutas pour jouer aux cartes, fumer. Certains ont trop faim pour ne pas avoir honte de sortir le sandwich aux poivrons grillés préparé par maman, le morceau de tortilla, les sardines farcies. On se passe les bouteilles de limonade. Les hommes, galamment, manient avec habileté les bouchons de fer et de céramique. Écroulé sur ma serviette, je ne sais plus si je suis essoufflé par l'effort, le bonheur, ou la sensation presque insupportable de liberté. L'hilarité nous gagne parfois, sans raison. Nous sommes si heureux de vivre. Derrière nous, après la route du bord de mer, au-delà des champs et des collines, au pied des montagnes, il y a la guerre. On le sait et on s'en fout. En 1956, on n'en parle pas. Elle n'est pas encore venue jusqu'à notre ville. Bientôt, les attentats, les fouilles systématiques, les manifestations, les cris "Algérie française" qui rempliront nos maisons par les fenêtres ouvertes, les ratonnades nous projetteront de toute leur violence dans la réalité d'un conflit qui nous semblait pourtant si lointain. Que nous refusions de toute notre inconscience, notre jeunesse, notre lâcheté. Ce n'était même pas de la politique. C'était un choix de vie.

Après le lycée, les classes redoublées et chaotiques, selon mon bon vouloir et la paresse que je mettais assidûment en œuvre pour les matières que je détestais, j'étais entré comme employé de bureau dans une entreprise de comptabilité grâce à mon ami Jacques, dont l'oncle dirigeait la société. Jacques, lui, suivait des cours du soir pour devenir comptable. La journée, il occupait un bureau près du mien. Très organisé, sérieux, il espérait prendre la succession de son oncle. Il voyait déjà sa route professionnelle toute tracée. Mais dès la sortie des bureaux, il retrouvait son insouciance de jeune homme. Nous allions ensemble boire des anisettes à la brasserie sur le boulevard Gallieni, d'autres nous rejoignaient, Pierrot, Hubert, Prosper, Dédé, Claude. On jouait à celui qui décortiquerait le plus vite les cacahuètes. On prévoyait une soirée cinéma au Mogador ou à l'Empire, la sortie au nouveau night-club de Canastel. L'un d'entre nous annonçait la réussite de son permis de conduire, la première voiture d'occasion achetée. La cohésion du groupe ne s'étiolait que lorsque les filles faisaient leur entrée. Le plus souvent, les attitudes conquérantes s'évanouissaient pour laisser la place à une timidité soudaine, volontaire ou jouée, toujours fructueuse. C'était difficile à deviner, certains étaient de très bons comédiens. En particulier Jacques qui, à côté du travail et des études, finissait un cursus de chant lyrique au Conservatoire. Je me souviens qu'un soir, il avait voulu inviter une jeune fille, mais il n'avait pas osé lui dire que c'était pour assister à l'une de ses auditions publiques, et qu'il chantait. J'avais dû servir de chaperon. Nous étions au Théâtre de Verdure, assis côte à côte. Elle s'appelait Aurélie, elle était très jolie, elle rougissait dès que j'essayais de lui parler. Elle ne comprenait pas très bien ce qu'elle faisait là et où était Jacques. Quand elle le vit arriver sur scène, elle écarquilla les yeux, se tourna vers moi, incrédule, elle pouffa dans son poing, puis posa les mains sur ses genoux, comme une petite fille, et l'écouta religieusement chanter l'air de la Calomnie dans *Les Noces de Figaro*. J'ai oublié la fin de la soirée, les retrouvailles après l'audition. Mais un an plus tard, Jacques épousait Aurélie et je le revois au début de l'année 1960, entrant comme un fou dans le bureau, lui d'ordinaire si mesuré, pour m'annoncer que sa femme avait accouché dans la nuit d'une petite fille, qui s'appellerait Denise.

Ces bonheurs du quotidien nous faisaient oublier pour un temps la guerre qui, à ce moment-là, était l'autre versant tragique, incontournable, des jours de nos vies.

Avec les "Indigènes", comme la grande majorité des Oranais le proféraient, avec dans leur moue et leur ton une note méprisante qui rendait le terme synonyme de sauvage, les relations étaient tendues, friables, même celles qui avaient pu paraître fortes et sincères entre les communautés qui composaient Oran, Algériens, immigrés espagnols ou ceux venus de tout le bassin méditerranéen, juifs et colons français. On échangeait, on communiquait. Côte à côte. On ne se mélangeait pas. La loi était implicite, les traditions féroces. En découlait insidieusement un inévitable réseau d'exploitation, les asservis des uns humiliant les autres en une chaîne dont les apparences de respect et d'égalité préservées pouvaient être trompeuses. Chacun défendait son territoire, chacun en équilibre sur les barreaux d'une échelle où l'on trouvait, tout en bas, les enfants véritables de la patrie colonisée, les Algériens. Ils subissaient occupation et brimades, avant l'explosion. Bien avant les vraies balles, on échangeait celles à blanc mais tout aussi cruelles, des insultes. Sale Arabe, sale Espagnol, sale Juif. Sale *roumi*. J'entendais, je pouvais être choqué, blessé, mais je me laissais finalement porter par le cours de ma vie insouciante, les loisirs, les sorties. Je voulais croire que le soleil écraserait les différences inconciliables, que la lumière laverait les rancœurs et que la colère qui grondait n'était que la manifestation bruyante d'un peuple méridional, turbulent mais inoffensif. J'avais vite déchanté, et quand le service de la défense passive m'obligea avec d'autres à approcher les portes du conflit sur les hauteurs de la ville, je m'en voulus de mes illusions stupides et de mon aveuglement poltron. Je me réveillais d'un songe imbécile et il était déjà trop tard.

À la fin de l'année 1960, alors que la ville devenait électrique, que des bombes éclataient ici et là, que le tissu social déjà fragile se déchirait en pans sanglants, je décidai, à l'instar de tous mes amis, de partir. Quitter Oran. Nous n'avions pas la force de prononcer ces mots. On partait. Pour la France, région parisienne et le Sud surtout, pour retrouver des bords de mer et un soleil familiers. Certains se préparaient à des destinations lointaines comme le Canada, ou des territoires d'outre-mer. Les plus prévoyants avaient fait un bref séjour en métropole, comme on disait, pour s'assurer d'un emploi avant le départ définitif. Partir était inéluctable mais il m'était impossible de le concevoir, de le prévoir. Au fil des mois, les pressions amicales, les conseils répétés de mes amis n'avaient eu pour résultat que de me faire accepter de mauvaise grâce de fixer une date de départ et de prendre une place sur un bateau. En attendant, je les voyais partir un à un, et à chaque adieu, à l'aéroport ou sur un quai du port, c'était un morceau de moi, de ma vie, qui disparaissait avec eux. Paris, des noms de villes de banlieue qui sonnaient joliment mais que j'imaginais tristes et grises, Marseille, Avignon, Nice, Montréal, Pointe-à-Pitre, Nouméa. On allait quitter l'Algérie comme on quittait le nid familial, pour devenir adulte sur des terres froides et inconnues.

Je voulais, lâchement, profiter d'un dernier été. Ce mois de juillet, le dernier sur cette terre qui m'avait vu naître, s'était étiré en bains de mer, pêche dans les rochers, balades dans les dunes odorantes du parfum sucré des genêts. Je ne travaillais plus, l'oncle de Jacques avait fermé l'entreprise un mois auparavant, et se préparait, avec sa famille, au départ. J'attrapais de plein fouet le bonheur d'être simplement étendu dans la lumière, les yeux fermés, de nager dans l'eau fraîche, de plonger dans le reflet des rayons du soleil. J'aurais voulu embrasser le ciel, boire l'eau salée. Je prenais des poignées de sable que je faisais couler sur ma poitrine, sur mon cœur. Je disais adieu à Oran, à mon enfance, à ma jeunesse. Seul. Plus de jeux, plus de courses folles sur le sable, plus de peau douce à caresser du revers de la main, prétexte à ôter les grains de sable. Je regardais la paroi sombre de la montagne s'allier à la mer, de leur rencontre naissait un bouillonnement neigeux. Un morceau d'Afrique qui sombrait, brisé, dans les profondeurs.

Il y a un point, sur Riverside Drive, où la voie se courbe, s'incurve, et où la masse des grandioses constructions des années 1920 et 1930 suit avec grâce cet imperceptible mouvement, cette légère rupture au quadrillage mathématique des rues et des avenues de la ville. L'œil est tellement accoutumé aux lignes droites, aux blocs géométriques, qu'il met quelques minutes à s'apercevoir de la soudaine douceur, de l'infime assouplissement. Le corps du marcheur obéit alors inconsciemment à l'inflexion architecturale, la marche se ralentit, on s'arrête, on lève les yeux vers les centaines de fenêtres fermées sur les intérieurs cossus, on prend conscience de la courbe, indéniable, des constructions avant même celle qui suit la chaussée et le trottoir. On peut se perdre encore dans quelque fouillis de rues en bas de Manhattan, entre Wall Street et l'East River, ou dans l'îlot brouillon de Greenwich Village, mais à ce point géographique de la ville et avec une muraille d'immeubles d'une telle hauteur, c'est très inhabituel. La voie déserte ajoute à cette étrangeté. Même si l'on sait qu'on est à New York et que le doute ne peut être permis. À l'inverse des petites rues de Downtown, autour de

Fulton Market, qui composent un ensemble cousin des bords de Tamise ou d'images d'Amsterdam.

Les buildings de Riverside Drive sont représentatifs de l'architecture de l'Upper West Side qui connut son âge d'or dans l'entre-deux-guerres. Même si je remarque certains bâtiments plus anciens, aux airs de gros manoirs anglais, qui brisent la ligne se découpant sur le ciel, les plus beaux, les plus impressionnants sont ces paquebots de pierre, d'une étonnante sobriété lorsqu'on les voit de loin, et qui offrent, quand l'œil s'habitue et se rapproche, d'infinis détails, pleins de la grâce et de l'élégance d'un temps disparu. Sculptures de pierre, corniches ouvragées, camaïeu de briques gris-rose. La plupart des entrées de ces immeubles sont en retrait du trottoir, il faut franchir des marches, ou une allée. Je ne vois pas de doorman, même en glissant un coup d'œil rapide à l'intérieur des halls les plus accessibles qui ressemblent à ceux de petits palais privés, au luxe discret. Mais j'imagine une équipe réduite, aux petits soins de résidents aisés et à la moyenne d'âge élevée.

Riverside Drive est une longue avenue qui suit l'Hudson. Entre l'eau et la chaussée, le parc du même nom. L'avenue commence à la 72e rue et se termine bien au-delà de Harlem. Gershwin a habité l'un de ces immeubles placides. D'autres célébrités ont sans doute choisi de s'installer ici, à l'écart du tumulte, près de l'eau et des arbres.

J'ai découvert Riverside Drive un soir d'hiver. Il n'était pas tard, mais toute l'avenue et ses abords étaient enveloppés de nuit et de neige. J'avais déjà beaucoup marché dans Central Park. La neige me ravissait. Je souriais tout seul en faisant craquer sous mes pas la légère couche de glace. Je parlais aux écureuils, qui grelottaient et s'approchaient de moi à petits sauts. Les rares promeneurs que je croisais me rendaient mon salut. La neige adoucissait le paysage et créait un lien sinon de fraternité, du moins de connivence. Elle ramenait à l'enfance, aux contes de fées. Même pour moi, qui n'avais pourtant jamais été lecteur d'histoires enchantées et qui avais découvert la neige ici, déjà adulte. Demain, les rues seraient boueuses, sales, on recevrait des morceaux de glace tombés du haut des immeubles, des congères grises bloqueraient les voitures garées, on glisserait sur du verglas là où le trottoir s'affaisse vers la chaussée, on pesterait, jurerait, on s'insulterait. Mais à cette tombée du jour, la neige était un charme blanc qui avait saisi la ville et je me retrouvais en imagination, au cœur même du grand parc de Manhattan, dans des paysages de Grand Nord. Sorti au niveau de la 72e rue, je passai devant le Dakota et continuai vers l'ouest. Les rares piétons marchaient avec précaution, les couples se tenaient par le bras, bien serrés. Quelques voitures, surtout des taxis, passaient avec lenteur dans un chuintement mouillé. La plupart des magasins avaient fermé plus tôt, leurs devantures obscures assombrissaient encore la rue déjà bleue de nuit. Je sentais les muscles de mes mollets se tendre, je soufflais fort des bouffées de respiration blanche mais je n'éprouvais que chaleur et euphorie. Peu importaient l'heure et la longueur du chemin du retour, je continuais, j'avais toute la nuit devant moi. Je m'imaginais marcher dans la ville, sans fin, jusqu'à ce que la neige fonde, jusqu'au printemps. Je me voyais patauger dans la mousse glacée devenue translucide, recevoir les gouttes d'eau tombées des arbres, des corniches et des toits, et puis peu à peu la ville se redessinerait à nouveau, nette, droite, prête pour les beaux jours. Et ce serait, plus tard, la masse caniculaire qui tomberait de tout son poids immobile pour amollir de chaleur gluante les choses et les êtres.

Ce soir-là, cheminant dans l'obscurité glacée, je profitais pleinement du pôle froid de ce climat de tous les excès. J'arrivai sur Riverside et, sans m'arrêter, entamai la remontée vers le nord. Je suivais un bon rythme, je ne stoppais pas à l'intersection des rues, aucune voiture ne me ralentissait. C'était comme une marche en montagne, soutenue, régulière, le corps lâché, les muscles en mouvement et en harmonie avec le regard. J'éprouvais une sensation d'acuité intense, et de repos. Une sérénité pleine, habitée de puissance tranquille. Le sentiment d'être acteur de l'univers. Humble sujet de cette totalité, j'étais admis, protégé, identifié. Je me sentais invincible. Je tentais de me remémorer la journée pour que son souvenir en demeurât entier dans ma mémoire, et pour comprendre le mouvement qui m'avait amené jusqu'à cette sensation. Je savais que ce n'était pas seulement le compas de mes pas. J'avais oublié la matinée. Je me souvenais d'avoir vu les premiers flocons tomber alors que j'allais prendre mon café de fin de service en guise de petit-déjeuner. J'étais ensuite rentré chez moi, je m'étais assoupi, dans le silence habituel du studio. Et puis New York m'avait appelé, m'avait happé. Malgré le manque de sommeil, j'avais remonté d'un bon pas Park Avenue, et, après un sandwich rapide du côté de Grand Central en fin d'après-midi, j'avais rejoint les rives du parc et commencé mon expédition. Entre promenade consciente et errance rêveuse.

Sous la lumière pâle des réverbères de Riverside Drive, je levai la tête vers ce virage insolite, la souplesse inattendue du rempart. L'émotion jaillit, me stupéfia. Je pensai à une ligne harmonique, musicale. Je repris mon chemin, plus lentement, je comptais mes pas, j'étais comme en suspension, je craignais de briser le charme. De l'autre côté de la rue, la masse sombre du parc composait un autre territoire, les lumières citadines éclairaient les pans de neige au milieu des arbres, dans les allées du jardin, on aurait dit un tableau abstrait fait de taches noires, blanches, jaunâtres. J'étais du côté minéral, habité, vivant. Il faudra bien que je prenne une rue transversale pour rejoindre les grands axes, me disais-je. Je m'éloignais trop des bus, du métro. Le retour serait plus long, je le savais déjà. Je sentais la lassitude me saisir peu à peu, je me disais que j'aurais bientôt faim, soif.

Mais je restais sur Riverside, encore. Ce temps suspendu était le mien. J'en avais une conscience si aiguë qu'elle me fit monter les larmes aux yeux. Ou c'était peut-être le froid, la fatigue. Je souriais, j'étais le maître de mon temps, de ma vie, du monde.

DOORMAN, MORCEAUX CHOISIS 2

Un milieu d'après-midi d'automne. Je suis en train de confier à Archie que j'ai encore perdu à la loterie. Il lève les yeux du comptoir, regarde par-dessus mon épaule.

— Tu as vu ce type ?

Je me retourne.

— Je le vois traîner devant l'immeuble, depuis deux ou trois jours, toujours vers la même heure.

— Tu ne lui as pas demandé ce qu'il veut ?

— S'il voulait quelque chose, il serait entré, non ? J'essaie de deviner.

— Il n'a pas l'air inquiétant. Et il est dehors, ça ne nous concerne pas.

— On ne sait jamais, il attend peut-être quelqu'un d'ici, ou il guette.

— Tu crois que c'est un des amoureux de Peggy Lou Stewart ?

Il rigole.

— Non, je ne l'ai jamais vu. Et tu sais comment elle est, elle nous l'aurait présenté. Il l'attendrait avec nous.

— Un admirateur ?

L'homme a une quarantaine d'années. En costume gris, cravate foncée, il porte des lunettes. À l'instant même où il regarde de nouveau l'entrée, nos yeux se croisent.

— Je vais lui demander ce qu'il veut.

Avant qu'Archie ne puisse dire un mot, je me dirige vers les portes. L'homme esquisse quelques pas pour s'éloigner, mais mon sourire engageant qu'il distingue à travers la porte vitrée le retient là, sous le dais.

— Bonjour, monsieur, je peux vous aider ?

— Bonjour. Je suis désolé, je…

— Ce n'est pas la première fois que nous vous voyons devant l'immeuble. Vous cherchez quelqu'un ? Quelque chose ?

Il se gratte l'arête du nez, met une main dans sa poche, la ressort, l'agite. Il fait un geste vague vers l'entrée, prend une grande inspiration.

— Je m'appelle Jim, je viens d'Eugene. J'ai… – Il sourit, sa posture s'assouplit. – J'ai vécu ici jusqu'à mes dix ans. Je suis de passage à New York alors, j'avais envie de voir…

— Vous avez bien fait.

— Ça n'a pas changé. Juste – il pointe son index vers le haut – cet auvent, il n'y en avait pas.

— Vous voulez entrer, revoir le hall ?

— Non, non, je vous remercie. Je préfère… Je suis vraiment désolé.

— Ne vous excusez pas, je m'appelle Ray, je suis un des doormen.

Il semble distrait, il ne m'écoute pas. Je vois comme une onde de tristesse passer sur son visage, elle trouble son regard, plisse sa bouche. Je poursuis mon bavardage.

— Et vous êtes à New York pour le travail ?

Il est de nouveau attentif. D'abord parce qu'il est poli.

— Non, non. Je suis enseignant à l'université d'Eugene. – Il précise : C'est une petite ville, en Oregon.

— Je ne connais pas l'Oregon. En fait, je n'ai encore jamais quitté New York.

— Mais vous venez d'ailleurs non ? Vous avez un accent…

— Oui. J'ai un accent français.

— Ah, vous êtes français…

— Non.

À la seconde où je réponds, je regrette déjà d'avoir été aussi sec. Il semble perdu. Mais ma réponse brutale n'en est pas la seule cause, je le sais.

— Vous n'étiez jamais revenu à New York ?

— Oh si, bien sûr que j'y suis revenu, et souvent. Mais c'est la première fois que je passe au 10.

— Vous ne voulez vraiment pas entrer ?

— Je vais vous laisser travailler, pardonnez-moi.

— Vous ne me dérangez pas, il n'y a personne, c'est calme cet après-midi. Mais si cela vous fait plaisir, n'hésitez pas.

Je le salue de la tête et je fais quelques pas pour rejoindre les portes. Il m'arrête.

— Attendez, je viens avec vous.

Nous entrons ensemble. J'éprouve un étrange plaisir à le faire pénétrer dans le hall, comme si je l'accueillais après un long voyage. Archie est dans le bureau. Nous sommes seuls. Il reste planté sur le sol noir et blanc. Il regarde autour de lui, son regard est comme une caresse, sur les murs, l'ascenseur, le comptoir, il glisse sur moi sans me voir. J'imagine qu'il se revoit petit garçon, parcourant ce hall qui devait être alors pour lui aux dimensions gigantesques.

— Rien n'a changé, murmure-t-il.

— Les plus anciens des résidents y tiennent, je crois.

— C'est si loin.

Je me rapproche.

— Tout va bien ?

Il ôte ses lunettes, se frotte les yeux, il a l'air si jeune tout à coup.

— Ma mère est morte il y a une semaine, non non ça va aller, je voulais revoir le 10, mon enfance, elle, c'est tout. J'ai été si heureux ici, c'était le paradis, c'est mon paradis. Mes parents ont divorcé, ma mère et moi nous sommes partis à Seattle, puis à Portland, où j'ai fait mes études. Je n'ai jamais revu mon père, je sais qu'il est mort. Alors voilà, dit-il en écartant les mains, c'est un peu bête. Je suis adulte, j'ai une belle vie, un bon travail, une famille, deux enfants. Mais, ajoute-t-il en remettant ses lunettes, je crois que je suis aussi ce petit garçon. J'ai appris à marcher sur ces carreaux…

Je l'écoute en souriant mais sans parvenir tout à fait à masquer ma gêne face à la confession. Sa confiance et son naturel m'émeuvent mais il y a en moi cette barrière sourde, compacte qui m'empêche d'aller plus loin que l'expression affable toute professionnelle que je lui offre.

Comme souvent, ma sensation profonde n'est pas en accord avec ce que je donne à voir.

— Merci, merci mille fois. C'est extrêmement gentil de votre part. On voit que vous êtes un Européen. – Il sourit. – Pas de commisération, pas de fausse compassion. Vraiment merci… Ray.

Il me tend la main, je la lui serre.

— Revenez quand vous voulez.

Ses yeux font un dernier tour panoramique, de l'ascenseur aux portes, du comptoir au canapé.

— Je ne reviendrai pas.

Il recule de quelques pas, me fait un dernier signe et, avant même que j'aie le temps d'aller vers les portes, il est déjà dehors et disparaît de ma vue. La porte à tambour continue de tourner, elle bat comme un cœur, puis s'immobilise, lentement.

— Il y a une souris dans la cuisine !

Debout près du comptoir, j'entends de mon poste le hurlement de Peggy Lou Stewart dans le récepteur que tient Archie, à bonne distance de son oreille.

Il me regarde, lève les yeux au ciel, rapproche le téléphone de sa bouche et susurre de sa voix la plus professionnelle :

— Restez calme, madame Stewart, j'appelle le *super* !

— Non, non, je veux quelqu'un ! Tout de suite !

Archie m'interroge du regard, je lui fais signe que je monte. Depuis que je suis passé en service de jour, je me déplace davantage dans les étages, même si ma fonction principale me retient la plupart du temps près des portes.

Peggy Lou Stewart m'attend devant l'ascenseur et m'entraîne dans le couloir moquetté qui mène au 9C, chez elle. Elle est vêtue d'un long peignoir, qu'elle serre contre elle les bras croisés et qui descend jusqu'à ses pieds nus, aux ongles vernis.

— Je l'ai entendue fricoter sous l'évier !

— Fricoter ?

— Oui ! Elle bouge, elle gigote, elle fait des petits bruits.

Malgré elle, Peggy Lou essaie d'imiter la souris, elle serre les lèvres, sort ses dents, elle met ses mains sous son menton en agitant ses doigts. Je me retiens de rire. Elle poursuit :

— Je n'ai presque rien là en dessous. Par où elle est passée ?

— Par un tuyau, je suppose.

Arrivé dans sa cuisine, je m'apprête à ouvrir la porte sous l'évier.

— Non ! – Elle va pour sortir. – Chut, vous entendez ?

Je n'entends rien.

— Non... Je...

— Chut ! Là, là ! Crrr crrr !

— Je suis désolé, madame Stewart, il n'y a peut-être rien là-dedans. En tout cas, pas une grosse souris, lui dis-je pour la rassurer.

— Qu'est-ce que vous en savez, me lance-t-elle, agressive, en rajustant son peignoir. Vous avez vu la taille des rats qui se promènent dans les rues ! On dirait des lapins !

Relativement loin de l'eau, le quartier est résidentiel, peu de restaurants laissent sur le trottoir, lorsqu'ils ferment leurs portes, les montagnes de sacs d'ordures qui font le régal des rongeurs dans d'autres parties de la ville. Malgré la saleté générale, je n'ai encore jamais vu de rats sur Park Avenue.

— Ce doit être une toute petite souris, pour pouvoir circuler dans le tuyau sous votre évier.

— Ça m'est égal. Trouvez-la, tuez-la, et qu'on n'en parle plus.

Elle sort de sa cuisine sans oublier de fermer la porte derrière elle. Elle attend que je tue la bête.

J'ouvre le placard. Des produits d'entretien, une poubelle à moitié remplie. Le battant est grand ouvert, je ne vois rien. Il y a bien un sac en plastique roulé en boule tombé de la poubelle mais aucun être vivant. Je fouille dans les ordures, rien.

Alors, d'un pot à ustensiles près de l'évier, je me saisis d'une cuillère en bois, donne quelques coups, au hasard, sur le plan de travail, puis rapidement, je prends le sac en plastique, y jette un trognon de pomme et le tenant bien serré dans ma main, j'ouvre la porte, l'air triomphant en disant :

— Voilà, c'est fait. Une toute petite souris.

Elle pose les mains sur sa poitrine, regarde avec insistance le sac roulé en boule.

— Ah… Je peux ?

— Non… Ce n'est pas beau à voir.

— Bon… Très bien…

J'ai l'impression qu'elle regrette soudain l'assassinat d'une si petite chose. Je transforme le rire qui me tire les coins de la bouche en sourire poli et rassurant.

— Vous n'avez plus rien à craindre. Bonne journée, madame Stewart. J'enverrai le *super* pour poser un piège, au cas où.

— Oh, attendez, Ray…

Elle ouvre un tiroir, je la vois fouiller dedans. Puis elle me tend la main, un billet de cinq dollars plié en deux.

— Merci, Ray.

— Merci, madame Stewart.

J'empoche l'argent et je quitte l'appartement.

Dans l'ascenseur, je me vois dans le miroir. Un homme jeune, la trentaine, d'une belle allure dans son uniforme, me regarde de ses yeux noirs. Qu'est-ce que tu fais là ? semble-t-il me demander. Les miroirs me posent toujours la même question.

Le sourire malicieux d'Archie m'accueille à la réception.

— Alors, le sauveur de ces dames ?

— Ce n'était rien du tout, dis-je, en jetant le sac dans la corbeille à papier.

— Ah, une souris invisible !

— Elle a entendu un bruit sous l'évier, c'est tout.

— Hum hum... Tu crois qu'elle s'est déjà tapé les doormen ?

C'est une blague entre nous, les doormen, le concierge et le superintendant, même si ce dernier fait mine de s'offusquer de nos plaisanteries à l'égard de Peggy Lou Stewart. C'est une croqueuse d'hommes au manège très particulier, qui change régulièrement de partenaire. On les voit quelquefois rentrer avec elle, ou l'attendre en notre compagnie, à la réception. Mais le plus remarquable, et c'est Archie, le plus ancien d'entre nous, qui l'a noté avec amusement, c'est qu'elle choisit, selon les saisons, le champ d'activité de ses éphémères amoureux. Il nous a ainsi raconté les automnes où Peggy Lou s'enflammait pour des commerçants, des fourreurs pour la plupart, puis, un hiver, quelques employés de Wall Street avaient successivement partagé ses soirées et ses nuits. Archie avait salué de jeunes gens athlétiques, des hommes mûrs sans doute mariés, qui tentaient de passer, invisibles, la porte à tambour. Il y eut des sportifs, des artistes en herbe ou ratés, trois quatre individus par corps de métier et puis, tournez manège, Peggy Lou l'insatiable, sympathique et généreuse ! La solitude, dans la grande ville, était quelquefois difficile à supporter, et Peggy Lou faisait ce qu'elle pouvait tant qu'elle se sentait encore jeune et désirable, pour se rassurer, pour tromper l'ennui dans son appartement confortable, et pour se donner l'illusion d'une vie à deux en acceptant dîners et sorties. Nous ne l'avions jamais vue avec un compagnon que l'on aurait imaginé employé d'immeuble et Archie me taquinait et lançait les paris auprès des autres. J'étais le plus jeune, célibataire, au physique plutôt avenant, j'étais un Européen venu tenter sa chance au Nouveau Monde, mes quelques connaissances vantaient mon petit vernis auprès de leurs relations féminines, amies de leurs femmes, de leurs sœurs, mais cela ne m'intéressait pas. Je préférais les accidents d'un soir. Je n'avais ni l'envie ni le besoin de m'engager et de partager le quotidien de quelqu'un d'autre. Je vivais ma vie comme un roman et les êtres humains qui remplissaient chaque alvéole du 10 Park Avenue, plus les quelques amis du dehors, suffisaient à assouvir mon désir de partage et l'atavique compassion que je ressentais pour chacun d'entre eux. Ne plus avoir de famille était un grand soulagement, une immense liberté.

“Broadway, le chemin de l’Amérique”. “Les États de Broadway”. “Broadway Fragments”. “De Brede Weg à Broadway, la traversée d’une Amérique”. Nous avions longtemps débattu, Salah et moi, du titre de son film de fin d’études consacré à l’axe le plus long de New York, dont le tracé partait de Bowling Green au sud pour aller bien au-delà de Manhattan et du Bronx, au nord. Au moment du choix de son sujet, le grand marcheur qu’il était avait trouvé d’emblée le thème de son film. Il avait vite compris que la fiction n’était pas pour lui. “Je m’ennuie avec ces petits bouts de films qu’on nous demande en exercice, s’était-il plaint. Tu trouves ça intéressant de tourner dans une cuisine des histoires d’amour contrariées ? Les individus ne m’intéressent pas, leurs péripéties quotidiennes ne présentent aucun intérêt. Ce que je veux étudier, c’est la masse, le groupe, les courants qui l’entraînent et leur universalité. Et quoi de mieux que New York et la rue ? Où que tu mettes ta caméra, le mouvement, la lumière, les couleurs, l’excès de toutes ces choses combinées créent une beauté urbaine unique et très cinématographique.” Broadway s’était imposée, avec la traversée de tout ce qui composait les contrastes de la ville, l’architecture comme les habitants, le rythme comme les sons. Broadway, pour Salah, était le reflet de l'identité de New York et il s'y était plongé pendant deux ans. Au début de son projet, il avait effectué un repérage des lieux avec un appareil photo. Je l'avais accompagné deux ou trois fois mais m'étais vite lassé de ses arrêts, instants de contemplation que je ne partageais pas. Marcher, pour moi, signifiait aller d'un point à un autre. Arrêter le mouvement m'agaçait, piétiner me mettait de mauvaise humeur. Je n'avais pas de patience, j'étais seul sans l'être, exclu. Devenant une charge plus qu'un complice passif, je le laissai à ses recherches et justifiai cet abandon, qui l'avait au début blessé, par la surprise que je préférais réserver à la première projection du film. Il voulut bien me croire et ne me reparla plus de son travail en cours si ce n'est au moment de choisir le titre. Une fois les bornes de l'avenue marquées par les repérages photographiques, les angles qu'il ne devait pas rater, les articulations qui s'exprimaient évidentes sur l'image fixe, de la voie comme de son film, les points remarquables à ne pas manquer, la beauté, la laideur, la magnificence, la misère, jusqu'aux portes des entrées d'immeubles ou de maisons de ville qui donneraient, je le vis à l'écran le jour de la projection, les repères chiffrés de ce qui était comme une ascension vers l'altitude, il reprit le trajet, cette fois-ci lesté de sa petite caméra Beaulieu. Quand je le retrouvai, après ces prises de vues qui avaient espacé nos promenades hebdomadaires, il était amaigri mais heureux. La traversée l'avait épuisé. "Et encore, je ne suis pas allé jusqu'au comté de Westchester, m'expliqua-t-il. Broadway sort du Bronx et continue, traverse Yonkers, Hastings-sur-Hudson, de petites villes banales qui se ressemblent toutes, elle devient une sorte de route nationale, tu vois, sans grand intérêt. Mon prof m'a dit que Broadway se terminait au nord de Sleepy Hollow, joli nom, tu ne trouves pas ? Mais je ne suis jamais allé jusque-là. Je me dis que j'aime voir Broadway comme une avenue sans fin."

Il s'était arrêté symboliquement à la 225e rue, une fois la boucle de la Harlem River franchie, après avoir depuis la 150e rue, prolongé de bloc en bloc ce qu'il s'était donné, au départ de son projet, comme destination finale.

— Il y avait toujours une image que j'avais envie de garder. Un matin sur la 196e, j'ai trouvé au pied d'une borne à incendie deux machines à écrire posées par terre, côte à côte, avec un grand carton rempli de feuilles dactylographiées au milieu. Une merveille, pour un scénario, le début d'une histoire, s'était-il exclamé. Alors, j'ai continué de tourner, encore.

Je lui assurai que je n'avais jamais pensé qu'il réaliserait un film d'amateur, que j'attendais de lui de découvrir l'envers de la carte postale, le négatif de ce que mes yeux habitués ne voyaient plus au hasard de mes passages sur l'avenue, sans noter désormais les pépites que lui, grâce à son œil prolongé d'une caméra, avait cueillies, rassemblées et montées pour en faire un itinéraire inédit.

J'étais donc parmi les spectateurs, ce soir-là, dans une petite salle de projection de l'université, en compagnie d'autres étudiants, des amis de Salah, acolytes curieux, de quelques professeurs. J'aperçus, alors que j'étais déjà installé au dernier rang, ses parents, sa mère tenant par la main sa petite sœur. Guidés par Salah, ils s'installèrent au deuxième rang, comme si, au plus près de l'écran, ils seraient les premiers à découvrir le film de leur fils.

L'image d'ouverture m'étonna. Apparu dès l'obscurité faite dans la salle, sans titre, sans générique, le Flatiron Building se dressait, dessinant le fameux angle à la hauteur de la 23e rue. La voix de Salah expliquait, dès le début du commentaire, que c'était à ce point précis que Broadway glissait en diagonale, unique voie sud-nord désobéissant à la rectitude des avenues imposée par les géographes à la fin du XIXe siècle. La nature avait résisté au tracé artificiel et Broadway, dans toute son indépendance et jusqu'à son nom, avait conservé et poursuivi sa course. Broadway était indisciplinée et brouillonne, à l'image de New York, et Salah, une fois son introduction exposée, avait développé sa thématique en nous faisant voyager chronologiquement, des eaux clapotantes de Battery Park à celles de la Harlem River. Je découvris une Broadway que je n'avais jamais vue, merveilleuse, bouleversante. Le regard de Salah était sans concession, sévère, et d'une tendresse à vous briser le cœur. Le montage laissait le temps à l'émotion, la réflexion, après le visionnage de certaines images. La bande sonore et le commentaire soutenaient habilement le rythme de la ville elle-même, par moments on ne distinguait plus la musique des sons urbains. À certaines scènes captées sans doute par le plus grand des hasards, la chance inouïe d'avoir été là avec une caméra pour attraper un instant unique, j'entendis quelques applaudissements dans la salle. D'autres moments cocasses déclenchèrent des rires.

Je sentais autour de moi l'audience captivée. Je cherchai dans l'obscurité la silhouette de mon ami mais ne la trouvai pas. Je lui sus gré de ne pas s'appesantir sur la description des lieux clinquants de divertissement autour de Times Square, qui avaient pris le nom de l'avenue pour identité artistique. La caméra s'attardait sur les visages, les corps, à travers lesquels se devinaient des détresses, des bonheurs, des insouciances, des inquiétudes, des destins sans espoirs. Je reconnaissais mon ami dans le kaléidoscope coloré, contrasté, vivant, de ces millions d'organismes rassemblés. Et, grandiose point d'orgue, je fus surpris par la scène finale. Salah avait réussi à filmer depuis un immeuble de Park Avenue la parade triomphale des astronautes qui avaient marché pour la première fois sur la Lune, l'année précédente. Je ne pouvais distinguer aucun des trois visages dans la marée humaine et les *ticker tape*, ces petits bouts de papier qui tombaient du ciel, mais Broadway en liesse devenait l'Amérique tout entière en fête, fière de ces héros qui avaient donné réalité à un rêve insensé. La caméra monta vers la lumière du soleil qui blanchit l'écran, sur lequel se révéla enfin le titre. Salah avait eu raison d'appeler son film "De Broadway à la Lune". Alors que je participais aux applaudissements nourris et enthousiastes et que défilait un générique succinct plus chargé en remerciements qu'en énumération de personnel technique, Salah ayant quasiment accompli toutes les fonctions, de la prise de vue au montage final, je rêvai, comme lui, que Broadway, ce chemin naturel emprunté par les Amérindiens, élargi, prolongé par les premiers colons, modernisé par vagues au fil des siècles, cabossé, transformé, serti de constructions anarchiques de plus en plus folles, Broadway, cette large veine du cœur de New York, continuait sa course palpitante jusqu'aux étoiles.

J'étais descendu à Chinatown. L'exotique et le bon marché ne pouvaient qu'attirer quelqu'un comme moi qui voyageais surtout dans sa tête et surveillais ses comptes. Et j'aimais me perdre dans les petites rues sombres où, de jour comme de nuit, s'affairaient Chinois et émigrés de l'Asie du Sud-Est, disparaissant, jaillissant des immeubles, des magasins, le plus souvent à taille d'échoppe, des restaurants, des caves, vitupérant en éclats de voix secs et saccadés. L'activité débordante de la ville semblait redoublée dans les quelques blocs de ce quartier qui jouxtait sans logique géographique l'Italie et qui grignoterait au fil des années de grandes portions de rues aux quatre points cardinaux. J'y déambulais souvent quand j'habitais sur Eldridge Street, toute proche. Je rejoignais Hester Street ou Grand Street, et progressivement je changeais de continent, de langue. La rupture n'était jamais claire. Limités par l'East River d'un côté et Broadway de l'autre, les territoires asiatiques, italiens et juifs dessinaient une étrange carte avec enclaves et interpénétrations. Si l'on avait associé des couleurs aux différentes occupations, comme sur les planisphères de mon enfance, certaines zones mêlées auraient été de couleurs indéfinissables. Cependant, cohabitation ne signifiait pas mélange, les frontières entre les populations étaient, en ce temps-là, bien nettes. Par protection voire protectionnisme, la mémoire encore vivace des nouveaux émigrants, échappés de terres troublées, entretenait un esprit d'entre-soi. On avait reconstitué la cellule, la famille, la ville, la province et le pays. Mais la rue c'était New York, là où l'on se croisait, échangeait, faisait commerce, la rue c'était le territoire commun, le nouveau pays inventé et réinventé sans cesse. Naïvement, je pensais, les premiers temps de ma vie ici, que j'étais accepté parce que j'étais un caméléon habile qui pouvait se fondre sans difficulté dans ces univers disparates et communiquer avec aisance par mes seuls dons de son empathie et de sa curiosité. Je m'étais aperçu peu à peu que je me trompais. L'attention, la sympathie pouvaient aider sans doute, encourager les contacts, créer des liens. Comme partout ailleurs dans le monde. Mais à New York, la ville du monde entier, la cité des promesses, cet enfer du marche ou crève, ce paradis de tous les possibles, l'admission passait avant tout par l'offre et la demande, l'intérêt de ce que chacun pouvait offrir, apporter, vendre, à l'autre, à la communauté. Il fallait accepter les codes du jeu économique, commercial. Sinon toute vie sociale, professionnelle, et même amicale, était impossible. C'est ce qui faisait le ciment indestructible de cette masse énorme, hétéroclite, qui marchait d'une même force pour la propre survie de chacun de ses membres, indissociable de la renaissance permanente de la collectivité. L'excès d'individualisme faisait la réussite du collectif. La conscience de la qualité et l'affirmation de la nécessité de votre apport personnel, quel qu'il soit, étaient les conditions sine qua non de votre sentiment d'appartenance au groupe. Le repli sur soi, le manque de confiance, le flou d'un comportement ou d'une attitude conduisaient à l'exclusion ou au mieux à la marge. On venait à New York du monde entier pour ne pas mourir, mais la mort n'était jamais si proche que dans ces rues délaissées de Downtown, comme au pied des buildings impressionnants de beauté des quartiers riches. Il fallait marcher, avancer, pour s'en éloigner, pour la tenir loin de soi. Surtout ne pas fléchir, continuer quels que soient les sacrifices, la fatigue, les humiliations. La force de la ville, c'était cette marche en avant commune, marche perpétuelle, harassante, inéluctable. Les fondations vieillissaient, craquaient, pourrissaient, mais à la surface, il fallait que ça brille, que ça s'élève, s'étire, grandisse, encore et encore.

L'ambition de Chinatown, dans le New York des années 1970, était plus modeste, mais elle participait, à son échelle, au mouvement de la ville et à sa croissance. On venait se fournir ici en denrées alimentaires de toutes sortes, fruits, légumes, poisson, aux prix abordables. Descendre à Chinatown pour acheter une demi-pastèque qui me rappelait le goût de mon pays, ou des oranges, était un prétexte pour me balader, m'arrêter, curieux, devant les comptoirs d'herbes médicinales séchées aux noms illisibles, observer les vieillards jouer aux cartes à Columbus Park, ou avaler une délicieuse soupe aux nouilles dans une gargote, à une table de formica collante, au milieu de Chinois mangeant bruyamment, le nez dans leur bol.

Les couleurs étaient vives dans ces rues, festives. Des dragons en papier multicolores, des lanternes délicates en membrane veinée pendaient aux auvents des boutiques d'objets insolites à mes yeux. J'évitais le seuil des poissonneries, l'odeur me soulevait le cœur, je ne la supportais plus. Des vendeurs proposaient des fruits sur de petits tréteaux, à même le trottoir. Sur le chemin du retour, j'achetais trois grosses pêches.

J'en avais dévoré deux quand, après une heure de marche, je tombai sur Hannah Belamitz à la hauteur de Madison Square Park. Elle sortait du jardin d'un bon pas quand je la vis, le premier.

— Bonjour, Ray. Comment allez-vous ?

— Bien merci.

J'espérais que du jus de pêche n'avait pas coulé sur mon menton, ma chemise.

— Vous vous promenez ?

— Oui je marche. J'aime marcher.

— Moi aussi. Vous remontez avec moi ?

Nous prîmes la 26e rue, pour rejoindre Park Avenue South.

— Traversons, me dit-elle. Passons à l'ombre.

Il était déjà dix-huit heures mais le soleil, bien qu'assez bas, était encore fort par endroits. Les murs des immeubles, le trottoir, dégageaient un halo de chaleur palpable. Le mois de mai s'annonçait estival. Alors que nous marchions, côte à côte et silencieux, je songeai, comme chaque fois que je la croisais, à ce baiser, invisible entre nous, à mi-chemin de nos regards échangés.

— Pinchus est allé acheter des livres, était-elle en train de me dire. Encore ! Il remplit la maison de livres. Il n'aura pas assez de toute sa vie pour les lire.

— Il ne devrait pas les terminer.

— Mais c'est ce qu'il fait ! Il en lit plusieurs à la fois. Chaque jour je vois dans ses mains une couverture différente.

S'il n'apprécie pas l'histoire…

— Non ce n'est pas ça. Il… mange les livres. Un peu par-ci, un peu par-là, un peu de ci, un peu de ça. Je ne sais pas comment il fait. Moi je suis incapable de laisser un livre inachevé, même lorsque je ne l'apprécie pas. Et vous ?

— Moi aussi.

— C'est comme un pacte. Je ne peux décemment pas le laisser tomber. L'histoire. L'auteur, même s'il m'égare. C'est tout de même moi qui l'ai choisi, ou qu'on a choisi pour moi si c'est un cadeau.

Je suis frappé par la familiarité que cette femme me témoigne. Il m'est très rarement arrivé d'avoir l'occasion d'échanger avec d'autres résidents hors les murs du 10. Si je les rencontre dans le quartier, dans un café du voisinage, le dialogue se borne à un salut silencieux, à quelques phrases formelles de politesse. Elle est la seule avec qui, même aux portes de l'immeuble, j'oublie que je suis le doorman, et à son service en quelque sorte. Je garde tenue et distance mais notre relation circule d'âme à âme. Je suis attaché à cette femme d'une manière indéfinissable et le fait qu'elle m'ait donné mon emploi au 10 n'en est pas l'unique raison. Si je croyais aux anges, je dirais qu'elle en a la présence magique et que j'en ressens la protection indicible. Nous nous rejoignons en un lieu mystérieux, que je ne connais pas mais je sais qu'il existe. Est-ce le lieu des blessures muettes, ces points d'enfance tatoués dans nos mémoires respectives qui ainsi se reconnaissent dans les limbes d'un monde disparu ? Nous approchons de la 35e rue et de l'immeuble. Pris d'une réserve soudaine, je déclare un peu abruptement :

— Oh, j'ai oublié, je dois acheter du lait. Je… Bonne soirée.

Je lui tends le sac en papier avec la dernière pêche et je m'enfuis.

Il n'y a qu'à traverser pour rejoindre les portes. Immobile au bord du trottoir, elle sourit.

DOORMAN, MORCEAUX CHOISIS 3

Un samedi de janvier, début de soirée. Je suis seul derrière le comptoir. Archie prend sa pause.

L'homme qui vient d'entrer est essoufflé. Ses joues sont rouges, ses yeux larmoient du froid piquant de la nuit d'hiver. Il est élégant, pardessus bleu-noir, gants en cuir gris, écharpe blanche. Son visage m'est familier.

— Bonsoir monsieur, que puis-je pour vous ?

— Bonsoir. Je viens voir Mme Stewart, Peggy Lou Stewart.

La mémoire me revient immédiatement alors que je baisse les yeux pour parcourir le journal des entrées autorisées du jour.

— Et vous êtes monsieur… ?

Je sais qui il est. Un ancien. Deux, ou trois ans. J'ai oublié son secteur d'activité professionnelle.

Il me donne son nom. Je fais mine de vérifier, je sais bien qu'il n'est noté nulle part et Peggy Lou, que j'ai vue deux fois aujourd'hui, ne m'a donné aucune consigne.

— Je suis désolé, je ne vous vois pas.

— Mais si enfin, s'il vous plaît. Elle me connaît. D'ailleurs vous aussi je vous connais. Vous me reconnaissez, n'est-ce pas ?

Je fais semblant d'hésiter, de chercher dans ma mémoire.

— Vous savez, je vois passer beaucoup de monde.

Ses yeux s'écarquillent. Je tempère.

— Je veux dire qu'il y a beaucoup de résidents dans l'immeuble, beaucoup de visiteurs.

Elle a dû oublier de vous donner mon nom. Je monte.

— Attendez s'il vous plaît.

Mon ton ne laisse aucune ambiguïté. J'ai l'ascendant sur lui. Au fond de moi, Français indiscipliné et râleur, je ne peux m'empêcher de trouver la situation cocasse. L'effet de l'uniforme entraîne ici un sens civique exemplaire. Les Américains, même s'ils se défendent du cliché, sont en majorité de grands enfants naïfs et obéissants.

— Je peux l'appeler si vous voulez.

— Allez-y… Merci.

Il m'encourage d'un geste vague. Je sens qu'il n'a déjà plus d'espoir. L'énergie qui lui a fait pousser la porte du 10 est retombée. Il est résigné. Mais il veut sauver la face.

J'appelle Peggy Lou Stewart par l'interphone. Je laisse sonner. Je sais qu'elle ne répondra pas. Elle est rentrée plus tôt chez elle avec un sujet d'une nouvelle corporation. Les restaurateurs. Elle ne répond jamais lorsqu'elle est ainsi "accompagnée", comme elle me l'a expliqué un jour pudiquement. Sauf s'il y a le feu et nous avons, au cas où, mis en place un code d'appel et de sonnerie compliqué pour l'avertir. Je n'ai jamais osé lui dire que l'alarme assourdissante de l'immeuble annoncerait alors bien assez tôt et sans aucun doute possible qu'il serait temps d'interrompre ses ébats et de sortir au plus vite de son appartement.

— Elle ne répond pas. Elle n'est pas là.

— Ah…

Malgré tout, il s'obstine.

— Vous lui direz que je suis passé ?

— Oui, bien sûr.

— Et que je repasserai.

— Très bien. Rappelez-lui de nous avertir ici, au *desk*.

Il s'en va, plongeant dans la nuit glaciale, les pans de son manteau flottant à ses côtés. Une solitude de plus dans la grande ville, un samedi soir.

Peu de temps après mon arrivée à New York, j'avais eu une petite amie polonaise. Malgré le souci permanent du lendemain, l'angoisse de la survie en attendant un meilleur travail, malgré ces heures interminables au marché aux poissons, qui me laissaient transi et épuisé, l'impatience et la faim de me fondre dans la masse humaine de ma nouvelle patrie et l'obsession qui était la mienne d'inscrire mon être en marque indélébile sur la carte de la ville magique m'avaient entraîné dans un courant effréné de chasse à la petite amie, comme on disait à l'époque, avant que l'expression ne devienne joliment désuète. Il fallait que j'aie une *girlfriend*, cela faisait partie du protocole, de la panoplie. Pour toucher au plus près la normalité qui me ferait admettre et disparaître dans la multitude. C'était mon but. En y repensant aujourd'hui, je reconnais que c'était complètement stupide, puéril. Il ne s'agissait pas d'un besoin de tendresse, de caresses, sans parler d'amour, pour adoucir un quotidien âpre, difficile et incertain. Je voulais le tampon *girlfriend* sur le passeport. Et une vraie Américaine si possible. J'étais déterminé. Je ne m'en voulais même pas de désirer une femme comme on aurait eu envie d'une voiture.

Je ne mesurais pas le ridicule de ce caprice adolescent. Et vain. Une vraie Américaine, telle que je la rêvais, était impossible à moins de fréquenter les Upper West et East Sides, qui, comme leur nom le signifiait, étaient pour moi inaccessibles. Le mirage de la New-Yorkaise pur jus s'éloignant par-delà les arbres de Central Park, je me rabattais, si j'ose dire, sur les visages familiers que je croisais dans le Lower East Side, quand je rentrais en début de matinée du marché aux poissons. Je rasais les murs et serrais les dents, afin que personne ne me remarquât. Mes vêtements tachés, le bas de mes pantalons mouillé, l'odeur de poisson qui collait à ma peau me dégoûtaient. Hors du marché, loin des autres, des collègues, des marchands et des acheteurs, des camions frigorifiques, des tonnes de marchandises déchargées, déversées, disposées et emportées, je ne me supportais plus. Vers neuf heures, les rues du quartier rayonnaient de l'agitation incessante de la population, riveraine ou de passage. Je devais me rendre invisible. À l'inverse, quand je marchais dans la nuit un peu après trois heures, le long des immeubles obscurs, où seuls quelques rectangles de lumière découpés sur les façades annonçaient la journée à venir pour ceux qui se préparaient déjà à affronter la ville, j'étais plein d'entrain, j'étais propre, neuf. J'avançais dans les rues noires et désertes comme je progressais dans ma vie ces premiers mois à New York, inexorablement, aveuglément. *Forward*, je me disais comme un mantra, et j'avais aménagé mon trajet jusqu'à Fulton pour toujours apercevoir, entre les immeubles, ce mot inscrit en haut du bâtiment qui abritait le journal emblématique du quartier juif. J'avais ainsi mes marques, mes signes, mes rites, comme les cailloux blancs d'un petit poucet apatride. Je me réinventais un pays. *Forward.* En avant. Une porte rouge aux sculptures usées sur East Broadway. L'ombre d'une corniche sur Pike Street, comme la proue d'un vaisseau. Les lettres hébraïques noires gravées sur le mur d'une yeshiva sur Madison Street. La vitre embuée du *deli* ouvert 24 heures sur 24 sur Cherry Street. Le souffle aigre et froid d'une cave, à l'angle de Pearl Street. Je me voyais au cœur d'une toile protectrice que je tissais patiemment chaque jour, quand je partais au travail. Je marchais vite, enregistrant mentalement mes repères comme on toucherait furtivement un objet fétiche par superstition. J'étais prêt, quand j'arrivais près du pont de Brooklyn, où une ville entière de camions blancs, véhicules de transport de toutes tailles, de tous modèles et de tous âges, avait jailli sous les néons au bord de la nuit, où s'agitaient déjà les poissonniers sur le sol gluant et trempé, dans des gestes rapides, économes et précis. La folie viendrait bientôt, quand les acheteurs s'agglutineraient en masse mouvante autour des étals, au bord des tréteaux, devant les bacs, et que les paroles ne seraient plus que chiffres. Moi je chargeais, déchargeais, en silence.

Au retour, mon pas était tout aussi rapide, mais moins fluide, saccadé. J'étais jeune mais l'effort était rude et certains jours, la fatigue nouait mes genoux d'un carcan douloureux, pesait sur mes hanches et mes épaules. J'avais tout à coup un autre corps, déjà vieux, pesant, qui, à peine arrivé chez lui, se précipitait sous la douche, quelquefois encore habillé. Dans ce petit studio spartiate, aux installations presque centenaires et à l'aménagement précaire, le jet de la douche était étonnamment puissant, il frappait chaud et fort sur mon dos et mes muscles endoloris. L'eau mêlée de ma sueur, des écailles de poisson, de ma lassitude, disparaissait en mini-vortex parfait pour rejoindre des milliers d'autres courants troublés. Un des poissonniers m'avait donné le nom d'un savon, le plus efficace selon lui, pour ôter l'odeur que j'avais l'impression de porter sur ma peau comme un voile permanent. Il sentait le chlore et une autre odeur de parfum chimique que je n'ai jamais réussi à identifier, mais c'était déjà mieux que les odeurs de marée. La seule coquetterie que je m'autorisais était le quart d'une eau dite de Cologne bon marché que je me versais quotidiennement sur la tête. Je la frottais énergiquement pour en imprégner aussi mes doigts et mes ongles. Malgré ça, l'odeur de poisson persistait, infime, dans mes cheveux. Je laissais tremper mes vêtements de travail dans une bassine d'eau savonneuse. Nu, je me faisais un café, mangeais un bout de pain de la veille, tartiné de miel. Assis sur mon lit, je mâchais lentement, je buvais à petites gorgées, je laissais mon corps se détendre. La furie du matin était terminée. Je m'allongeais sous les draps et m'endormais pour quelques heures, je n'avais pas besoin d'alarme pour me réveiller, en début d'après-midi. Ces premiers temps new-yorkais, je rouvrais les yeux le plus souvent recroquevillé sur le côté, serrant de mon bras mon oreiller, comme dorment les enfants pour se rassurer. Je me levais, me rhabillais de propre, du slip aux chaussettes. Une autre journée commençait pour moi. Une autre lumière, d'autres sons. J'allais évoluer dans un monde moins routinier, j'espérais des rencontres inopinées, quelles qu'elles soient. Je pouvais alors me laisser aller, lâcher ma curiosité sur des voies moins monochromes que mes heures matinales. Je connaissais les rues de mon quartier par cœur mais il y avait toujours un détail à découvrir, une pépite sortie de la crasse et du quotidien.

Je prenais souvent un déjeuner tardif chez B & H Dairy, mais quelquefois je restais dans l'enclos formé par les rues autour de chez moi et ne franchissais pas la frontière de la Première Avenue. J'allais au Yankele Coffee Shop, sur Ludlow Street. C'est là que je rencontrai Rivka. Elle faisait le service l'après-midi, dans l'établissement qui appartenait à son oncle. Une grande brune, charpentée, aux yeux noirs dont la dissymétrie donnait un charme étrange. Elle était sympathique, un peu brusque dans ses gestes, sa façon de parler. La première fois qu'elle m'avait adressé la parole pour me demander ce que je désirais, je m'étais aperçu qu'elle ne me posait pas la question d'un ton interrogateur, mais qu'elle affirmait, sans le moindre doute, ma commande. Je n'avais pas compris, de prime abord, que c'était sa façon de s'exprimer.

— Un café.

— Non… Je n'ai encore rien demandé. Je voudrais une bière. Qu'est-ce que vous avez ?

Et de m'énumérer, telle une mitraillette, les six bières du stock. J'avais eu soudain l'impression qu'elle avait l'intention d'aligner les six bouteilles sur la table. Son accent était fort, je n'avais pas tout compris. Elle s'était radoucie quand elle s'était aperçue de ma gêne. Mais sans attendre ma réponse, elle avait tourné les talons et m'avait rapporté derechef une Bud, que je n'avais pas osé refuser. Le manège avait recommencé avec le sandwich au pastrami que je n'avais pas demandé et je n'avais pas lutté. J'étais revenu quelques jours plus tard, elle était là, et je l'avais laissée, depuis ce jour, me servir ce qu'elle voulait, je répondais seulement "Oui, parfait, très bien", ou je hochais la tête. Je voyais bien que cela la surprenait et que je l'intriguais, comme elle m'intriguait aussi. Quand nous avons lié connaissance, et quand nous sommes devenus amants, elle m'a expliqué qu'elle proférait ces ordres de cette manière parce qu'elle ne maîtrisait pas encore toutes les subtilités de l'anglais et des formules de politesse. Elle voulait aller au plus efficace et ne pas se perdre dans des conversations. Pour la taquiner, je lui avais lancé :

— Vous les Polonais, vous êtes des rudes, des moujiks !

Elle avait répondu d'un rire forcé et je m'en étais voulu de ma maladresse. Elle voulait ouvrir un magasin de fleurs mais attendait que sa cousine, la fille de Yankele, ait atteint sa majorité pour s'associer avec elle. Yankele avait promis de l'aider. En échange, elle était serveuse l'après-midi. Le matin, elle faisait le ménage chez un vieil Allemand, un bibliothécaire de Berlin qui avait réussi à transporter avec lui jusqu'à New York un nombre invraisemblable de livres promis au bûcher en 1933. En contrepartie du dépoussiérage quotidien de centaines de livres, des courses qu'elle lui rapportait, de la vaisselle, il lui donnait des cours d'histoire, d'anglais, de comptabilité. Les livres la fascinaient, ils envahissaient, paraît-il, tout l'appartement. Les plus précieux étaient soigneusement confinés dans une petite pièce aveugle, à l'abri de la lumière, qu'elle appelait la caverne d'Ala Bibi. Amusé, je l'avais corrigée, la première fois, mais elle m'avait rétorqué qu'Ala Bibi sonnait mieux qu'Ali Baba et j'avais abdiqué en riant.

Le Lower East Side était encore, à ce moment-là, une sorte de Wall Street du troc. Chacun s'enrichissait mutuellement et la marche de cette économie sans argent, ce commerce sans dollars fonctionnait magnifiquement. On s'aidait, on se soutenait, fort d'un héritage séculaire d'entraide et de solidarité.

Rivka et moi avons passé plus de temps à nous tourner autour qu'à vivre des moments certes passionnés, qui nous laissaient les lèvres meurtries, les corps rougis et courbaturés, mais qui n'étaient finalement que l'écume d'une amourette. Nous nous retrouvions de temps en temps, en début de soirée, chez l'une de ses amies qui lui prêtait sa chambre car elle vivait chez son oncle, au-dessus du Coffee Shop et je ne l'ai jamais emmenée chez moi. L'appartement de son amie était décoré d'orange et de rouge, je ressortais de là fourbu et cramoisi, et pas seulement à cause de nos étreintes qui tenaient plus de la gymnastique sexuelle que d'étreintes sensuelles. Ces couleurs agressives me donnaient la nausée. Même les draps étaient rouges. Mais Rivka, qui exigeait, hors du Coffee Shop, que je l'appelle Susan – "très américain nom commun", m'avait-elle expliqué – était belle sur l'oreiller pourpre, ses cheveux noirs en étoile, son cou marbré de rouge, ses yeux sombres qui, pendant l'amour, restaient fixes, deux puits de velours sans fond. Moi je fermais les miens pour trouver la lumière. Elle avait vite compris que je ne faisais que passer et qu'elle m'oublierait vite. Je l'admirais pour son manque de sentimentalisme. Elle était pragmatique, concrète. Nous nous cachions de son oncle, et de sa famille qui souvent partageait un déjeuner, toujours à la même table, près de la caisse. J'avais vu sa mère, une Rivka plus âgée et silencieuse, posée sur sa chaise, observant tout autour d'elle, notant tout : un geste négligent de son plus jeune fils à table, la hâte de son autre fille à finir son assiette. Elle faisait des tssss désapprobateurs et attendait que son mari intervienne. Lui, le nez plongé dans sa soupe, les papillotes glissées derrière les oreilles, ne s'apercevait de rien. Il était dans son monde, m'avait expliqué Rivka. Une partie de sa tête était restée là-bas, en Galicie, avait-elle dit en agitant sa main près de sa tempe. Elle n'avait pas voulu en dire plus. Je lui avais proposé, après la première fois que nous avions fait l'amour, de descendre vers l'East River, d'aller sur le pont. Elle avait refusé. Elle n'aimait pas marcher, m'avait-elle dit en haussant les épaules, et ne voulait pas sortir du Lower East Side. Les seules excursions qu'elle avait faites, accompagnée de cousines ou de tantes, l'avaient conduite sur la Cinquième Avenue, où éblouie, elle avait découvert les merveilles d'un autre monde, le nez collé aux vitrines. Elle préférait être la reine de son quartier qu'une moins que rien dans la ville, avait-elle conclu, bravache. J'avais tenté de lui expliquer la liberté dont elle jouissait. Elle pouvait aller où elle voulait, elle était née ici, c'était son pays, sa ville. Elle avait fait la moue, elle avait dit du bout des lèvres :

— Pas pour moi tout ça, pas pour moi.

Ainsi nos rencontres se cantonnaient-elles à l'intérieur volcanique de l'appartement de Hester Street.

Un jour, j'ai compris que c'était la dernière fois que nos souffles, nos jambes, nos sueurs se mêlaient. Elle aussi. Nous sommes restés un long moment dans les bras l'un de l'autre, je la tenais bien serrée contre moi. Nous étions nus mais il n'y avait plus aucun lien sensuel entre nous. Nous étions comme deux noyés, frère et sœur d'un destin fait d'interrogations et d'incertitudes, nous nous agrippions comme pour mieux nous persuader que nous étions des êtres humains, que nous n'étions pas seuls, que le futur pouvait avoir un jour la douceur de nos peaux. C'était une étreinte d'adieu. Elle, si volubile habituellement, s'était levée la première, en silence. Elle s'était rhabillée rapidement, s'était éclipsée dans la kitchenette. J'avais entendu quelques tintements de vaisselle, le sifflement d'une bouilloire. Elle était revenue dans la chambre, une tasse fumante à la main. J'étais toujours nu sous le drap, elle avait déjà mis son manteau. Elle m'avait tendu le thé en disant :

— Tu pousseras la porte en partant.

— Rivka, attends.

— Susan !

Elle était partie. J'entendis la cavalcade de ses pas décroître dans l'escalier. Je m'appuyai sur les oreillers, fermai les yeux. Je portai la tasse de thé brûlant à mes lèvres. En buvant, je me repassais le film de notre rencontre jusqu'à ce jour. Je finissais le breuvage sombre lorsque je sentis quelque chose contre mes dents. Une grosse cerise, brune de sucre et de cannelle, baignait au fond de la tasse dans un reste de thé. Je la gobai avec avidité et fis exploser la pulpe confite dans ma bouche.

Il m'est souvent arrivé de reconnaître, au hasard de mes pérégrinations dans la ville, des visages familiers. Dans cette mégapole de huit millions d'habitants, le fait est assez remarquable pour le souligner. Il ne s'agit pas de riverains du quartier, de visiteurs coutumiers voisins du 10, pour raisons professionnelles par exemple, ou même de rencontres régulières et programmées. Je parle d'inconnus, étrangers à ma mémoire. Il est déjà troublant de voir surgir un visage qui a retenu votre attention, quelques jours auparavant, ou même dans un passé plus lointain. Dans le périmètre limité formé par Lexington et Madison, et, voyons large, de la 30ᵉ à la 40ᵉ rue, cela peut sembler, finalement, logique. Ainsi, dès la deuxième rencontre, vous imaginez tel emploi dans telle banque du quartier pour l'homme brun toujours pressé et débraillé qui surgit du virage de la 33ᵉ rue. Cette autre, élégant tailleur, les pieds plantés dans ses baskets en attendant que le feu passe au rouge, ira chausser les escarpins cachés dans le sac qu'elle tient bien serré contre elle dans les bureaux en étage élevé d'une entreprise, près de Grand Central. Ou on pourrait la retrouver à la réception d'un hôtel de luxe, sur Madison, ou d'une agence de voyages.

Je ne suis jamais allé jusqu'à m'assurer de la véracité de mes songes en suivant mes inconnus jusqu'à leur destination finale. Ont-ils les mêmes divagations à mon sujet ? Leur regard ne se pose pas sur moi, ni sur quiconque. Ils marchent droit devant eux, leur vision est intérieure, leur attention portée sur la journée à venir, le soir à prévoir, les soucis à la maison, la future promotion, le prochain licenciement, le choix du lieu du déjeuner. J'hésite, j'ai un bonjour au bord des lèvres, un hochement de tête prêt à être lancé, tel un soulagement de la reconnaissance. Mais non, ce serait comme une faute de goût, nous ne sommes pas dans un petit village où l'indifférence serait considérée comme de l'impolitesse. Ici la familiarité que j'aimerais impulsivement témoigner passerait pour de l'agression. Quelquefois, j'ai distingué un éclat au coin de l'œil, un reflet, était-ce le mien, dans les prunelles de quelques-uns. Une infime accroche avant que le lien fugace ne s'évanouisse.

Pourtant, lorsque je me retrouve sur des portions de la ville vierges de toute habitude, de toute routine et qu'un visage, une démarche viennent interpeller ma mémoire, la coïncidence me bouleverse, le choc m'émeut. Persiste alors l'impression d'une connaissance encore plus ancienne, comme si les habitants d'une planète, dont je fais partie, s'étaient disséminés, anonymes dans la grande ville, liés entre eux par des trajectoires invisibles, seules connues de leurs dieux. J'imagine quelque part dans l'univers une puissance, omniprésente et lumineuse, tirer les fils de ces millions de parcours, en faire des nœuds, des trajets d'une complication cosmique, qui finiraient par tisser le gigantesque tissu de la ville. J'admets mes suppositions farfelues, elles m'amusent, me distraient. Si le déjà-vu et ses mystérieuses impressions étaient vraisemblablement l'inspiration de ces rencontres, je préférais rêver à des milliers d'ouvrages ainsi composés avec et entre les êtres qui peuplaient la ville. Sa géométrie, les lignes droites et les angles constituaient une trame qui permettait une anarchie de créations complexes et ciselées qui, mises bout à bout, superposées, juxtaposées, sculptaient l'écheveau magnifique d'une humanité flamboyante. À l'instar de ces filaments lumineux, captés en traces par l'objectif d'un appareil photographique, je pose des couleurs sur ces parcours et je dessine des lignes colorées qui suivent les pas de chacun. Une œuvre d'art hors normes, monstrueuse, se crée progressivement, le rouge croise le bleu, qui se nuance de rose, que barre un épais trait jaune. Je n'étais pourtant ni peintre, ni même un dessinateur amateur, j'étais incapable de tracer correctement des formes. Je me voyais davantage sculpteur, avec pour seul matériau l'humain et ses secrets.

J'évitais les lieux que je jugeais, d'une certaine manière, anonymes, ou touristiques.

J'aimais déambuler aux abords de la bibliothèque, proche du 10. Les rencontres s'y faisaient comme des retrouvailles. Que ce soit dans Bryant Park ou dans l'une des salles de lecture, chacun devait éprouver, comme moi, le sentiment d'être dans un jardin familier ou à la table coutumière d'une maison familiale, entouré de parents silencieux, complices et protecteurs. Nous n'avions même pas besoin d'échanger un regard.

Broadway était aussi un surprenant terrain de jeu. Un jour, j'avais descendu l'avenue du nord au sud, me lançant le pari de reconnaître au moins une douzaine d'inconnus.

J'étais parti de Washington Heights, vers la 160e rue, et je m'étais arrêté, après presque quatre heures de marche, au taureau de bronze, près de Wall Street. La marche avait été féroce pour mes pieds, mon dos, mes jambes. J'étais fourbu, saoul des milliers de visages croisés sur les trottoirs, étourdi de sons, de mouvements. Je tressaillais de fatigue. Je n'avais pas gagné mon pari dérisoire mais cinq sujets dans la foule avaient frappé ma rétine d'un toc toc familier, c'étaient eux et pas d'autres, ressemblants, que j'avais retrouvés comme des amis perdus. J'avais compris, ce jour-là, pourquoi je ne me sentais jamais seul à New York.

Quand j'étais de service le matin, je la voyais passer devant la porte du 10 tous les deux jours, vers neuf heures. Près de la réception, vous êtes à l'intérieur d'un grand corps, l'immeuble, attentif aux éléments et aux grincements des rouages de la matrice. Tourné vers la rue, vous êtes invité à un spectacle sans cesse renouvelé dont certains des personnages deviennent, à force de passages réguliers et quotidiens, des premiers rôles. Le script change, la lumière varie mais ils sont toujours là, ils traversent, fidèles, votre temps et votre histoire. Eux passent, ils ignorent l'importance qu'ils ont pour vous, le talent caché qui est le leur de rythmer ainsi votre journée comme d'animer votre imaginaire. Moi, derrière la porte vitrée, ou dehors, sous le dais, on ne me voit pas, même si on me salue. C'est ce que je me dis, du moins. Peut-être que je me trompe. Que je suis, moi aussi, au garde-à-vous qu'exige mon poste, une pièce même la plus banale de l'échiquier de leurs jours, quand ils effectuent un trajet sur cette portion de Park Avenue, du métro ou vers la plus proche station, vers chez eux, sur le chemin de leur café favori.

C'est une règle immuable, qui s'est imposée toute seule, au fil du temps. Le premier passage, inaugural, est un mouvement, une tonalité vague, je ne regarde pas vraiment la personne qui, à quelques mètres de moi et en quelques secondes, entre et sort de mon champ de vision. Même à l'extérieur, où mon regard peut se perdre, au nord comme au sud, vers les extrémités de l'avenue, mon cadre reste fixe et limité. Lui comme moi restons dans le périmètre, c'est le job qui l'exige, et même après une décennie de présence, j'accepte la contrainte comme un jeu. C'est la répétition qui, paradoxalement, crée l'inédit. La deuxième fois – qui peut être en réalité la troisième ou même davantage, je veux parler ici du deuxième passage effectif pour moi, saisi par ma rétine comme par un objectif – devient alors la rencontre initiale, il y a une reconnaissance, affirmation, confirmation et une saga peut commencer. Une parmi d'autres, puisqu'elles sont multiples, aussi nombreuses que ces premiers rôles qui s'imposent d'eux-mêmes pour tirer le fil de leur narration unique, originale, qu'ils m'offrent sans même s'en apercevoir. Leur densité est inégale, leur longueur variable. Leurs qualités intrinsèques dépendent de ma capacité à accepter l'histoire, puis de la construire, de la poursuivre enfin, avouons-le, tout ceci est à la solde du bon vouloir de mon imagination. Car s'il y a échange muet, reconnaissance tacite, les contacts réels, effectifs, sont extrêmement rares. Ils ne sont déjà pas nombreux ni évidents avec les habitants "intra-muros" que vous voyez et saluez quotidiennement dans un espace commun et intime, alors imaginez des passants, même réguliers, même des habitués de la sphère tracée invisible des bords de la façade du 10 jusqu'à la lisière du trottoir.

Elle traversait donc ce petit territoire, plus près de la chaussée que de ma porte, juchée, quelle que soit la saison, sur des semelles compensées, sandales l'été, hautes bottes l'hiver, jupe en corolle ou maxi-manteau en peau usée battant ses mollets, précédée de quatre chiens. Plus précisément, trois, qui, l'échine tendue, la truffe frémissant vers un avant toujours plus lointain, tiraient sur leur laisse, tout à la joie de leur promenade matinale. Le dernier chien, un lévrier au poil ras gris, restant à la hauteur de son accompagnatrice, marchant précautionneusement sur ses pattes fines comme des baguettes de bois prêtes à se rompre, levait de temps en temps ses sombres prunelles voilées d'un rêve triste. Il était affreux et en même temps d'une étrange beauté racée. Elle tenait d'une main ferme les trois autres, un caniche à la tonte ridicule, lion de poche blanc et frisotté, un labrador couleur miel, le plus fougueux, et un colley, tacheté de blanc, de noir et de roux, qui semblait poursuivre une idée fixe.

La première fois donc, je n'avais pas vraiment prêté attention. J'avais davantage remarqué les chiens que celle qui les tenait en laisse, son poing bien serré autour des lanières, cheveux au vent et invectives au bord des lèvres, dès qu'une des bêtes tentait de s'écarter du groupe. J'en voyais souvent autour du 10, plus encore lorsque le hasard de mes promenades me menait plus haut, vers l'Upper East Side et d'autres blocs des beaux quartiers, de ces promeneurs de chiens, en général des jeunes gens, engagés par des propriétaires trop occupés pour sortir leur animal domestique mais suffisamment aisés pour que celui-ci, guidé par un maître de substitution rétribué, ait tout son saoul d'air extérieur et de marche à bonne allure. Certains de ces accompagnateurs devaient quelquefois retenir un vrai troupeau, six à huit chiens de tailles, races et énergies diverses, et la balade, qui constituait un vrai régal pour les uns, se transformait en supplice pour les autres.

Lindsay, comme j'appris qu'elle s'appelait le jour où l'un des chiens choisit de s'accroupir au bout du dais de l'immeuble et que je pus, in extremis, lui demander d'emmener la bête faire ses besoins un peu plus loin, était plutôt chanceuse. Seul le labrador était turbulent et elle le retenait avec habileté et force. Ce fut donc grâce à lui que nous entamâmes, après presque une année de saluts distraits et polis, la conversation, même si, au début, un peu piquée de ma demande, elle m'adressa la parole plutôt froidement, sortant de sa poche un petit sac prévu au ramassage des crottes. Je désamorçai tout de suite le conflit par un trait d'humour, auquel elle répondit par un sourire et j'en rajoutai dans les remerciements pour louer l'esprit de civisme dont elle faisait preuve et qui était bien plus rare à l'époque qu'aujourd'hui. New York était une ville à l'abandon et l'on était encore loin des mesures répressives mais salutaires qui seraient prises une vingtaine d'années plus tard. Les tentatives étaient plus fréquentes dans certains quartiers huppés, comme le nôtre et, lorsque je pouvais en apprécier la différence par l'observation dégoûtée d'autres lieux de la ville, je m'en félicitais. Les chiens aidant, le contact fut facile. Et notre qualité de "personnel de service", en quelque sorte, le rendit plus simple et plus direct. Nous faisions partie de l'immense population de ces employés de New York et, même à titre privé, elle pour plusieurs employeurs, moi pour une copropriété, appartenir à cette corporation indispensable à la bonne marche de la ville créait un lien immédiat et solidaire. Lorsque nous nous sommes parlé, la première fois, je vis tout de suite que son attention pour moi n'était pas désintéressée. Ses grands yeux verts me détaillaient sans timidité, j'en sentais presque leur toucher sur mon visage, mes épaules, mes mains quand je parlais. Elle jaugeait d'un léger sourire ironique mon uniforme et les boutons étincelants que je détestais. Elle m'avoua plus tard qu'elle m'avait repéré dès son premier trajet quand elle était venue travailler dans le quartier mais qu'elle n'avait pas osé m'adresser la parole. Les chiens appartenaient à des maîtres qui habitaient tous sur Park Avenue, deux d'entre eux dans le même immeuble, les autres à quelques numéros près. "C'était pratique", disait-elle. Elle employait souvent ce mot, pratique. Était-ce pratique de se dégoter un amant sur ce qui était finalement son lieu de travail ? Je ne l'ai jamais su et ne lui ai jamais demandé, mais finalement, pour elle comme pour moi, si pratique manquait de romantisme, le hasard avait rendu notre rencontre et la brève histoire d'amour qui suivit possibles. Les chiens l'avaient conduite jusqu'à ma porte, où je l'attendais.

Nos premiers rendez-vous se bornèrent à ces rencontres, brèves, au bas de l'immeuble. Les premiers temps, je réprimais mon envie de sortir et de la guetter juste avant son heure de passage. Je me trouvais ridicule dans cet empressement, je ne m'y reconnaissais pas et me martelais en mon for intérieur que j'étais en service et que les rendez-vous galants, ce serait pour plus tard. Et pas en uniforme. Elle se sentait plus libre et, si je n'étais pas dehors, s'arrêtait devant la porte et me faisait signe de la rejoindre. J'étais gêné, la plupart du temps, car je n'étais jamais seul à la réception. Archie ne manqua pas de me taquiner et il m'arriva quelquefois de disparaître dans le bureau pour ne pas avoir à obéir à cette maîtresse de chiens occasionnelle et devenir le cinquième toutou. Je me trouvais idiot, j'avais envie d'être avec elle, d'écouter sa voix rauque, de la voir enrouler ses longs cheveux dénoués autour de sa main libre, d'en faire une sorte de boule molle qu'elle posait au creux de son épaule et qui se défaisait en cornet soyeux dès qu'elle s'animait de nouveau.

On attendit l'été pour se donner un vrai rendez-vous au Caffe Reggio, sur MacDougal, près de chez elle. Elle habitait dans le Village un studio que lui avait légué sa grand-mère. Nos retrouvailles autour de cette petite table, dans la pénombre du vieux café, sans uniforme et sans chiens, furent comme une première fois. Sa voix était plus douce et j'étais moins intimidé. Je l'écoutais me parler de l'Utah, d'où elle venait, cet État lointain qui était pour moi, habitant de New York, un pays étranger. Elle me rassura tout de suite, "Je ne suis pas mormone", me dit-elle. Je ne savais pas ce qu'étaient les mormons, je ne connaissais pas leurs traditions ancestrales à la morale stricte, ignorais que Salt Lake City était leur capitale. Elle venait de Provo et avait travaillé dans un hôtel à Solitude, dans les montagnes, avant de venir tenter l'aventure new-yorkaise. Elle ne savait pas encore si elle allait rester dans l'Est, "peut-être partir pour la Californie", ajouta-t-elle en plantant ses yeux dans les miens, les deux mains nouées sous son menton. "Tu n'as jamais pensé à aller sur la côte ouest ?" Je lui avouai que ma route s'était arrêtée à New York et que je ne pouvais concevoir ma vie ailleurs qu'ici. Elle me répondit que j'avais de la chance, sans ajouter d'explication. Et son regard se perdit vers la rue, bondée à cette heure-là de jeunes gens, filles et garçons à la démarche souple, déliée. Les longs cheveux, les vêtements amples qui battaient le sol, les franges au-dessus des yeux, les franges au bout des gilets de coton ou de cuir, une vague dansante animait la rue, on en oubliait le béton sale des trottoirs, les poubelles qui débordaient. Je me sentais faire tache parmi cette population. J'étais plus âgé et je n'éprouvais pas dans mon corps cette liberté et cette insouciance. Mais je paraissais jeune, je pouvais faire illusion. Lindsay me donnait dix ans de moins, je ne la corrigeai pas. Je restais spectateur, déplacé. Je l'invitai à aller écouter de la musique dans un des petits clubs du quartier. Elle me proposa un café où avait lieu ce soir-là, comme tous les jeudis, des improvisations parlées-chantées de poésie, interprétées soit par des habitués, des "artistes", précisa-t-elle, en faisant le signe des guillemets avec ses doigts, soit des inconnus. On pouvait ainsi se lever de sa chaise et monter déclamer sur une minuscule estrade son mal de vivre ou sa bonne fortune, dans l'atmosphère psychédélique de produits artificiels amplement consommés par tous, presque sans exception. Je craignis immédiatement le pire mais la politesse et la curiosité l'emportant, le désœuvrement aussi sans doute, ainsi que l'envie que j'avais de sa présence et du mystère de sa peau, j'acceptai.

Le Pink Flamingo était petit, plein et plongé dans la fumée des cigarettes qui nappait de brouillard une maigre lumière bleutée. C'était une cave, située sous Minetta Lane. Lindsay salua deux personnes, sans s'arrêter. Elle connaissait l'endroit et me mena habilement vers une petite table coincée entre un énorme canapé où étaient vautrés trois corps indistincts et une porte que j'espérais coupe-feu. Je me pris soudain à penser que cette table nous attendait et que notre arrivée était prévue. L'improvisation était la reine du lieu mais Lindsay faisait preuve d'un remarquable esprit d'organisation. Je me racontais peut-être des histoires. Pourquoi n'appréciais-je pas l'instant en toute spontanéité ? Pourquoi fallait-il que j'eusse toujours ce recul et cette réserve sur un événement aussi innocent, anodin ? En compagnie de cette jolie fille qui ne demandait, je le devinais, que mes bras et mes baisers ? Souffle et ferme les yeux, me disais-je. Nous étions assis devant deux rhums cocas et le "spectacle" commença. Je saisis, au milieu du brouhaha, des noms d'auteurs lancés çà et là, Frost, Yeats, Blake, j'entendis surtout un massacre sonore auquel je ne compris rien, ni les intentions, ni les mots. Une fille vint susurrer un poème de Rimbaud en s'accompagnant à la guitare. Une mèche de ses longs cheveux s'accrocha aux cordes. Son sourire extatique et entendu semblait révéler que l'esprit du poète était avec elle et se manifestait par ce tour malicieux. Ce fut à ce moment-là qu'un des jeunes gens du canapé passa une cigarette informe à Lindsay, qui tira dessus profondément, en louchant sur le bout incandescent. Elle ferma les yeux en soufflant la fumée, me regarda et me tendit la chose. Je refusai en secouant doucement la tête. Elle fit une petite moue, drôle et gracieuse, j'eus soudain une envie folle de l'embrasser. Je la pris par la nuque. Surprise, elle en lâcha le joint qui tomba sur la table, vite rattrapé par l'un de nos voisins. Sans la regarder vraiment, je l'attirai vers moi et posai ma bouche sur la sienne. Je sentis le goût de l'herbe, celui plus fort du rhum et je plongeai ma langue dans ces parfums mêlés. Elle répondit à mon baiser avec une lenteur excessive, calculée. Je m'écartai de quelques centimètres, quelques secondes. Ma main n'avait pas bougé de son cou et je l'attirai de nouveau, la prenant maladroitement dans mes bras. Les chaises, la table gênaient mes mouvements. Elle se dégagea en posant sa main sur ma poitrine. Elle avait l'air interrogateur. Je bus une gorgée du coca alcoolisé qui fit remonter dans ma gorge une bouffée acide. L'odeur de la marijuana était de plus en plus forte et commençait à me serrer le crâne. Une bande-son de musique enregistrée avait remplacé les vociférations poétiques qui devaient reprendre dans une deuxième partie de soirée. Je m'enhardis et lui proposai de partir, d'aller chez elle. Elle accepta, son expression était neutre, elle n'exprimait ni mauvaise grâce, ni enthousiasme. La drogue et l'alcool annihilaient peut-être ses réactions. Nous marchâmes une centaine de mètres. Je l'avais prise par l'épaule, elle me tenait la taille, nous étions semblables à tous les amoureux de la ville, qui se promenaient ainsi, au moment même, sous les réverbères. Nous pénétrâmes dans une maison de ville à trois étages par une étroite porte. Dans l'entrée, la volée d'escaliers se dressait devant nous aussi raide qu'une échelle. Lindsay habitait au deuxième. Je mis ma main sur la sienne à l'instant où, une fois la porte fermée, elle voulut allumer l'interrupteur. La lumière de la rue éclairait en ombres chinoises un intérieur encombré dont je ne distinguais que les formes. Elle n'avait pas bougé. Je vis très près de moi le contour de sa tête, de son corps. Je la poussai doucement vers ce qui me sembla être un divan et me jetai sur elle comme un affamé.

Pendant plus de trente ans, je ne suis jamais sorti de New York. Je n'en ai jamais ressenti l'envie profonde ni le besoin indispensable. Pourtant, les grands espaces de l'Ouest, que j'admirais au cinéma, les images des autres grandes villes américaines comme Los Angeles et Chicago, la Louisiane et son héritage français mâtiné d'espagnol, les récits que j'entendais autour de moi, de ceux qui partaient en vacances, en week-end, pour les lieux les plus enchanteurs et les plus spectaculaires de ce continent aux multiples pays, réveillaient quelquefois de leurs attraits ma curiosité et un besoin de me déplacer, de bouger, plus que de voyager, à proprement parler, vers des terres inconnues. New York suffisait largement à mes pulsions. Ville aux multiples territoires, aux différentes langues, aux populations diverses, perpétuellement renouvelées, ville mouvante aux transformations permanentes, ville à laquelle j'appartenais et qui était mienne, je pouvais au prix d'un *token* de métro partir en exploration et rentrer chez moi le soir, rassasié de découvertes. Je m'en voulais, au début, de me découvrir aussi sédentaire, casanier. Je ne me reconnaissais pas dans cet immobilisme, cette acceptation à la fois résignée et volontaire de ne plus franchir de frontières. Voyager, ce n'était pas prendre le métro et rester dans le périmètre circonscrit d'une ville, si grande et diverse soit-elle. Voyager signifiait passeport, valises, billets d'avion ou de train, monnaies étrangères et inconnues. Il y eut des projets, jamais réalisés, vers le Mexique, le Canada. Mais quand me monta, par relents, l'aigre chagrin profondément enfoui, presque oublié, de la traversée Oran-Marseille, à la vue de ma valise qui m'avait accompagné jusqu'ici et dont je n'avais jamais pu me résoudre à me débarrasser, je compris que ce n'était pas le moment, que je n'étais pas prêt, que plus tard, peut-être, je pourrais quitter une terre sans avoir peur de la perdre, partant rassuré de savoir qu'à mon retour, elle serait toujours là pour m'accueillir.

Dix ans après mon arrivée à New York, le point le plus lointain que j'ai atteint, partant du cœur de Manhattan, fut City Island, un petit bout de terre qui n'avait d'île que le nom, appartenant au Bronx. Ce fut moi qui, pour une fois, suggérai la promenade à Salah. Il n'avait jamais entendu parler de cet endroit qui m'avait intrigué, par son nom d'abord, quand je l'avais repéré en cherchant une station sur le plan du métro. City Island, était-ce encore la ville ? Était-ce une ville sur une île ? Était-ce même une île ? On la voyait, à l'extrémité de la carte, reliée au "continent" par un mince trait d'union de terre.

Il fallut d'abord préparer l'expédition, qui commençait par le métro. Ensuite, un bus partait toutes les heures de Pelham Bay Park pour conduire, un jour de semaine, quelques excentriques comme nous jusqu'au bord de l'océan.

Nous nous retrouvâmes à Grand Central Station. Depuis quelques mois, alors que d'habitude il s'habillait de façon simple, neutre et intemporelle, Salah s'était mis à suivre la mode. Je le voyais de plus en plus souvent arriver en pantalon pattes d'éléphant et chemise à grand col, bien ouvert sur la poitrine qu'il avait glabre et bronzée. Ce fut le cas ce jour-là, et il avait ajouté à sa tenue une sorte de sacoche en tissu de gros coton ou de jute, qu'il portait en bandoulière. Moi, quand je n'étais pas vêtu de mon déguisement de doorman, car c'est ainsi que je le considérais à l'époque, je restais fidèle au jean, au pantalon étroit et polo, mon modèle absolu d'élégance restant, depuis que j'étais arrivé aux États-Unis, Steve McQueen.

Sur la ligne 6 qui remontait vers le nord, la rame était bondée. Le métro s'arrêtait inopinément en plein tunnel, la mauvaise lumière clignotait, s'éteignait, nous restions tous figés dans une lueur blafarde alors que la voix du mécanicien crachotait dans les haut-parleurs un jargon incompréhensible. Salah consultait le bloc-notes qui ne le quittait jamais pour rassembler ses impressions, s'assurer de la suite du trajet. Son souci le rendait touchant. J'étais plus nonchalant, je ne craignais pas l'improvisation, j'aimais me laisser porter par le courant. Pelham Bay Park marquait la fin de notre course souterraine. À cette extrémité du Bronx, les abords de la station étaient tranquilles. Nous étions loin des territoires où la violence explosait quotidiennement. L'arrêt de bus était situé au bord d'une bretelle d'où partait une quatre-voies vers Manhattan. En attendant l'arrivée du bus, nous achetâmes des cafés au comptoir extérieur d'une minuscule échoppe, à côté d'une laverie. Le petit bloc au toit plat, posé là au milieu de nulle part, proposait tous les commerces de première nécessité. Le dernier, un salon de coiffure, jouxtait un parc. En ce mois d'octobre, au cœur de l'été indien, les arbres offraient la même palette de couleurs en reflet végétal que les immeubles d'habitation aux façades ocre, jaunes et rouges que l'on distinguait par-dessus les cimes. Nos gobelets brûlants à la main, on s'assit sur un vieux banc en béton, à l'arrêt du bus. La lumière était diffuse, le soleil voilé, nous étions en chemise et nous avions chaud. De temps en temps, la brise apportait des odeurs de friture. Le bus arriva, brinquebalant, soupirant, le poids de trajets infinis sur ses essieux fatigués. Le chauffeur, un Noir d'un certain âge, nous salua d'un hochement de tête. On s'installa au fond, sur une banquette défoncée, je sentais les ressorts sous mes fesses. Il n'y avait rien de remarquable par-delà la vitre brouillée. Des ronds-points, une forêt. Aux intersections, des panneaux indiquaient des plages, puis un pont se prolongea par une rue principale qui nous entraîna au cœur de City Island par Island Avenue. Salah tira sur le fil de fer qui courait au-dessus des fenêtres pour demander l'arrêt, et on descendit du bus, juste devant la vitrine d'un magasin de bric-à-brac et d'antiquités bon marché qui débordaient sur le trottoir. Le patron prenait l'air dans un fauteuil en osier devant la porte ouverte, en fumant une énorme pipe de mer. Nous lui retournâmes son salut et suivîmes la direction de l'eau, que l'on voyait miroiter au bout de l'avenue, se confondant avec le ciel.

On passa devant de banales maisons en bois, blanches, grises et bleues. La plupart d'entre elles étaient de taille modeste et leurs volets fermés. Un quartier de résidences secondaires, de classe moyenne. Les jardins, que l'on pouvait voir du trottoir entre deux maisons, se limitaient à un carré de pelouse, des parterres de fleurs étriqués. Certains offraient table et chaises en plastique et l'inévitable barbecue. Des écureuils s'ébattaient au pied des arbres. De temps en temps, une voiture passait. Nous étions surpris par le silence, la tranquillité qu'offrait cet endroit si proche du tumulte de Manhattan. Les seuls excès sonores venaient du ciel, lancés par les mouettes qui se chamaillaient en courses virevoltantes, bien au-dessus des toits et des arbres.

— Je suis allé à Boston une fois. J'ai vu sur la côte de petites villes qui ressemblaient à ça, me dit Salah.

— On dirait qu'on est à des kilomètres de New York.

D'étroites transversales menaient à des anses protégées faisant figure de port miniature. Là, au bord de l'eau, de plus hautes demeures dominaient de toute leur beauté victorienne les plus humbles maisonnettes en bardeaux.

En s'approchant de la côte, l'avenue s'achevait en s'élargissant pour devenir, au bord de l'eau, une sorte d'esplanade qui offrait, de chaque côté, un restaurant de poissons et fruits de mer. Les enseignes, aux couleurs criardes, surplombaient des bâtiments quasi identiques, qui ressemblaient davantage à des hangars. Devant chaque cantine étaient disposées de grandes tables en aluminium encadrées de bancs. On pouvait ainsi manger en terrasse, au bord de l'océan, à très bon marché. Les menus colorés affichés en grand format au-dessus du long comptoir de chez Dino's, que nous avions choisi à pile ou face, offraient un choix surabondant. Des employés s'affairaient dans la cuisine à vue, au milieu des vapeurs des coquillages bouillis et des fritures de poissons de toutes sortes. Je commandai des calmars frits pour moi, des moules pour Salah, pris le ticket qu'un cuisinier, le visage en sueur, me tendait, et on resta près de la caisse en attendant nos plats et en buvant nos bières à la bouteille. Un nombre équivalent de consommateurs disséminés dans l'immense espace occupait les tables à l'intérieur et à l'extérieur. Leur placidité, la lenteur de leurs gestes quand ils portaient huîtres ou palourdes à leur bouche contrastaient avec l'effervescence de la cuisine où résonnaient les bruits de vaisselle et les couvercles posés brutalement sur les hautes marmites noircies par des années de cuisson.

Nos assiettes copieusement garnies sur un plateau, nous nous sommes installés dehors à une table, la plus proche de l'eau. Le vent se levait, de légères vaguelettes venaient lécher le bord des rochers blanchis de fiente d'oiseaux. L'odeur d'iode était forte. On attaqua nos plats avec appétit. Nous mangions avec les doigts. Je plantai mes dents dans la pulpe d'un demi-citron, puis le jetai dans l'eau. Une mouette venue de nulle part plongea et réapparut instantanément, tenant dans son bec la petite boule jaune. Salah me montra, au loin, une bande de sable. Une plage, déserte. Quelques bateaux de pêche et de plaisance tanguaient çà et là. Le tableau était à la fois mouvant et immuable. Nous n'apercevions, de là où nous étions, aucune construction récente et, si ce n'étaient les deux entrepôts transformés en restaurants, notre promenade nous avait fait traverser un décor qui, depuis le début du siècle, n'avait pas dû profondément changer. Alors que je me léchais les doigts, mon assiette déjà vide devant moi, Salah proposa d'aller chercher d'autres spécialités que nous n'avions pas l'occasion de goûter, ni les moyens de nous payer à Manhattan. Il revint avec du homard, de minuscules crabes bouillis. Un festin. Les lèvres barbouillées de beurre, les yeux brillants de gourmandise, tout à la découverte de nouvelles saveurs, nous éclatâmes soudain de rire, comme des enfants.

DOORMAN, MORCEAUX CHOISIS 4

Un matin d'août. La chaleur est déjà accablante. Près de la porte à tambour, je reçois son souffle par bouffées intermittentes. J'observe la rue, le dos figé par la température glacée du hall climatisé. Le superintendant, descendu au sous-sol depuis un moment, cherche dans le placard de la maintenance générale pourquoi l'air qui nous tombe dessus, entre le comptoir et la porte, est si froid. Je vois s'approcher Alma. Elle marche lentement, la mine maussade, ce qui ne lui ressemble pas. Elle ne doit pas être loin de vingt ans, à présent. D'habitude chaleureuse et courtoise, elle me lance juste un bonjour du bout des lèvres entre deux battements de la porte.

— Bonjour, Alma. Tout va bien ?

Elle hausse les épaules, se dirige vers l'ascenseur, appuie sur le bouton, attend, les bras ballants. Elle reste de dos. Ses omoplates jouent sous le tissu léger de sa robe, ses jambes sont tendues à l'extrême, elle a une raideur de gymnaste. Puis, sa tête se baisse très légèrement, un mouvement infime, et sa nuque se met à trembler. Elle entre dans l'ascenseur, ne se retourne pas. Les portes se referment sur, je l'apprendrai plus tard, son premier chagrin d'amour.

Quinze jours avant Noël. Nous avons équipé l'ascenseur de service de parois de protection amovibles molletonnées. Peggy Lou Stewart s'en va. Elle emménage à Brooklyn, un rez-de-chaussée donnant sur un petit jardin, m'a-t-elle dit. Et un loyer sans doute moins prohibitif. C'est son dernier amant en date, qui n'est pourtant pas déménageur, qui s'occupe de vider l'appartement et de gérer le déplacement avec l'entreprise. Peggy Lou a refusé de voir partir un par un ses meubles et de se retrouver dans un lieu vide, où elle n'aurait même plus reconnu les murs. Lorsque je lui ai demandé avec humour pourquoi elle ne passait pas ce dernier Noël au 10 avec nous, elle m'a répondu :

— Écoutez, Noël, les fêtes de fin d'année, je déteste. Comme si s'adonner à la joie, aux cadeaux, était obligatoire ! Je suis toujours seule à Noël. Alors j'anticipe avec ce départ, qui est tout aussi insupportable, mais j'aurai le temps de reconstituer ma vie en morceaux dans mon nouveau chez-moi pendant ces maudites fêtes. Et il faut que ça change, a-t-elle ajouté en guise de point final.

Elle est partie très vite, avant-hier, avec seulement son sac à main comme si elle allait revenir. Seules les enveloppes généreuses qu'elle a laissées pour chacun d'entre nous sur le comptoir, avec un petit mot personnalisé et adorable, disaient son départ définitif.

Anniversaire d'un des fils Cohen du 14F. Vingt enfants sont montés en ordre, intimidés, peignés et polis. Trois heures plus tard, vingt petits sauvages débraillés, peinturlurés et bruyants ont retrouvé leurs parents dans le hall. Le chien de l'un d'entre eux s'est oublié. Je nettoie et je ramasse miettes de gâteau et bonbons écrasés.

Les jours où l'ennui me pèse, où les heures s'étirent, immobiles, où nul mouvement, nulle personne à saluer ou porte à ouvrir ne vient rompre la complète inaction, où je suis planton inutile dans son uniforme d'opérette, de mauvaises idées de fuite, de sournois désirs de départ sans retour viennent obscurcir et enrayer la régularité tranquille que j'applique et entretiens minutieusement, dans cette fonction qui est la mienne depuis maintenant plus de quinze ans. Le doute ne passe généralement pas la journée ou la nuit, mais il crée et nourrit, pendant quelques heures, dans un piétinement intérieur, l'agacement et l'impatience qui gagnent et grignotent leur cible, moi, puisque toute cette joute énervée ne se passe que dans ma tête. La solitude me permet de mener ma petite guerre interne sans rien laisser filtrer de la nausée insidieuse. Si Archie, toujours au poste, est derrière son comptoir, il n'entretient pas la conversation à bâtons rompus que l'on peut tenir habituellement au cœur de la nuit. Il me laisse tranquille. Il pense peut-être que ces heures vides sont, d'une certaine manière, précieuses, parce que propices à la réflexion. Pendant les heures creuses, je m'invente une panique qui peu à peu prend des couleurs et m'envahit. J'imagine le bâtiment vide, sans résidents, ni visiteurs. Les portes fixées et closes pour l'éternité. Dans les appartements devenus comme les alvéoles d'une ziggourat urbaine, tous les habitants sont figés en statues de sel dans leurs intérieurs couleur de cendre. Je fais même disparaître le concierge, les autres doormen. Il n'y a plus que moi, capitaine abandonné d'un vaisseau fantôme immobile, saisi par une épidémie maléfique et mortelle. Le 10 Park Avenue devenu tombeau, concessions multiples superposées, accessibles par ascenseur. Je finis par rire de moi-même parce que vient toujours ce moment où Archie m'interpelle, ou quelqu'un approche pour rentrer. Mes divagations m'emportent moins vers des aspirations réalistes que dans des atmosphères étranges. J'imagine le 10 en planète perdue de science-fiction, je me transporte à travers le monde dans des escapades sans but ou vers des pays devenus territoires mythiques inaccessibles. Au bout de ces voyages, il y a toujours la mémoire indélébile de l'unique, le vrai, avec lequel je reprends pied. Le premier, et le dernier sans doute. Ces voyages que l'on ne fait qu'une ou deux fois dans sa vie, comme celui du passage de l'enfance à l'âge adulte.

Je refais le chemin. Je revis comme hier mon arrivée en Amérique. Départ de Marseille, gare Saint-Charles, pour Paris. Une longue nuit étouffante, dans une odeur chaude de plastique et de transpiration, à tressauter sur la couchette du bas d'un compartiment à six personnes, cinq autres, je ne me souviens plus si c'étaient des hommes, des femmes. J'avais attendu le milieu de la nuit et Valence pour me glisser dans le sac blanc marqué SNCF. La lumière de la veilleuse était restée allumée. Je savais que je ne ferais que m'assoupir. Que le jour me trouverait debout, sale, les yeux brûlés par l'insomnie et la bouche sèche quand les premiers levés, impatients, tireraient les rideaux gris plissés et que, bien avant l'arrivée, les banquettes seraient remises en place, couchettes escamotées comme si la nuit n'avait jamais eu lieu.

La pluie nous avait accueillis à Paris. La gare de Lyon était noire, surpeuplée. Dans quelques heures, j'allais quitter ce décor de XIXe siècle pour rejoindre mon avenir, qui commençait ici même. Je laisserais bientôt ces lambeaux de vieille Europe, moi Raymond de trente ans, déjà vieux d'errances, de chagrins, pour m'inventer Ray tout neuf. L'amnésie était certes impossible mais j'étais plus que prêt à l'inconnu que je m'imaginais les bras tendus vers moi. Un inconnu que je savais difficile, laborieux mais qui me séduisait déjà de ses promesses incertaines parce que je l'avais choisi. J'avais dépensé mes quelques économies pour monter dans l'avion que j'allais prendre à Orly et qui allait me faire traverser l'Atlantique pour rejoindre un autre monde. J'allais retrouver cette terre américaine dont quelques bribes étaient passées dans mes mains de petit garçon pendant la guerre. J'allais voir des visages qui ressembleraient plus à celui de Leon Bernstein qu'aux jolies frimousses des starlettes de Hollywood ou aux faces burinées des cow-boys de cinéma. Ma peur et mon angoisse étaient si grandes qu'elles se fondaient, dans une même énergie positive, dans l'immense excitation qui me faisait trembler alors que je prenais un café crème et un croissant dans une brasserie en face de la gare, en déroulant machinalement mon billet d'avion à plusieurs feuillets. Je trépignais d'impatience, et paradoxalement je voulais que le temps s'étire et ralentisse pour que je puisse marquer, étiqueter, retenir toutes ces secondes que je savais étapes essentielles de ma nouvelle vie. L'horloge de la gare derrière la vitre, le fouillis des autobus et des voitures, les piétons pressés, armés de valises qui traversaient entre les taxis garés, tous ces gens, attablés autour de moi, qui commençaient leur journée de travail par un café, là au comptoir, ou un verre de blanc, déjà las du trajet en métro, de la journée à venir derrière un bureau, un guichet. Deux peintres en salopette bavardaient, leurs grosses chaussures tachées posées sur la barre, au pied du comptoir, ils fumaient, jetaient de temps en temps un coup d'œil au cadran de l'horloge, au-dessus des rangées de bouteilles, derrière le barman qui semblait avoir mille mains. Chacun voulait retenir le temps. Chacun avec sa raison intime. Mais un patron attendait, les trains allaient partir, les magasins ouvrir, c'était, au bout de ces minutes prises à la routine, le moment de s'arracher et de rejoindre la masse travailleuse, industrieuse, qui transformait la ville en ruche dévorante.

J'avais laissé ma valise à la consigne. J'attendais que la pluie cesse pour me dégourdir les jambes autour de la gare. Je descendis aux toilettes pour me rafraîchir le visage, me rincer la bouche. Puis je remontai. Ma table avait déjà été débarrassée, un couple s'y installait.

Il faisait doux pour la saison et un soleil timide commençait à éclairer les nuages. Je marchai boulevard Diderot, j'allai vers la Bastille.

J'étais déjà venu à Paris. Une seule fois avait suffi pour m'imaginer vivre ailleurs et transporter ma valise, mon ultime chez-moi, sous d'autres cieux. Paris me rendait nostalgique. Je ne connaissais pas vraiment la ville, je supposais que cette capitale regroupait nombre de villages pittoresques, de rues sympathiques, avec sa population bruyante et pressée. L'aspect monumental de Paris m'intimidait et la vision des splendeurs du passé me remplissait d'une tristesse incompréhensible. J'avais l'impression que Paris me tirait en arrière, Paris voulait m'immobiliser, sans m'accueillir. C'est pour cela que je préférais Marseille, la mer, le port, les bateaux, le ciel bleu cruel, les bourrasques glacées du mistral. J'avais besoin d'une terre violente. Puissante et chaleureuse aussi. L'Amérique était cette terre promise. Je disais Amérique comme dans les livres et les films. Comme dans les rêves. Je ne disais pas États-Unis. Après la guerre, aucun Français ne disait États-Unis. On disait Amérique, puissance invincible aux terres sauvages et aux villes futuristes, on disait Américains, ces héros nimbés d'or, cow-boys, supermen et GI's mélangés. Je ne rêvais pas de décor de Far West, de ruée vers l'or, du clinquant de Hollywood ruisselant de lumières, que je regardais, détaché, au cinéma. Les jeux d'enfant étaient remisés depuis longtemps dans le coin de ma mémoire marqué Algérie. Je voulais l'étranger pour l'étranger que j'étais, je voulais l'immensité pour mieux me trouver, mais au milieu des hommes, de la multitude, dans une des plus grandes villes du monde, New York. Antoine, marin rencontré à Marseille, m'avait beaucoup parlé de New York, la ville entourée d'eau, le port gigantesque, les quartiers contrastés, les langues diverses, les couleurs, un mélange bigarré qui donnait le tournis. Et l'envie de s'y fondre. J'étais perdu, j'avais besoin du vertige pour me recomposer. Pour renaître. Et New York était la ville de Leon Bernstein.

Place de la Bastille, je levai la tête vers l'angelot doré qui s'élançait vers le ciel. Lui aussi voulait s'envoler.

Tant d'années après, je n'ai pas de souvenirs précis à faire défiler, d'images nettes à me remémorer de mon arrivée à New York. Ni de mon vol transatlantique. Je ne sais plus par quel hasard ma première rencontre avec le sol américain s'est faite à l'aéroport de Chicago. Sans doute par l'attrait d'un billet d'avion bon marché, un aller simple avec escale. L'arrivée en Amérique, c'est un long couloir couleur mastic, anonyme, sans affiches, dans lequel je marche avec les autres voyageurs, entre linoléum et néons. C'est une odeur incongrue de cornichons aigre-doux, un parfum gras, acide. C'est une lassitude infinie, qui m'arrête au milieu d'une sorte de passerelle vitrée, de laquelle je peux voir enfin l'extérieur. La lumière est aveuglante et se diffracte sur ce qui me semble des centaines de petits avions en aluminium, telles des miniatures, marqués American Airlines. Je regarde un gigantesque aéroport, et au-dessus un ciel immense, un ciel comme je n'en ai jamais vu.

Je crois être resté longtemps derrière les baies vitrées. Je suis sûr qu'une partie de moi y est encore et pour toujours. J'ai laissé à Chicago O'Hare les derniers fils de nostalgie qui me rattachaient encore à la France, à mon passé, et j'ai rassemblé le rayonnement de cette fin du jour en un nouveau faisceau, ma nouvelle force, celle qui demeure en moi aujourd'hui. L'escale fut longue mais la deuxième naissance brève et brutale.

Je me rappelle ma jubilation dans l'avion vers New York, alors que je regardais dans le soleil couchant, par le hublot, une terre que j'avais enfin choisie et qui allait être la mienne jusqu'à ma mort. Je l'avais décidé et cette certitude m'étourdissait de joie. La nouveauté me rendait neuf, l'inédit me renvoyait l'image d'un autre moi, plus sensible, plus intelligent et plus courageux.

Je me souviens d'être arrivé dans la grande ville le soir, j'étais saoul d'illuminations, de sons, de fatigue. De l'aéroport, j'avais pris un bus pour rejoindre Manhattan, ce trajet-là m'avait paru durer une éternité. Je m'étais sans doute endormi. Je revois en flashs indistincts certains épisodes de cette soirée sans fin, la descente du bus, la moiteur, les odeurs inédites, le fouet de l'éclairage urbain, la cacophonie baroque. Je ne sais plus comment je suis arrivé à Eldridge Street où m'attendait ce petit studio obscur, l'abri trouvé grâce à un ami du marin de Marseille. Marseille-New York, deux ports, sauvages et magnifiques, l'un m'avait accueilli, l'autre m'attendait, j'allais y trouver ma place. Au 51 Eldridge Street, quelqu'un m'a tendu une clé, dit quelques mots dans une langue incompréhensible. À cet instant de la nuit qui était la mienne depuis des heures, je ne comprenais plus rien, je n'entendais plus. J'ai monté de raides escaliers, ouvert une porte au bois éraflé et je me suis écroulé, même pas certain, encore aujourd'hui, que ce fût dans un lit.

Avec Salah, je poursuivais avec régularité les investigations qui nous amenaient à découvrir ou redécouvrir des coins perdus de New York. Des années, mais quelquefois seulement quelques mois, pouvaient en ces lieux séparer dépérissement et renaissance, trafic de drogues et invasion de yuppies, grandeur et déshérence. Ainsi l'activité portuaire de Red Hook n'était plus qu'un écho disparu. On ne pouvait qu'imaginer, au début du siècle, la circulation ininterrompue des bateaux, les cris des marins déchargeant les cales, le cliquetis des chaînes qui amarraient à la terre les vaisseaux venus du monde entier et dont ne subsistait aujourd'hui qu'une poudre de rouille rousse entre les pavés disjoints. Alors que nous marchions sur Van Burnt, l'avenue principale et déserte, Salah évoquait les odeurs de pétrole, d'épices et de café d'un Red Hook melvillien. Au bout de quelques blocs, nous avions dû écourter la promenade. Venir jusqu'ici en métro puis bus avait été plus long que la balade. Le commerce du crack avait remplacé celui des produits exotiques et dans certaines portions de rues stationnaient, à l'affût, dealers agressifs et drogués incontrôlables. La tension était palpable, et à force de vigilance forcée et permanente, le parcours devenait fatigant, la conversation difficile. Nous n'avions pas vraiment peur mais notre déambulation habituelle, insouciante et bavarde devenait de plus en plus rapide, silencieuse et tendue. Nous n'avions pas non plus envie de nous battre, ce qui était l'issue la plus probable dans ces rues où, s'il n'y avait pas demande, l'offre pouvait être soudaine, intrusive et dangereuse. Par précaution, nous n'avions, de plus, que quelques dollars dans nos poches, pour notre transport et un café. Sans nous concerter, nous attrapâmes le premier bus qui retournait vers Brooklyn et des quartiers plus tranquilles.

— Tu verras, un jour, ce quartier, comme les autres, se transformera. Je serai curieux de voir ça, dans vingt ans…

J'acquiesçai en lui désignant un grand immeuble rouge, près de l'eau, à la splendeur ravagée.

— Espérons qu'il ne sera pas détruit.

Sur les docks, de majestueux bâtiments murés ressemblaient à de grands paquebots abandonnés, sous le regard de la statue de la Liberté.

— Des artistes viendront squatter les ruines, un promoteur curieux passera par là, achètera, rénovera et tu auras là un nouveau quartier résidentiel très chic avec vue exceptionnelle et cachet historique inestimable. Je devrais revenir filmer avant que ça change. Mais j'ai peur qu'on me vole ma caméra.

Salah emportait très souvent sa caméra et il empilait les bobines de films, images de la ville essentiellement, en attendant "d'en faire quelque chose", comme il disait. Après son documentaire de fin d'études sur Broadway, il avait réalisé des bouts de films, sur sa famille et dans sa communauté, à Brooklyn. Il plantait sa caméra devant un proche de bonne volonté et lui demandait de parler simplement de sa vie à New York. J'avais pu en visionner quelques-uns et j'avais été particulièrement touché par le silence qui entrecoupait les confessions de chaque participant, la suspension de leurs phrases, je le voyais dans leur regard, confiant, et interrogateur. Une pointe d'inquiétude, un soupçon d'excuse, comme s'ils ne méritaient pas d'être là et d'accepter, intimidés par la caméra, l'honneur que leur faisait Salah. Les plus jeunes étaient les plus prolixes, ils jouaient déjà avec l'objectif, ils étaient à l'aise devant la machine comme ils l'étaient déjà dans la rue. La dernière génération était sur le mode américain même si, au sein de la maison, on respectait les règles de la famille et de la communauté.

Nous approchions d'Atlantic Avenue où commençaient à s'aligner les vitrines des premiers magasins orientaux. Comme dans toute la ville, les commerces donnaient le premier signe de la nationalité dominante du quartier. Salah s'occupait à présent du restaurant de son père. Mais il le délaissait de plus en plus. Il dégotait de temps à autre des petits boulots sur des tournages de films, qui ne le satisfaisaient pas.

"Je n'ai pas envie d'être le larbin arabe", disait-il souvent, après une expérience qui l'avait une nouvelle fois déçu. Je soupçonnais qu'il avait été humilié, insulté, mais il n'en parlait pas. Je le devinais aux couleurs que prenait son teint habituellement mat. Il pâlissait, la veine apparente sur sa tempe gauche palpitait et ses pommettes se marquaient de taches rouges. Il avalait l'insulte ou la condescendance sans moufter et sans geindre. Ce qu'il voulait, c'était faire son film, son histoire, son grand œuvre, disait-il en riant. Pour l'instant, le grand œuvre était en fragments dans un placard de son studio, rangé soigneusement en boîtes et étiqueté. Une vie d'images, des vies en images, Salah était convaincu de sa démarche mais le présent et ses contraintes matérielles l'empêchaient de libérer le ruban des bobines pour vivre pleinement son rêve. Il était courageux, tenace et, à près de quarante ans, je voyais toujours le jeune homme qu'il avait été et qu'il continuerait d'être pour aller au bout de son histoire cinématographique. Mais je craignais le futur. Il me parlait de plus en plus de départ et de Palestine. Il ne disait jamais Israël.

— Je voudrais aller là-bas. Filmer la famille qui est restée. Je voudrais revenir à la source, faire le voyage à l'envers.

Un jour, sur une impulsion, je lui avais proposé de l'accompagner. Il m'avait longuement regardé, sans rien dire. Il avait eu un doux sourire et m'avait répondu :

— C'est une idée… Le juif et l'arabe de New York. Merci, Ray, mais c'est un voyage que je dois faire seul. Tu es mon ami, cela me troublerait que tu sois avec moi, tu comprends ?

Je n'avais pas insisté. Je savais aussi que Salah pouvait me demander de l'accompagner, s'il changeait d'avis.

— Tu viens prendre un thé à la menthe chez ma mère ?

Il s'apprêtait à descendre du bus.

— Non, je vais continuer jusqu'à Court Street et je prendrai le métro pour rentrer. Salue-la bien de ma part.

Arrivé au terminus, je restai finalement à l'air libre et marchai vers l'East River. Je décidai de rentrer à Manhattan par le Brooklyn Bridge. Comme à l'accoutumée, je me perdis dans le fouillis des rues sans issue, terrains vagues jonchés d'ordures et accès compliqués à la bretelle qui menait vers la voie rapide Brooklyn-Queens. J'arrivai enfin aux escaliers et entamai les premiers mètres de la traversée. Le soleil de fin d'après-midi adoucissait les arêtes de la *skyline* et lançait des étincelles dans l'eau. J'étais sujet au vertige mais ne pouvais m'empêcher de m'approcher du grillage de protection pour regarder en bas. Sous la voie piétonne, les voitures faisaient résonner le tac tac tac des joints du revêtement de la chaussée. Au passage du métro, au niveau inférieur, on sentait la passerelle vibrer. Le trajet était court et long à la fois. Je m'arrêtai au milieu, m'appuyai sur le rebord, côté sud. Je distinguais de loin la dentelle fragile du Verazzano. Il semblait flotter dans l'azur. Je plongeai mon regard dans l'eau verte, barrée des sillons d'écume que traçaient bateaux et ferries. Quelques années après mon arrivée à New York, j'étais venu là, au milieu d'une nuit triste et avinée et j'avais trouvé, en un moment blanc et sec d'émotion, que c'était l'endroit parfait pour mourir. Concrètement, on ne pouvait pas se rater et puis la dernière vision, une fois la brèche repérée, l'ultime image qui s'imprimerait à jamais sur la rétine, New York nocturne et ses millions d'éclats, composerait un linceul grandiose avant l'obscurité éternelle. Le soir, on ne distinguait plus, derrière ce décor de royaume féerique, la misère, la crasse, la violence. La beauté me faisait de nouveau oublier les angoisses et les doutes qui me torturaient souvent au crépuscule. J'étais euphorique et malheureux. Plein d'espoir et sans illusion. J'oscillais entre les deux plateaux d'une balance intraitable dont j'étais le seul maître inconstant. La tentation de sauter m'avait prise comme un élan amoureux et j'avais décidé de ne plus revenir sur le pont avant longtemps. J'avais rebroussé chemin en courant presque, croisant des couples enlacés, des clochards ou des solitaires, comme moi, insomniaques et suicidaires, ou qui venaient sur le pont comme on va au spectacle pour admirer la ville afin de l'aimer encore plus, pour se donner le courage et l'envie de repartir, le lendemain, à son travail, ses études, à ses tâches d'esclave, avec en fond d'imaginaire la magnificence d'une ville étoilée et la fierté d'en être l'une des minuscules planètes.

Je marchais d'un bon pas. J'atteignais le dernier tiers du pont quand le soleil se cacha derrière la masse de la ville. L'ombre soudaine me cueillit comme un poing.

DOORMAN, MORCEAUX CHOISIS 5

L'alarme s'est déclenchée à 12 h 21. Le son n'est pas tant assourdissant que persistant. Au bout d'une minute, la stridence vrille le tympan, l'urgence de la stopper s'impose avant même l'éventualité d'un incendie. Simultanément à l'alerte sonore, une lumière rouge a clignoté sur le tableau de bord, sous le comptoir de la réception, signalant l'incident au onzième étage.

Le superintendant sorti déjeuner, Archie en train de résoudre un problème de garde de chien avec Lizzie Melznick, c'est donc moi qui appelle l'ascenseur pour monter à l'étage désigné par le bouton de contrôle. C'est la première fois qu'une alerte se déclenche depuis que je suis doorman au 10. J'ai voulu immédiatement appeler les pompiers mais Archie m'en a dissuadé.

— Va voir et si c'est important, appelle-moi tout de suite à l'intercom de l'étage et je m'en occupe.

Archie a eu raison. Quand j'arrive au onzième, il y a bien une légère odeur de fumée mais elle est presque appétissante. Ce n'est pas du tout l'odeur de brûlé à laquelle je m'attendais. Avant même que j'actionne la sonnette au-dessus de la porte de l'appartement 11D, celle-ci s'ouvre sur M. DiFreggio, en polo, short et mocassins, qui agite les mains pour chasser la fumée autour de lui. L'alarme se tait.

— Je suis désolé, Ray, j'ai oublié mon steak dans la poêle, et comme le détecteur de fumée est juste au-dessus de la cuisinière…

— Quelle fumée ! Il était gros, ce steak ?

DiFreggio éclate de rire.

— Un bon steak de bœuf argentin ! Il faudrait que j'enlève ce détecteur et que je le mette ailleurs. Sinon ça va se déclencher chaque fois.

— Je peux entrer, pour vérifier ?

Il s'écarte pour me laisser passer. Il continue de battre l'air, pour chasser l'odeur plus que les vapeurs qui se sont peu à peu évanouies à l'ouverture de la porte. J'entre dans la cuisine de son appartement. Une chose noire et informe gît dans la poêle.

— J'attends que ça refroidisse et je jette tout, poêle comprise, me dit-il.

Une bouteille de vin rosé entamée est ouverte sur le plan de travail.

— Un petit coup pour la route, Ray ?

Il tend déjà la main vers un verre vide mais je refuse, même si un rosé, à cette heure, en apéritif improvisé, n'aurait pas été pour me déplaire.

DiFreggio me raccompagne. Il me remercie en me serrant la main et en profite pour habilement y glisser un billet.

Branle-bas de combat ce matin aux premières heures du jour. Depuis quelques mois, et face à l'augmentation des agressions dans le quartier, nous fermons à clé les portes de l'immeuble entre deux heures et cinq heures du matin. En service, je surveille et n'ouvre qu'aux résidents. Un peu avant cinq heures, un homme essaie d'entrer. Il frappe vigoureusement à coups répétés sur la porte vitrée. Il tient un amas de linge roulé en boule au creux de son bras gauche. Malgré la paroi fermée, je l'entends hurler :

— Ouvrez, s'il vous plaît, ouvrez !

Je m'approche, avec une certaine raideur, et j'articule, fort :

— Qu'est-ce que vous voulez ?

— Ouvrez ! Regardez, ajoute-t-il, en écartant ce qui est un morceau de couverture contre son flanc.

Je vois la minuscule figure d'un bébé, les yeux fermés.

On ne sait jamais ce qui peut vous arriver dans cette ville où les voleurs rivalisent de mille ruses. Mais sans même me dire que je devrais demander quelques précisions supplémentaires, je déverrouille immédiatement la porte.

— Je l'ai trouvé là, au coin. Au pied de la cabine téléphonique !

Je m'approche, dégage complètement la couverture et touche légèrement la joue du bébé.

— Il est chaud, il est vivant.

— Prenez-le, je dois partir au boulot, je suis déjà en retard.

— Attendez, j'appelle la police.

Il reste finalement avec moi jusqu'à ce que la police arrive. Nous emmaillotons comme nous pouvons le nourrisson, pour qu'il n'ait pas froid. J'ajoute un plaid, pris dans le bureau. Nous nous asseyons côte à côte sur le canapé de l'entrée, l'enfant posé entre nous. L'homme me demande.

— Vous avez des enfants ?

— Non.

— Moi non plus. – Il se penche vers le petit visage plissé. – Regardez, il ouvre les yeux ! Vous pensez que c'est un garçon ?

La conversation devient surréaliste.

— Je n'en ai aucune idée. Un bébé, c'est un bébé, je suis incapable de faire la différence.

— Je suis sûr que c'est un garçon, rétorque-t-il en posant délicatement sa paume sur le petit paquet emmitouflé.

— Eh bien comme ça, on est entre hommes, lui dis-je en me levant, alors qu'un éclair bleu et rouge annonce l'arrivée de la police.

Il prend le petit avec précaution, cette fois-ci contre lui. L'enfant est réveillé, il fait de petits sons d'oiseau. Après le constat d'usage, le bébé change de mains. Une auxiliaire de police l'emporte jusqu'à la voiture garée en épi sur le trottoir. Le bon Samaritain la suit, il a l'air soucieux, je n'entends pas les questions qu'il lui pose et auxquelles elle répond patiemment.

Une pluie torrentielle s'abat depuis deux heures sur la ville. Bien qu'il soit fort possible que le déluge ne soit pas le même partout. Il peut pleuvoir à Midtown alors qu'un grand soleil règne sur Battery Park. Les orages d'été sont imprévisibles et dispersés. Mais leur violence, sonore et liquide, immuable. On ne soupçonnait pas, ce matin, un tel cataclysme, du comptoir, nous ne voyons pas le ciel, et même près de la porte, le long dais de toile masque la vue. Mais alors que le soleil semblait régner pour des jours et des jours, la lumière a changé brutalement comme si un variateur géant avait transmué les couleurs mêmes, et l'atmosphère, dans le lobby, s'est transformée. J'ai augmenté l'intensité des lampes et des appliques, puis celle du grand lustre. Il faisait presque nuit quand on a entendu de grosses gouttes frapper d'un son mat la toile verte de l'auvent. Très vite, un rideau liquide a masqué la chaussée, les voitures qui passaient. On ne distinguait plus que le rayon jaune des phares dans le brouillard aqueux. Le trottoir est devenu fleuve et peu à peu, sous le couloir abrité du dais sont venus se réfugier des passants. En short, chaussures de toile et sandales, en robe d'été légère, rapidement trempés par les rafales d'eau projetées par le vent comme sur un bateau en pleine tempête, ils restaient plantés là, les uns contre les autres. Et nous, derrière les vitres, plantés aussi et à l'abri, regardions leurs dos crispés. Un seul regard échangé nous a suffi, Esteban et moi, pour ouvrir la porte et leur proposer d'entrer. Le petit groupe a investi le hall, timide et reconnaissant. Ils n'ont pas bougé, près des portes, n'ont pas voulu s'asseoir sur le canapé, ou l'une des deux chaises. Excepté une femme d'un certain âge, qui répétait "Elles sont foutues, elles sont foutues" en constatant les semelles de corde détrempées de ses chaussures. Je proposai un verre d'eau, qu'elle refusa. Le déluge finit par se calmer, changea de direction. Curieusement, la lumière monta d'abord du sol. On distingua de nouveau la rue, un bus passa, déversant des gerbes d'eau grise sur le trottoir. Nous eûmes droit à de chaleureux remerciements.

Je fus convié à la fête d'anniversaire d'Alma Wald le 3 juillet 1981. Ce jour-là, j'eus du mal à réprimer devant les autres membres du personnel la pointe de fierté qui étirait mes lèvres en un sourire béat. J'étais le seul à avoir été invité. L'enfant espiègle, qui régulièrement me gratifiait au passage des portes de remarques incongrues ou de questions pertinentes, était devenue une adolescente rêveuse mais toujours vive et s'était transformée, en l'espace d'une année, en une belle jeune femme, pleine de grâce et d'humour. Elle était chaleureuse avec moi, et familière, comme on peut l'être avec un oncle atypique, un ami de la famille. Je l'avais vue grandir, je l'avais suivie dans ses joies et ses peines, surtout après la mort de son père au Viêtnam. Cette disparition les avait laissées, elle et sa mère Helen, au-delà du chagrin, sans repères et sans forces. Il y avait bien leur famille qui avait proposé de les accueillir mais Helen n'avait pas voulu de leur aide. Elle m'avait dit, un jour que je l'avais croisée à la porte de son studio de travail, à notre étage :

— C'est chez moi ici, Ray, et c'était aussi la maison de Monty.

Je l'avais quelquefois dépannée en urgence, gardant la petite Alma, toute décontenancée la première fois qu'elle me découvrit chez elle, à son réveil, dans sa chambre d'enfant. Et puis, petit à petit, les offres de baby-sitting que j'avais volontiers proposées s'étaient transformées, avec les années, en discussions animées ou en conversations croisées sur l'un ou l'autre d'entre nous. S'il n'y avait personne à la réception, quand j'étais seul, Alma s'attardait, et je prenais plaisir à parler d'égal à égal avec cette adolescente brillante, pleine de bon sens. Je l'interrogeais sur ses études, ses projets, elle me posait beaucoup de questions sur mon passé, ma propre jeunesse, en Algérie, en France. Je lui disais des choses que je n'avais jamais dites à personne. Un peu avant ses dix-huit ans, les rencontres s'étaient espacées. Alma était accaparée par ses cours à Columbia, ses amis, ses amoureux. Mais la jeune fille restait chaleureuse et affectueuse avec moi, et c'est elle qui, de temps en temps, m'invitait à prendre un café dans un lieu de son choix, qu'elle avait découvert et sur lequel elle voulait avoir mon avis. Je lui disais souvent qu'elle n'avait pas à s'obliger à ces rencontres, que je comprenais bien qu'elle devait avoir mieux à faire. Elle haussait ses sourcils d'une manière comique et me répondait en prenant l'accent français :

— Monsieur le doorman, vous savez bien que je fais ça par gentillesse, il faut vous sortir un peu !

Elle me donnait une grande bourrade dans le dos, puis me prenait le bras, ou mettait sa main sur mes épaules et, les yeux dans les yeux, presque aussi grande que moi, me déclarait en détachant bien les syllabes :

— Ray, ça me fait plaisir. Tu es la seule personne adulte que je connaisse qui soit un peu originale et qui ne me donne pas des leçons de morale ou des conseils à la noix. Quand tu me parles, je ne sais jamais quelle phrase tu vas dire après, quelle idée va encore te traverser l'esprit. Moi j'adore ça. Mais si tu t'ennuies avec moi, tu me le dis, avait-elle ajouté, les yeux pétillants de malice.

Elle était magnifique, ce jour-là, pour la grande célébration de sa majorité. Elle le vit dans mes yeux quand elle ouvrit elle-même la porte de l'appartement de sa mère pour m'accueillir, vêtue d'une très jolie robe courte, orange pâle, les pieds chaussés de sandales blanches vernies. Il y eut une infime étincelle entre nous, un arc électrique fin et léger comme un fil de soie qui fondit et disparut en une fraction de seconde dans un silence suspendu.

— Joyeux anniversaire, Alma, lui dis-je, d'une voix étonnamment normale, en lui tendant un bouquet de marguerites et une petite boîte enrubannée de bleu.

— Merci, Ray ! Entre donc.

La fête avait déjà commencé. La famille, des amis de sa mère, ses amis à elle, devisaient en petits groupes près de plusieurs tables qui avaient été dressées en buffets sucrés et salés, proposant canapés, sandwichs, petits gâteaux, boissons et friandises. La grande table de la salle à manger avait été décorée et poussée contre un mur, prête à recevoir, je le supposais, le gâteau d'anniversaire. Une grande coupe remplie de dragées blanches et roses y trônait déjà. Je me souvins qu'Alma adorait les dragées. Petite fille, elle m'avait expliqué, du début à la fin, comment consommer idéalement la confiserie. Il fallait sucer consciencieusement l'enveloppe de sucre, résister à croquer avant de mettre à nu l'amande – elle y réussissait une fois sur deux, m'avait-elle avoué – puis garder encore l'amande intacte quelques secondes encore afin de l'attendrir puis la mâcher lentement. "C'est le nirvana", avait-elle conclu, d'un ton mystérieux en levant son petit index au ciel. Amusé, je m'étais demandé si elle connaissait le sens du mot. À sa manière, elle lui avait donné le sien, qui était tout aussi juste.

Je saluai sa mère, qui mit une coupe de champagne dans ma main, certains membres de sa famille que je connaissais pour les avoir vus dans l'immeuble ou que j'avais aperçus, au moins une fois, lorsque j'avais assisté à la cérémonie organisée pour les dix ans de la mort de son père. Je reconnus quelques-uns de ses amis de l'université. Ils m'accueillirent avec gentillesse et bonhomie. J'étais en chemise blanche et pantalon de coton, ils me connaissaient tous en uniforme. Mais cela ne faisait pas de différence. Je faisais partie de la famille.

À cet étage élevé, les Wald avaient la chance d'avoir un petit balcon qui courait tout au long de leur salon. Je sortis quelques minutes, regardai le trafic sur Park Avenue. La chaleur était douce, enveloppante, la ville ronronnait. On avait laissé les fenêtres ouvertes, malgré la climatisation en marche. Je retournai dans le salon, entamai la conversation avec deux étudiants, amis d'Alma, qui partaient en Europe pour l'été.

— On va faire un grand tour, m'expliquaient-ils.

Ils me parlaient de l'Europe comme d'un pays à taille moyenne qu'ils auraient largement parcouru en un mois.

— C'est grand l'Europe, vous savez. Il faut prendre le temps de…

— Nous allons en France, en Italie et en Angleterre, tout le reste ne nous intéresse pas.

— Qu'est-ce qu'on irait faire en Allemagne, me dit l'un des deux, en cueillant un sandwich au saumon. Tu connais bien la France, non ?

Je leur décrivais Paris, le Sud. Je disais Marseille, et ils me parlaient de French Riviera. Ils avaient une carte postale pré-imprimée dans la tête. Je décrivais aussi les coins de Londres que je connaissais. C'est à Heathrow qu'ils allaient atterrir, me précisèrent-ils. Ensuite, ils prendraient le bateau pour la France et continueraient leur périple européen, qui se limitait à deux pays. Voire un. Je me disais qu'ils resteraient peut-être toute la durée de leur séjour en Angleterre, dans leur langue familière, qu'ils ne bougeraient pas de Londres et s'enivreraient de musique et de bières en compagnie de jeunes Anglaises et de cousins éloignés ignorés. Je leur souhaitai bon voyage. Je fis mon petit tour, saluant chacun d'un geste, d'un sourire ou d'une poignée de main pour ceux que je connaissais. Il y eut un remue-ménage soudain lorsque la mère d'Alma revint de la cuisine, en frappant des mains, devançant deux amies de sa fille qui tenaient de part et d'autre un large plateau, surmonté d'un énorme gâteau rose et blanc à trois étages, glacé de sucre et éclairé de vingt et une bougies. On ferma les fenêtres pour éviter les courants d'air, on s'immobilisa, chacun faisant une prière muette et superstitieuse pour qu'aucune des bougies ne s'éteigne avant que le souffle d'Alma ne le fasse. Le gâteau fut posé avec précaution. Alma s'approcha de la table, les yeux brillants :

— À ceux qui me connaissent depuis ma naissance, à toi maman, à ceux que j'ai rencontrés quand j'étais petite son regard glissa sur son oncle, sa tante, ses cousines, sur moi – et qui ont toujours été là, à celles que je connais depuis longtemps – exclamations aiguës de ses amies –, à ceux que je viens de rencontrer – hurlements des garçons, l'un d'entre eux tapa sur une assiette avec une petite cuillère –, merci, merci d'être là aujourd'hui. – Elle mit la main sur sa poitrine, reprit son souffle. – Je vous souhaite… un joyeux anniversaire !

Elle souffla très vite les bougies, d'un seul coup. L'assemblée applaudit et on entonna la chanson traditionnelle. Je me mêlai aux autres en la chantant en français et de là où elle était, elle leva sa coupe de champagne vers moi.

Le gâteau perdit ses étages un à un, tomba en ruines de crème pastel et de miettes dorées. L'acmé de la fête était passée, on s'acheminait doucement vers le soir. La tante d'Alma passait avec un plateau chargé de coupelles de salade de fruits. Le brouhaha était moindre, on se rejoignait en petits groupes, ou en tête à tête. Alma vint vers moi :

— Ray, après j'offre un dernier verre chez moi au studio là-haut. Pour les vieux amis. Vous venez ?

— Les vieux ?

Elle éclata de rire. Je refusai, prétextant le travail que je devais reprendre à vingt-deux heures. Ce soir-là, je remplaçais le doorman à mi-temps.

— Je vous descendrai une coupette alors !

— Je crois avoir assez bu, Alma. C'était une belle fête.

Je pris congé à la cantonade, peu soucieux de savoir si certains s'apercevraient de mon départ. Je saluai Helen Wald qui m'embrassa sur les joues.

Je me retrouvai bientôt chez moi, quelques étages au-dessus, allongé tout habillé sur mon lit, en attendant de me lever, mettre mon uniforme et descendre. Je songeais aux anniversaires, ces bornes du temps qui passe. Alma avait aujourd'hui vingt et un ans et c'est moi qui avais vieilli tout d'un coup. Je pensais à ces anniversaires que je n'avais jamais fêtés. Les passages des années, une à une, telles ces éphémérides dont les pages fines se détachent comme des feuilles mortes. Je tentais de me remémorer le dernier anniversaire que j'avais vraiment célébré, avec gâteau, bougies, entouré de personnes aimantes, les baisers collants de sucre, les papiers des cadeaux qu'on chiffonne. Mes dix ans, mes douze ans, peut-être, je ne sais plus. En Algérie, il n'y avait pas de gâteau à trois étages, pas de champagne. Il y avait eu, sans doute, un doux moment avec ma mère, qui n'avait différé en rien du quotidien. Ou si peu. On avait dû me fêter, petit garçon grandissant, mais ce devait être avant la guerre. J'en avais perdu le souvenir, comme s'était effacé le visage de mon père.

Je me levai brusquement, me déshabillai, me rafraîchis la figure et les aisselles et mis mon uniforme.

Vers minuit, l'ascenseur s'ouvrit pour laisser échapper en grappes les quelques amis restés avec Alma pour ponctuer la fête d'un dernier verre. Il remonta et redescendit deux fois. Nous nous dîmes au revoir de nouveau. Certains jeunes prévoyaient de terminer la nuit dans un bar. Je les admirais, beaux, énergiques, pleins de cette aisance américaine que je n'avais jamais gagnée, même après tant d'années, une manière de se mouvoir avec autorité et confiance, une façon d'occuper et de remplir l'espace sans la moindre incertitude. Ils ne doutaient pas de leur existence ni de leur importance dans le monde, du rôle qu'ils allaient jouer dans cette société rude où les atermoiements étaient interdits. Si, plus jeune, j'avais envié cette souplesse et cette force que je prenais pour une forme d'élégance, c'était fini aujourd'hui. Le temps m'avait appris que les êtres tremblants avaient aussi leur force, qu'une âme fragile pouvait aussi faire son chemin avec adresse et habileté. Il s'agissait juste de savoir où et quelle était sa place. La cohérence pouvait apporter une acuité incroyable quand la conscience de ses propres faiblesses était reconnue, et acceptée.

L'ascenseur remonta et le hall redevint calme et silencieux. Je baissais les lumières quand j'entendis le glissement des portes de la cabine s'ouvrir. Alma en sortit, elle avait revêtu un short et un débardeur, elle était pieds nus. Elle tenait quelque chose sur sa paume ouverte, qu'elle maintenait de son autre main en coquille. Je souris.

— Ray, c'est magnifique ! Où as-tu trouvé cette chose si… poétique ?

J'avais demandé à un voisin de Bentzion, qui réalisait des miniatures et des jouets dans un petit atelier proche du magasin de tissus de mon ami, de composer une œuvre originale, qui serait le cadeau des vingt et un ans d'Alma. Une boule à neige d'environ dix centimètres de diamètre, dans laquelle un doorman et une petite fille en miniature, debout devant un immeuble, mini 10 Park Avenue ressemblant à l'original, souriaient aux flocons multicolores qui tombaient sur leurs épaules et à leurs pieds. J'avais été très content de mon idée et encore plus satisfait du résultat. Bentzion avait partagé mon enthousiasme avec force exclamations et s'était promis de demander à l'artiste d'en fabriquer une pour la bar-mitsva de son petit-fils.

— Moïse, près du buisson ardent, les Tables de la Loi dans les bras, qu'en penses-tu ? m'avait-il demandé.

Je l'avais regardé, incrédule.

— Tu plaisantes ?

— Pas du tout ! avait-il rétorqué, vexé.

— Je pense qu'un bon chèque sera toujours préférable à Moïse dans une boule à neige pour un garçon de douze ans.

— Rien du tout ! Il gagnera son argent et il le dépensera, et il en gagnera de nouveau et ainsi de suite, tout seul ! Tandis que ça, avait-il dit en pointant la boule que je tenais dans ma main, il le gardera toute sa vie. C'est décidé ! avait-il ajouté, mettant fin à la conversation.

Alma agita plusieurs fois la boule devant ses yeux. Je revoyais soudain la petite fille qu'elle avait été et qu'elle serait, au fond d'elle-même, toujours, sa capacité d'émerveillement intacte. En silence, je lui souhaitai tous les bonheurs possibles. Je m'aperçus, troublé, que le vœu sonnait comme une prière.

— Quelle journée ! me dit-elle.

— Il faut aller dormir maintenant, Alma.

— Oui… je suis fatiguée. Mais je n'ai pas sommeil…

Elle me sourit encore, sur le point d'ajouter quelques mots. Puis elle se pencha au-dessus du comptoir et déposa un baiser léger sur ma joue.

Je n'ai jamais pardonné à ma mère d'être restée à Oran. Elle y est morte, disparue, assassinée, elle n'existe plus depuis longtemps mais ma colère est toujours vivace, une mauvaise rancune qui me torture comme une lame, quand ma mémoire me la ramène, butée, fière, figée dans le présent sans lendemain qu'elle avait décidé de vivre. Elle était dans le jardin, sous la pergola, au milieu des arums qui courbaient vers elle leurs corolles ivoire, une reine têtue, dans sa blouse en cotonnade bleue, la taille serrée, les bras croisés, répétant non non et non. J'avais eu envie de la gifler. Depuis le printemps, depuis que la date de mon départ avait été fixée et que je l'avais enfin acceptée, je revenais régulièrement à la charge avenue des Palmiers, où elle vivait seule à présent. Ma grand-mère avait rejoint au début des années 1950 mon grand-père, que je n'avais pas connu, au cimetière Tamazouhet. Elle était morte dans le jardin. La main tendue pour cueillir une orange, elle était tombée, inanimée, au milieu des fleurs. Ma mère était restée inconsolable pendant des semaines. Puis un jour, elle s'était levée comme au commencement d'une vie nouvelle, et son énergie, sa vaillance avaient fait le reste.

Elle n'avait pas de réel emploi. Elle recevait une petite pension depuis la mort de mon père et elle se débrouillait en exécutant dans le voisinage ou du côté de la place Fontanel des travaux divers, qui allaient de la confection de *mounas* au repassage. Elle refusait toujours que je lui donne quelques billets à la fin du mois. La maison, construite par mon grand-père lui appartenait, le potager et les arbres fruitiers lui donnaient à manger, ainsi que les deux poules qui pondaient avec une régularité constante. Un de ses voisins lui apportait de temps en temps quelques poissons qu'il attrapait cap Falcon. J'avais appris par l'une de ses cousines, croisée par hasard un après-midi sur la plage, qu'elle faisait profiter de sa présence bienveillante et solidaire trois familles d'Algériens qui vivaient à l'orée du quartier espagnol. Elle ne m'avait jamais dit qu'elle aidait ainsi les mères à mieux se débrouiller en français, enseignait à leurs enfants des petits bouts de phrases pratiques, elle les faisait écrire, elle les corrigeait. Elle aidait aussi les pères à remplir les formulaires administratifs, abscons même pour un citoyen français. Quand je lui en avais parlé, elle m'avait regardé droit dans les yeux et m'avait dit, sans répondre à mes craintes et mes avertissements tout en prenant acte de mon admiration : “J'ai plus besoin d'eux qu'ils n'ont besoin de moi.” Elle avait vidé l'armoire de ma chambre d'enfant et distribué mes vêtements de garçonnet et d'adolescent. Elle s'était même débarrassée des quelques vêtements qui lui restaient de mon père et qu'elle avait pourtant conservés pendant des années dans de grands cartons plats puant la naphtaline. Quelques jours après, plus conciliante, elle était venue me rendre visite dans mon studio rue de la Bastille. Elle m'avait apporté, enveloppés dans un torchon, des gâteaux à la semoule et au miel et des cigares aux amandes.

— C'est Zorah qui me les a donnés. Pour toi. Tu n'as pas à être inquiet, ce sont des amis, avait-elle ajouté, en me regardant droit dans les yeux.

— Attention quand même, maman, ils ne sont pas tous si gentils.

Sa réponse fusa, cinglante.

— Et l'OAS, ils sont gentils ? Et c'est mon fils qui parle comme ça ?

Je voyais la tension à l'angle de sa mâchoire, là où vibrait l'anneau d'or qui pendait de son oreille.

— Ce n'est pas ce que j'ai voulu dire, tu le sais bien.

— Ils sont nés ici, comme moi. Je les connais. On est pareils. Fais-moi un café, avait-elle dit brutalement en s'asseyant, et mets ça sur une assiette, avait-elle ajouté en me tendant les pâtisseries.

Je m'affairai à la cafetière, disposai sur la table les verres, le sucre.

— Maman, comme toi, j'ai des amis algériens, je sais qu'ils ne me feront jamais de mal, que nous sommes proches, par nos origines, un passé commun mais…

Elle me coupa.

— Tu as vu ton grand-père andalou sur les photos ? On dirait un Arabe !

— C'est bien ce que je dis, rétorquai-je patiemment. Et aussi celles de la famille de papa. Tu te souviens de la vieille carte postale où sa grand-mère juive est habillée en costume berbère ? – Elle acquiesça en silence. – Mais ce que je veux dire, c'est qu'il y a des Algériens qui ne sont pas du tout d'accord avec nous, avec toi, et même peut-être dans les familles que tu aides. Ce sont eux qui se rebellent, qui mettent des bombes. – Je vis ses lèvres se crisper. – Et cela pourrait se justifier, vu comment certains Français les traitent, tempérai-je habilement.

— Et pas que les colons ! Je ne parle plus à la tante de ton père qui traite sa femme de ménage comme une esclave.

— Ça a toujours été une conne.

— Ne parle pas comme ça !

— Ah bon ? C'est une imbécile, et elle n'a malheureusement pas le monopole.

Je m'étais assis à la table, lui avais pris les mains.

— C'est très bien ce que tu fais, je te soutiens entièrement. Je te demande juste de faire attention. Partout. Dans la rue. La violence n'a pas de logique, elle est bête, elle peut jaillir comme ça, comme une étincelle. Et tu peux te trouver là. Tu penses à moi ?

— Bien sûr, mon chéri, quelle question !

Je n'en étais pas si sûr. Ma mère, qui me grandissait quand j'étais enfant, qui me traitait en adulte alors que mes seules préoccupations étaient le foot et mes petits soldats, s'était paradoxalement mise à m'infantiliser au fur et à mesure que je devenais un homme. C'était insupportable et je fus soulagé lorsque je partis vivre seul, rue de la Bastille. En même temps, j'étais devenu un objet lointain. Il y avait comme une distance entre nous. On ne se parlait pas beaucoup, on ne communiquait pas sur ce qui faisait l'intimité de nos jours. La météo, les faits liés à la ville, plus tard au conflit, mais sans commentaires échangés, sans analyse partagée, faisaient l'essentiel de nos rares conversations.

La fusion qui avait été la nôtre à la mort de mon père s'était évanouie. J'avais été un petit homme de remplacement, sur le moment. Et ensuite, avec les années, j'étais redevenu un enfant. Dont elle prenait des nouvelles de temps en temps. Elle passait me voir mais ses visites étaient brèves. Quand je venais déjeuner avenue des Palmiers, même si je savais qu'elle avait commencé dès le matin à me préparer un festin, je sentais, à peine le dessert terminé, son impatience. Elle voulait retourner à ses occupations, à ses "obligations", comme elle disait. Je me demandais toujours bien lesquelles. Ma mère ne prenait pas le temps de vivre et le temps d'être avec moi, son fils. Sa décision de rester à Oran me paraissait cohérente avec ce qu'elle était, en regard de ses choix et de ses convictions, mais je ne l'acceptais pas. Je lui expliquais les risques. En désespoir de cause, je lui racontais avec cruauté et force détails sordides les assassinats atroces d'Européens dont on m'avait fait le récit effrayant.

— Quoi que tu fasses et qui que tu sois, tu n'es pas intouchable, lui avais-je dit méchamment.

— Tu as oublié de dire, où que tu sois, mon fils. Et pour toi, c'est pareil, avait-elle ajouté avec un doux sourire qui n'était pas monté jusqu'à ses yeux.

Quand lui ai-je dit au revoir ? Cet au revoir que je refoulais de toutes mes forces, de toutes mes larmes, parce que je sentais dans ma chair et courir sur ma peau le frisson de l'adieu ? Était-ce ce jour, place d'Armes, où elle me serra dans ses bras alors que la pluie commençait à tomber et qu'un régiment de parachutistes passait devant l'Opéra ? Était-ce cet après-midi-là, sous la pergola ? Cet autre jour, chez moi ? Un verre rempli de café était tombé par terre. J'avais regardé les éclats transparents et le liquide brun étalé sur le carrelage de la cuisine comme un sombre présage. Plus tard, je m'étais dit que nos adieux avaient été successifs et s'étaient étendus sur des mois. Elle n'était pas venue au port, le jour de mon départ. D'un accord tacite, nous avions décidé que ce n'était plus nécessaire. Nous nous ressemblions dans cette forme de froideur distanciée que certains plus sentimentaux que nous pouvaient juger indigne d'une mère et d'un fils. Nous savions que cette séparation scellait une mort, celle de notre pays, d'une vie que nous avions eue jusqu'alors, et d'une certaine manière, la nôtre, inéluctable, dont nous ignorions seulement le lieu et la date. Nous gardions à distance une douleur que nous savions insupportable, mortelle. Nous nous protégions d'un chagrin visible qui, nous le savions tous les deux parce que c'était le même, laminait nos cœurs en silence. Nous ne voulions pas mourir ce jour-là, elle sur le quai, moi sur le pont du bateau.

J'étais parti, inquiet, soucieux, mais je ne pouvais m'empêcher d'être confiant en son courage, ses soutiens que je savais réels. J'étais persuadé que ma mère était à l'épreuve des balles et que nul au monde, même le plus cruel, n'aurait le cœur d'aller jusqu'au bout d'un geste fatal à son égard. Son corps respirait, transpirait la bonté, l'amour du prochain. On ne pouvait s'attaquer à cette armure du Bien, à cette tendresse ouverte, accueillante. J'avais chargé deux amis algériens et un autre irréductible de son âge, Lucien Bénichou, un vieil ami de mon père qui m'avait déclaré "Je resterai debout, dans ma chère rue d'Austerlitz, comme Napoléon ! Ils n'auront qu'à venir me chercher, j'ai le pistolet de mon père qui a fait 14-18 !", de prendre de ses nouvelles. Elle m'écrivit de longues lettres, que j'allais chercher dans une boîte postale, à Marseille, comme des cadeaux. Elle m'en disait davantage que lorsque nous étions ensemble, à la table de ma cuisine ou chez elle. Elle me racontait le jardin, les poules, ses voisins qui partaient un à un, qui lui laissaient objets, vêtements, souvenirs. Je pourrais ouvrir un magasin d'antiquités, écrivait-elle. Et j'entendais sa voix chantante, la phrase comme une plaisanterie joyeuse. Elle ne parlait pas de la guerre et des horreurs qui se faisaient chaque jour plus nombreuses et plus visibles, jusque dans les rues de la ville. À Marseille, j'écoutais les nouvelles à la radio et je me tenais au courant par Lucien et surtout Ahmed, qui se faisait un devoir de me raconter le plus fidèlement possible les "événements" dont l'écho, dans la presse, n'était pas toujours exact. Je n'avais plus tenté de la faire venir en France, c'était peine perdue. Nous n'évoquions pas, non plus, des retrouvailles. Pris par ma nouvelle vie à Marseille, la recherche d'un toit, d'un travail, je l'oubliais quelquefois, pendant plusieurs jours. Je ne pensais plus à elle et soudain, la culpabilité m'envoyait son poing dans le ventre et j'éprouvais un sentiment de perte intenable. Je buvais trop, je pleurais, je rejoignais le Vieux-Port, montais jusqu'à Notre-Dame de-la-Garde et je regardais la mer. Je regardais en face, l'horizon en guerre.

Je reçus le télégramme d'Ahmed le 7 juillet et ne pus lui parler, au téléphone, sur la ligne mauvaise qui reliait nos continents, que le 13. Son monologue, entrecoupé de ses sanglots et des crachats de la liaison intermittente, me parut incompréhensible.

Les exactions s'étaient multipliées mais rien n'avait présagé de l'embrasement du 5 juillet. Informé par le journal le lendemain, j'avais tenté vainement de joindre ma mère, Eduardo, son voisin pêcheur, Lucien et Ahmed. Sans succès. Les lignes téléphoniques sonnaient dans le vide et j'imaginais au bout des maisons dévastées et la mort. Le surlendemain du massacre, je lus la terrible nouvelle, en une phrase imprimée sur le fin papier bleu. Ahmed n'avait pas eu besoin de plus.

Ce 13 juillet, Marseille célébrait déjà la fête nationale, des bals fleurissaient au coin des rues dans une cacophonie joyeuse et je pleurais la mort de ma mère.

Je la vois, bravant les dangers de la révolte toujours présente, malgré la déclaration d'indépendance deux jours auparavant, marchant vers le centre-ville et le boulevard Joffre pour apporter le linge repassé d'une famille de colons, qu'elle détestait mais dont les francs n'avaient pas d'odeur, comme elle le disait en riant. Je vois ses mains tendues donnant le linge, recevant l'argent. Et puis la rumeur qui monte, qui gronde, qui enfle, qui explose en cris, en éclats de balles, de vitres brisées, les portes défoncées, les hurlements. Je vois ses mains tendues, offertes, pour dire oui, pour dire non, pour se défendre, expliquer, puis accueillir la lame d'un couteau. Je vois ses mains derrière son dos, tenues serré par d'autres mains brunes, calleuses, déjà sanglantes. On la pousse, on l'emmène, on la rudoie comme une poupée. Elle porte sa blouse avec les petites marguerites, elle est décoiffée, elle a perdu une espadrille. On lui fait descendre brutalement les escaliers, ils sont tout un groupe à en pousser un autre, ils ne se mêlent plus comme ils le faisaient il n'y a encore pas si longtemps dans la rue, dans l'autobus. Ceux de devant résistent, un peu, crient, pleurent, mais ils comprennent enfin qu'ils sont les vaincus, les autres s'encouragent en hurlant, les fusils jaillissent comme des épées, un coup part, un homme, en costume, s'effondre, une lame lui tranche la gorge pour l'achever. Il y a comme un hoquet de silence, chez tous, victimes et bourreaux, lorsque le sang artériel jette un large trait sur le trottoir, puis la vague repart, les hurlements, on projette plus qu'on ne pousse la dizaine de captifs dans un camion, ironiquement, de l'armée française. La bâche se déchire sous la main d'une femme qui résiste, on la prend par les cheveux, si fort qu'une ligne de sang dessine bientôt les racines, au-dessus de son front, on la cogne dans le ventre qu'elle a gonflé d'un enfant qui ne naîtra jamais. Je perds la vision de ma mère dans cette marée de larmes et de sang, ce fouillis de vêtements tachés, déchirés, ces corps violentés, meurtris, disloqués. J'essaie, de toutes mes forces, de convoquer des images plus douces, ordonnées, humaines. Impossible. Le camion démarre, remonte le boulevard vers ce que les Français, les Pieds-Noirs, appelaient le Village Nègre. Je vois la bâche flotter, s'éloigner. Ma mère est assise parmi les autres. Je suis certain qu'elle garde le silence. Ou peut-être aide-t-elle celle qui fut sa patronne détestée à se relever, à arranger sa mise pour se présenter une dernière fois digne de cette société perdue ? Ils sont emmenés, ils sont partis. Où, je ne l'ai jamais su. Je ne sais pas où a fini le corps de ma mère. L'expression est cruelle car je devine ses derniers instants. Je ne peux dire "où elle repose", ce serait faux et injuste de nier son martyre en employant ce terme évoquant une paix et une sérénité qu'elle n'aura jamais connues, même lorsqu'elle était en vie. Je voudrais me souvenir d'elle debout dans le jardin, dans sa blouse bleue, au milieu des arums, une main sur le front pour se protéger du soleil, qu'elle aimait regarder en face.

Pourquoi avais-je accepté de suivre Salah à Staten Island ? La question me martelait au rythme des roues du métro qui traçait son trajet interminable au cœur de la grande île. Staten Island appartenait à New York mais ce n'était plus New York depuis que nous étions dans cette voiture vide, à traverser une campagne pauvre et anonyme, et des zones résidentielles de pavillons identiques, alignées côte à côte le long des rues tracées étroites sur ce morceau de terre banal, d'où l'on ne voyait plus Manhattan. Pour ajouter à l'ordre militaire de ces bataillons de bardeaux blancs aux toits gris, la plupart des maisons exhibaient à leur porte, ou à l'inévitable barrière blanche qui limitait le territoire d'un jardinet à la pelouse impeccablement taillée, un petit drapeau américain. Les signes du patriotisme sont toujours très ostentatoires aux États-Unis. Mais à New York, les couleurs foisonnantes de tout ce qui fait la ville atténuent et effacent presque celles des drapeaux qui pendent au fronton des bâtiments officiels et administratifs. Ils se fondent dans le paysage et l'habitude.

J'étais déjà venu par deux fois à Staten Island. Mais ma présence avait été brève et s'était bornée à attendre dans le terminal le ferry du retour à Manhattan, qui m'avait déposé là quelques minutes auparavant. La traversée était le passage obligé pour qui voulait admirer, à moindres frais, la vue magnifique de la ville au coucher du soleil. Cette fin d'après-midi là, j'avais pris le ferry sur South Street, avec tous ceux qui faisaient le voyage matin et soir pour venir travailler à Manhattan. Il y avait aussi quelques touristes. On les reconnaissait, bruyants et enthousiastes, l'appareil photo autour du cou. La sirène au moment du départ, les cordes d'amarrage larguées donnaient à la brève traversée un air de croisière. Très vite, une fois doublé le bout de Manhattan, l'air citadin se transformait en vent du large, qui ébouriffait les cheveux de ceux demeurés sur le pont. Les autochtones restaient dans l'immense cabine, assis sur leurs sièges à lire le journal ou affalés les yeux dans le vide, à ruminer leur journée. Pour les autres, il fallait être à l'extérieur, et en direction de Staten Island, à bâbord. On la voyait déjà de loin, et puis soudain elle était là, à portée de main et d'appareil photo. Oubliées les vapeurs de diesel, la fumée noire de la cheminée qui, selon le vent, rabattait son odeur âcre le long du bastingage. On s'imaginait émigrant épuisé, atteignant enfin la terre promise. La statue de la Liberté se dressait, gigantesque et plus fine que je ne l'imaginais, la première fois que je la vis de près, dans le soleil couchant, ses yeux aveugles tournés vers l'Europe. Les touristes se bousculaient pour attraper le meilleur angle, la plus belle lumière. Chacun d'eux se sentait alors un peu américain. La statue de la Liberté était si familière qu'elle appartenait au monde entier. Je trouvais leur joie puérile mais, au fond, je la partageais.

J'essayais, en vain, de prendre l'air blasé de l'habitué mais j'ai toujours éprouvé une émotion particulière, d'euphorie et de tristesse mêlées, chaque fois que je suis passé devant ce grand phare couleur d'eau. Les portes de l'océan s'ouvraient là, à ce point de la baie qui marquait, telle une frontière invisible, la fin de l'exode pour ceux qui venaient de l'autre côté de l'horizon.

En un peu moins d'une demi-heure, on arrivait au terminal de l'île. Le ferry se rangeait le long du quai dans un bouillonnement d'écume, sous les ordres lancés des employés du port. On descendait lentement, en procession disciplinée. Arrivée sur le quai, la majorité des passagers se précipitait vers le parking pour glaner ainsi quelques minutes avant de prendre leur voiture et rentrer chez eux sans tarder. J'étais resté à contempler la masse des buildings de Manhattan, posée comme sur un plateau liquide, se tacheter d'or avant de virer au bleu sombre. Le soir tombait sur la ville, sur l'eau, sur la silhouette maintenant noire de la statue. Le vent fraîchissait, apportant des effluves du cœur de l'océan. Je frissonnais. Pourtant je n'avais pas froid.

Mais déjà, le ferry du retour se préparait au départ. Je n'avais plus qu'à retourner dans le vaste terminal de départ qui ressemblait, avec ses éclairages au néon et ses banquettes en skaï gris, à l'image d'un hall de gare soviétique que j'avais vue dans un journal.

Nous ne fûmes que quelques-uns à faire le voyage. Les mêmes touristes, déçus de l'obscurité brutalement tombée et quelques téméraires qui, je l'imaginais, avaient décidé de passer la soirée dans le tumulte de la vraie ville plutôt que de rester dans leur banlieue isolée, au milieu de l'eau.

Il paraît qu'il y a des plages à Staten Island. Ce jour-là, avec Salah, du métro que nous avions pris dès notre arrivée sur l'île, nous apercevions quelquefois l'eau, par des trouées entre les bosquets d'arbres. Mais nous n'avons vu aucune plage. À chaque arrêt le long des quais déserts, les rares passagers descendaient et nous découvrions alors par-delà la vitre des sortes de bourgs autour d'un carrefour qui faisait figure de centre-ville, quelques restaurants, pubs et pizzerias, un drugstore, une école. Les maisons de Staten Island arboraient fièrement leur appartenance au pays, à la patrie. Le geste devenait plus politique qu'identitaire et solennel. Je l'ignorais à ce moment-là mais nous apprîmes plus tard, Salah et moi, qu'une grande majorité de policiers et de pompiers de New York ainsi que des militaires à la retraite avaient élu domicile sur l'île, une véritable communauté d'uniformes s'était créée, portée majoritairement par Irlandais et Italiens d'origine. Le drapeau signifiait aussi appartenance à un corps d'élite et à une armée de héros.

Puis le métro repartait et on replongeait dans une sorte de no man's land troublé par la vitesse. La vision du Verazzano, grandiose, pas de géant entre deux rives, nous sortit un court instant de la morosité et de l'ennui qui commençaient à nous gagner. Finalement, on s'arrêta au terminus. Une vraie conclusion, le métro ne pouvant aller plus loin. La voie avait rejoint, après la traversée sur toute la longueur de l'île, l'autre côté de l'eau. Nous étions les seuls à sortir de la station, qui ressemblait à une petite gare européenne désuète, en briques rouges. On descendit une rue vers l'eau, que l'on voyait miroiter entre les arbres. Quelques maisons, plus anciennes que celles que nous avions vues sur notre trajet, étaient cachées dans les feuillages.

La berge était de terre grise et de cailloux, l'endroit quelconque, sans intérêt. Devant nous, un pont métallique rejoignait la côte du New Jersey. Sur l'autre rive, on voyait la cheminée d'une usine cracher une fumée blanche, des cuves en aluminium, quelques wagons rouillés sur une voie de garage. Nous nous étions regardés, aussi désolés que le lieu.

— Il faut tout voir, me dit-il. Même le laid.

J'opinai lentement. Mais la vision de la mousse sale qui stagnait à nos pieds, sur la grève, des arbres couchés dans l'eau comme vaincus de lassitude m'était pénible.

— Bon. On y va ?

On retourna lentement sur nos pas. Les métros étaient rares sur l'île et il n'y en avait qu'un qui repartait une vingtaine de minutes plus tard. Autant de temps que notre brève promenade au bout de Staten Island.

Le voyage fut encore plus long, comme le sont toujours les retours. L'ennui me rendait de mauvaise humeur et je répondais du bout des lèvres à Salah, qui n'insista pas. Nous gardâmes le silence sur le ferry, assis côte à côte sur le pont, face au soleil encore haut dans le ciel.

Enfin à Manhattan, je me réveillai comme d'un long songe, les cheveux en bataille, collants. Je goûtai le sel sur ma lèvre. Comme s'il lisait dans mes pensées, Salah me lança :

— On aura fait un tour en mer !
— Allez viens, je te paie une bière.

On s'attabla à la terrasse d'un petit bar, près de Fulton. À cette heure, la rue avait repris sa circulation habituelle de piétons et de voitures. Le marché aux poissons avait disparu, comme par magie. Seule subsistait une tenace odeur d'iode. La chaussée était mouillée en permanence, sauf les jours de grande chaleur, où l'eau de mer, ajoutée à celle des jets puissants des éboueurs, ne restait qu'en taches sombres dans les coins d'ombre, ourlées du sang séché des poissons. La ville de camions frigorifiques, de camionnettes, de tréteaux provisoires en aluminium, de bacs en polystyrène, avec le ballet des hommes en salopette, en ciré, en costume, s'animerait de nouveau aux deux tiers de la nuit. Je repensais à ma vie d'avant, quand je finissais mes nuits là, au pied du pont. Un pied dans la ville et un autre encore là-bas, de l'autre côté de l'océan.

Assis sur un banc de Prospect Park, non loin du jardin botanique, j'aperçois Leila. La sœur de Salah danse plus qu'elle ne marche sous le soleil printanier. Les taches d'ombre, quand elle passe sous les arbres, sculptent son visage de beauté orientale. Elle porte un jean, des mocassins, une chemise fleurie rose et jaune. Son sac en bandoulière bat son flanc, il tape la mesure de son pas. Une écharpe de soie corail flotte derrière sa nuque, le seul signe de ce qui pourrait être un voile rituel, qu'elle ne porte jamais. Ses épais cheveux noirs qu'elle laisse libres volent au-dessus de ses épaules. Elle me voit, agite la main, comme si elle me disait au revoir, et sourit. Elle accélère le pas pour me rejoindre.

— Je ne suis pas en retard ? dit-elle en m'embrassant.

Je la rassure et lui offre de s'asseoir à côté de moi sur le banc de pierre.

— J'ai préféré qu'on se voie ici plutôt que dans un café du quartier. Je n'ai rien à cacher, ajoute-t-elle abruptement, sans sourire.

Je connais Leila depuis longtemps. C'est la plus jeune sœur de Salah, la cinquième de la fratrie.

Elle a vingt ans de différence avec son frère. Elle pourrait être sa fille, ou la mienne. Pourtant, il faut reconnaître que Salah n'a jamais adopté l'attitude du mâle dominateur auprès d'elle et de ses autres sœurs et qu'il est resté tendre et fraternel. Fait rare dans une famille où le père et surtout le frère aîné, Mohammed, tiennent les cordons d'un rituel religieux et social sévère et contraignant pour les femmes de la maison. Qui toutes gardent le silence et obéissent. Sauf Leila. Elle ne dit rien mais n'obéit pas, mieux, elle résiste et se révolte, à la grande crainte de sa mère et de ses deux autres sœurs, plus âgées, mariées et mères de famille depuis longtemps mais toujours proches de leurs parents. Le père n'est pas aussi autoritaire que son fils aîné mais les traditions persistent dans leur carcan ancestral. Les femmes de la famille Waahli se résignent davantage à ces ordres anciens qu'à des obligations présentes. Ce "c'est comme ça et pas autrement" a révulsé Leila dès son plus jeune âge. À dix ans, l'âge où je l'avais rencontrée la première fois, elle était déjà turbulente et indisciplinée. Elle avait accompagné Salah à l'une de nos promenades un jour où, sa mère devant s'absenter à l'improviste, il n'avait pas su quoi faire d'elle. Je suis certain qu'il voulait aussi me la présenter. Je connaissais ses parents que je n'avais vus, à cette époque, que brièvement, mais pas cette petite sœur, qui lui ressemblait beaucoup. C'était aussi une manière d'en découvrir un peu plus sur mon ami, par le biais de cette enfant proche qu'il traitait, je m'en aperçus tout de suite, en adulte. Ce jour-là, elle avait bouleversé la tranquillité de notre balade. Nous la tenions chacun par la main, entre nous. Elle ne cessait de gigoter, de sauter, de nous tirer en arrière pour nous ralentir et de parler à tort et à travers d'une voix suraiguë. Elle imitait très bien Salah, et le fait encore aujourd'hui parfaitement à mon grand amusement. Excédé, je m'étais brusquement arrêté, m'étais penché vers elle et lui avais dit :

— Dis-moi, est-ce que tu ne serais pas une sacrée tête à claques ?

Salah avait été surpris de mon mouvement d'humeur mais elle n'avait pas bronché. Lorsque nous avions repris notre marche, elle avait suivi avec une régularité et une obéissance légèrement ostentatoires le rythme de nos pas avec ses petites jambes et je m'étais mordu la lèvre pour ne pas sourire. J'avais eu droit à un gros baiser lorsque nous nous étions séparés et que Salah et elle repartaient vers Brooklyn. Mon rappel à l'ordre avait scellé une amitié indéfectible. Elle me considérait comme un grand frère et, en grandissant, s'était davantage rapprochée de moi que de Salah.

— Il est plus facile de se confier à un étranger qu'à un membre de sa famille, m'avait-elle dit un jour, se reprenant aussitôt sur le mot étranger.

— J'avais compris, l'avais-je rassurée, et tu as raison. La famille nous voit toujours tel qu'on a été enfant et tel qu'elle aimerait qu'on soit. On reste figé dans une image idéale…

— C'est exactement ça !

— … qui lui convient, qui la rassure, avais-je continué.

— Les parents refusent qu'on grandisse, qu'on se transforme. Comme si reconnaître un nouvel individu remettrait en question leur propre identité.

— Disons, leurs certitudes.

— Mais tous les parents sont comme ça ?

— Je suis mal placé pour en parler mais je suis sûr que pour la plupart oui.

— C'est une malédiction !

— Ce n'est pas faux ! À moins de prendre une certaine distance, si tant est qu'ils y arrivent, et d'assumer une bonne dose d'autocritique, ils ne peuvent pas faire autrement. Leur amour passe par là aussi.

— C'est égoïste.

— Mais les parents, c'est égoïste ! m'exclamai-je. Ils nous ont fait naître. Et on n'a rien demandé !

— J'adore parler avec toi, m'avait-elle dit en me serrant le bras. Salah est sans doute d'accord avec nous mais il ne parle pas beaucoup quand il est à la maison. Il ne veut pas trop se mouiller. Comme mon père.

— S'il y avait un vrai conflit, il prendrait ta défense, j'en suis certain.

— J'espère… Tu as raison, c'est vrai. C'est uniquement grâce à lui que j'ai pu aller au bout du collège et étudier.

— Ton père t'a aidée aussi, l'air de rien.

— Oui, il a payé, avait-elle dit en faisant la moue. Et ma mère continue de me donner de l'argent en cachette.

— Je crois que tout le monde est au courant, tu sais.

— C'est vrai ? Pas Mohammed en tout cas, avait-elle dit en grimaçant. S'il le savait, ça le rendrait fou.

Mohammed, le mouton noir et la terreur de la famille, avait maintenu la maisonnée en état de crainte permanente, parents compris, dès son adolescence. Tous l'avaient vu partir avec soulagement quand il avait déménagé pour se marier et avoir rapidement les huit enfants qui s'étaient succédé à la vitesse de portées de lapins. Depuis, il vivait non loin des Waahli et passait quelquefois, le plus souvent à l'improviste, rendre visite à sa mère et ses sœurs, quand elles habitaient encore avec leurs parents et saluer son père au restaurant. C'était un homme rigide, jaloux et pervers qui laissait sur son passage un parfum d'aigreur, de mal-être et de culpabilité. Salah en parlait peu.

— En fait, m'avait-il dit un jour à ma grande surprise, ce qui m'attriste le plus, c'est la lâcheté de mon père. Il ne dit rien, il laisse faire. Mes parents sont au garde-à-vous devant ce malade.

Il avait évoqué à mi-voix les soupçons de maltraitance qu'il ne pouvait s'empêcher d'avoir à l'égard de sa belle-sœur, le plus souvent cloîtrée à la maison, et des enfants.

— Et avec ça, je ne sais même pas comment il gagne sa vie, avait-il conclu, amer. Il nous rebat les oreilles avec la religion, les grands principes bla bla bla, il donne des leçons, mais je suis presque certain qu'il traficote avec les voyous du coin et la mafia syrienne qui harcèle les commerçants du quartier. Il participe à des réunions de je ne sais quoi qui ont lieu tous les samedis dans l'arrière-boutique d'une laverie, pas loin du restaurant de papa. Je l'ai aperçu une fois, au milieu d'un groupe de barbus comme lui, avec leurs robes longues ridicules. Il se prend pour le roi du monde.

Je n'osais rien répondre. Je n'avais aperçu son frère qu'une unique et brève fois et le seul souvenir que j'en avais gardé était l'obscur de sa tenue, le noir de ses yeux, de ses cheveux et de sa barbe.

Il m'avait même semblé avoir le teint plus foncé que Salah.

— En tout cas, le roi de la maison, il l'a toujours été. Même quand on était enfants, c'était lui qui régnait, ma mère toujours aux petits soins et mon père qui ne disait rien. Pour les grandes sœurs, c'est foutu, mais je ne veux pas que Leila subisse sa méchanceté et sa tyrannie.

Il avait frappé la table de sa paume, comme pour affirmer sa volonté et se jurer la résolution.

— Si je peux faire quoi que ce soit…

C'est aussi pour cette raison qu'il avait provoqué cette rencontre avec la petite, je le compris lors de cette conversation.

— Je déteste la famille, m'avait déclaré Leila, alors adolescente.

Ce jour-là, elle avait pleuré et refusé de me répondre quand je lui avais demandé la cause de ses larmes.

— Je suis une imbécile, avait-elle juste dédaigné dévoiler.

— Ça dépend de quelle famille tu parles.

— Qu'est-ce que tu veux dire ?

Elle connaissait alors mon passé, mon histoire.

— Tu sais d'où je viens, n'est-ce pas, Leila ? Tu connais aussi les liens qui m'unissent à Salah. C'est comme un frère pour moi.

— T'as raison, me coupa-t-elle. La vraie famille, ce n'est pas celle du sang, celle à laquelle on est lié non par choix mais par – elle cherchait le mot – destin.

— Par obligation.

— Si le mot famille devait reprendre le sens noble qu'on lui donne, ce serait pour définir ceux qu'on aime et qui vous aime, c'est ça ? Rencontrés par la grâce de Dieu, choisis, élus.

— La grâce de Dieu, je ne sais pas, mais c'est comme si on se reconnaissait.

— Tu vois ce que je veux dire, j'aime l'idée du magique. Des personnes qui te prennent comme tu es, qui ne te jugent pas, qui ne disent pas : "Mais tu étais comme ça avant !"

— Ou : "Mais avant tu pensais comme ça !"

— "Qu'est-ce qu'il t'arrive, je ne te reconnais plus, ma fille !"

— Exactement.

— J'ai deux, non, trois amies que j'aime, dit-elle soudain grave. Je me demande si je ne les aime pas plus que mes sœurs.

— Tu n'as pas à en avoir honte si c'est vrai.

— Les vrais liens sont ceux qu'on décide et qu'on crée, oui !

— Et tu verras, avec le temps, ils deviennent uniques et merveilleux. Ils te donnent de la force.

— Ray, je t'aime comme un frère, tu sais.

— Je sais, ma belle.

— Tu vois, dit-elle en sursautant, je continue à utiliser le mot frère. Quand je pense à l'autre… Je devrais trouver un autre mot !

— Tu m'aimes comme un Salah.

Elle éclata de rire.

— Je t'aime comme un Ray !

Elle avait terminé des études de relations publiques à la New School et travaillait dans une agence de voyages qui occupait trois étages de bureaux sur la Cinquième Avenue. À vingt-cinq ans, elle vivait toujours à Brooklyn, chez ses parents. Jusqu'à ce jour où, à Prospect Park, elle m'annonça une grande nouvelle.

— Ray, tu es le premier à qui je le dis. Même Salah ne le sait pas.

— Tu vas te marier, lui demandai-je, taquin.

Je savais qu'elle allait monter sur ses habituels grands chevaux.

— Je t'ai déjà dit, un million de fois, que je ne me marierai jamais. JA-MAIS !

Elle avait pris cette décision à douze ans, m'avait-elle expliqué un jour, Salah était avec nous et levait les yeux au ciel. "Douze ans précisément, oui monsieur, avait-elle lancé à son frère. Je me souviens du jour, de l'heure exacte, de la minute précise, à laquelle j'ai pris la résolution de ne jamais me marier. De ne pas faire et être comme ma mère."

Elle nous avait raconté que ce fameux jour, elle avait été chargée de préparer le repas pour la famille, ses sœurs et elle se relayant à la cuisine, au ménage, au repassage pendant que Djamila, la mère, était hospitalisée pour des coliques néphrétiques. Si les plus grandes filles s'en étaient plutôt bien sorties, le repas préparé avec soin et amour par Leila avait été catastrophique. Son père avait ricané en crachant les bâtonnets de poulet pané congelé dorés mais glacés à l'intérieur. Même Salah s'était laissé aller à une ironie facile. Ses sœurs n'avaient pas pris sa défense. Heureusement, Mohammed n'habitait plus là, avait-elle cru bon d'ajouter. Elle n'avait rien dit, serré les dents de rage, petite personne fière mais meurtrie. Elle avait vidé les assiettes dans la poubelle pendant que tous plaisantaient lourdement, son père le premier, et elle s'était juré, à cette seconde, que jamais elle ne se retrouverait dans cette situation, humiliée et impuissante, que jamais elle ne se verrait dans l'obligation et le devoir de faire la cuisine et le ménage pour toute une famille, sans rien dire, soumise et résignée. Et certainement pas pour un homme auquel elle aurait été liée pour le meilleur et pour le pire par des liens sacrés. Je ne lui connaissais pas d'amoureux non plus. Notre intimité n'empêchait pas la discrétion et cultiver son jardin secret loin des yeux des autres, je comprenais et j'approuvais.

— Je t'écoute, lui dis-je.

— J'ai trouvé un appartement, je vais déménager.

Je m'exclamai :

— C'est merveilleux ! Mais raconte-moi. Où ça ?

Elle ne me répondit pas directement.

— Un grand deux-pièces. Avec un beau salon et une grande chambre qui donne sur un petit jardin.

— À Brooklyn ?

— Et je ne suis pas toute seule, dit-elle, très vite.

Je haussai les sourcils.

— Petite cachottière ! C'est magnifique. Et comment il s'appelle ?

— Elle s'appelle Stacy.

Je me devais de réagir vite, sans réfléchir. Heureusement, la surprise de sa première annonce devait encore se lire sur mon visage.

— C'est magnifique, répétai-je bêtement.

— Et elle est noire, m'annonça-t-elle fièrement.

La manière qu'elle eut de prononcer ces mots me donna l'indice qu'il ne s'agissait pas seulement d'une colocataire. Je ne me trompais pas.

— Et je l'aime. Qu'est-ce que tu en penses ? enchaîna-t-elle.

— Leila, c'est une très belle nouvelle. Surprenante, je te l'avoue.

Elle hocha la tête, comme si elle me remerciait de ma sincérité. J'ajoutai :

— Je suis heureux que tu partes enfin de chez tes parents, heureux aussi que tu ne sois pas seule. Que tu aimes et que tu sois aimée.

— Tu n'es pas choqué ? me demanda-t-elle, d'une petite voix.

— On est en 1985, Leila ! Tu as le droit d'aimer qui tu veux.

— Ouais, ce n'est pas ce que j'entends toujours autour de moi.

— Eh bien, tu t'en moques, tu es libre de faire ce que tu veux.

— Quand même, je ne fais pas les choses à moitié, je suis amoureuse d'une femme, et elle est noire !

— Tu n'as jamais fait dans la demi-mesure et je suis fier de toi. Mais, la coupai-je alors que, soulagée, elle s'apprêtait à poser la tête sur mon épaule, donc ta famille ne le sait pas ?

— Je ne dirai rien à mes parents, c'est décidé, ni à mes sœurs qui seraient capables de tout raconter. Déjà, le déménagement, sans passer par la case mariage, sera dur à faire avaler. Je vais inventer une colocataire !

— C'est le cas !

— Tu as raison, dit-elle en riant, ce n'est pas la peine d'entrer dans les détails et, de toute façon, ils ne mettront jamais les pieds chez nous. Il n'y a qu'une chambre, crut-elle bon d'ajouter, alors que ses joues au teint mat rosissaient.

— Tu es sûre de ne pas vouloir leur dire la vérité ?

— Oh oui. D'abord, c'est ma vie. Et puis ils seront tellement choqués et en colère, ça risque de dégénérer. Du genre malédiction sur moi et bannissement. Tiens, j'aurais presque envie de le dire à Mohammed, juste pour voir la tête qu'il ferait, ajouta-t-elle, l'air espiègle.

Elle ne voyait plus son frère aîné, qui se faisait rare même auprès de ses parents. "Il les a laissés tomber, cet enfoiré, m'avait dit Salah, après un dîner chez eux où j'avais surpris sa mère pleurer dans la cuisine. Maintenant qu'il a son petit cercle à son service, il n'a plus besoin d'eux, tu comprends. C'est un pauvre type, sans amour, ni à donner ni à recevoir."

Leila reprit :

— Je sais que ça leur fera de la peine, ça leur semblera tellement inconcevable. C'est trop pour eux. Alors je les ménage, et je me protège, dit-elle, en posant machinalement la main sur sa poitrine.

— Et Salah ?

— Justement, je voulais avoir ton avis. Il réagira comment, d'après toi ?

Je réfléchissais. Je voulais rester loyal envers les deux. J'étais à la fois intermédiaire et messager, fidèle et sincère. Je pesai mes mots en prenant la parole.

— Ton frère, quoiqu'il s'en défende, est toujours écartelé entre ses désirs, ses aspirations, sa volonté de s'éloigner, et pas seulement physiquement de sa famille, et le poids de la culpabilité vis-à-vis de tes parents et des traditions. Même si les excès de ton autre frère l'ont libéré, en quelque sorte, d'une obéissance aveugle, il a peur de trahir, de décevoir. J'ai l'impression que ça le ronge quelquefois, ces bouffées qui le poussent en avant, et par moments, comme si on le tirait en arrière. Mais il est le seul responsable, tes parents ne le contraignent en rien, et il n'a jamais eu peur de Mohammed.

Elle acquiesça. Je poursuivis :

— En ce qui te concerne, ce qu'il faut que tu saches, ce qui est le plus important, c'est qu'il t'aime. Profondément. – Elle gigota sur le banc. De gêne ? De plaisir ? – Je peux même dire qu'il t'admire, ajoutai-je, alors qu'elle fronçait les sourcils d'incrédulité. Peut-être envie-t-il ta liberté, ton indépendance ? Ce qu'il n'a jamais réussi à atteindre totalement.

— Pourtant, c'est un garçon, dit-elle.

— Oui, et tu es une fille. Paradoxalement, même avec le genre d'éducation que tu as reçu, tu es beaucoup plus indépendante que lui. D'ailleurs, je pense que lorsqu'une femme est libre, sa liberté est toujours plus grande et belle que celle d'un homme. Les femmes sont plus fortes, c'est certain.

— Déterminées ?

— Oui, et aussi, courageuses, endurantes. Et elles ont un sens du sacrifice qui les rend invincibles.

Je voyais bien que Leila était impressionnée par le tour que prenait notre conversation. Je revins à notre sujet.

— Salah prendra la chose… comme il la prendra. Tu dois lui faire confiance. Lui annoncer simplement et de manière naturelle ton déménagement et ta relation. Comme tu l'as fait avec moi. Ne mets pas forcément les formes pour le ménager, ou te préserver toi. Tu le regretterais. Tu es une femme, adulte, Salah est quelqu'un d'ouvert et de tolérant. Il faut aussi qu'il apprenne à accepter de sa propre famille ce qu'il accepterait facilement d'étrangers.

— C'est à moi de lui dire, n'est-ce pas ? dit-elle en baissant les yeux.

— Oui ma chérie, c'est à toi de lui parler puisqu'il s'agit de toi et de personne d'autre, que c'est important, grave. Mais aussi joyeux, ajoutai-je, en lui passant le bras autour des épaules et en la serrant contre moi.

Elle avait tout à coup l'air d'une petite fille. Je l'embrassai sur la tête, ses cheveux sentaient la fleur d'oranger.

J'avais mis du temps à comprendre la raison qui poussa Holly Halstead, peu de temps après l'anniversaire d'Alma, à venir plus souvent lui rendre visite, la chercher systématiquement au 10 pour sortir, comme jamais elle ne l'avait fait auparavant. Je me souvenais de lui avoir ouvert la porte trois ou quatre fois, pas davantage. Alma m'avait appris qu'elle avait été son professeur d'éducation physique au collège, qu'elle avait quitté pour enseigner à plein temps le yoga dans un petit centre qu'elle avait créé dans l'Upper West Side, quelques rues au-dessus du Lincoln Center. Alma avait fait les présentations le jour de ses vingt et un ans. Après l'échange rapide et formel, elle s'était vite éclipsée pour accueillir d'autres invités. Nous étions, Holly et moi, restés plantés face à face, sans rien dire, un peu gênés. J'avais dû, ma mémoire n'est plus très bonne, lui proposer une coupe de champagne, elle m'avait répondu qu'elle ne buvait pas d'alcool. La brève conversation avait dû s'arrêter là. Je m'étais dirigé vers le buffet pour prendre un verre que j'avais dû siroter sur le balcon, tout seul. Moins d'un mois plus tard, je lui ouvris la porte du 10. Elle resta quelques secondes devant moi, en me souriant. Je lui répétai mon bonjour et lui demandai si je pouvais l'aider. Elle attendait que je la reconnaisse, ce qui n'avait pas été le cas. J'avais moins la mémoire des visages que celle des lieux. Elle me redit son nom et m'annonça qu'elle venait rendre visite à Alma. Je vérifiai malgré tout par réflexe qu'elle était bien inscrite sur le grand registre des visites à la date du jour et la laissai appeler l'ascenseur. Elle retenait ses pas mais je pris ses hésitations pour une posture et n'interprétai pas cette attitude comme animée par l'envie secrète de bavarder quelques minutes de plus avec moi. Je n'étais plus là lorsqu'elle redescendit.

Elle revint quinze jours plus tard, s'attarda de la même manière à la réception avant de prendre l'ascenseur pour le vingt-deuxième étage. Peu de temps après, un soir, je la trouvai dans le hall, alors que je venais juste de descendre pour prendre mon service. Elle attendait Alma, me dit-elle alors très rapidement, mais je compris, dans l'expression joyeuse de ses yeux, qu'elle paraissait aussi ravie de mon arrivée. Elles allaient au cinéma, voir un film français, précisa-t-elle, au Lincoln Center. Est-ce que je savais que son centre de yoga était tout près de là ? Est-ce que je voulais venir y faire un jour une séance d'initiation, gratuite bien sûr, s'empressa-t-elle d'ajouter. Elle fouilla dans son sac et me donna sa carte et un dépliant aux couleurs claires. Alma ouvrit la porte de l'ascenseur à cet instant-là. Elle sembla satisfaite de nous voir bavarder tous les deux et en rajouta sur l'excellence des cours que donnait son amie et les bienfaits du yoga. Elle-même le pratiquait deux fois par semaine. Je déclinai vaguement l'invitation, plaisantant sur mon corps raide comme du bois et leur souhaitant, pour couper court, bonne soirée, tout en allant me réfugier derrière le comptoir. Elles étaient parties bras dessus bras dessous, Alma lançant par-dessus son épaule qu'elle m'entraînerait à un cours de yoga, quoi que je dise.

Holly devait avoir la petite quarantaine. De taille moyenne, elle était mince mais l'on devinait des formes douces, que l'on n'aurait pas associées à un physique de sportive. Je l'ai toujours vue habillée de matières floues et vaporeuses. Elle n'était pas d'une beauté remarquable, de prime abord. Cheveux châtain clair, miel sombre, des yeux bleus, en amande, un teint plutôt mat. C'est l'ensemble de ces traits, son corps, son attitude, sa manière de se mouvoir qui, créant une harmonie parfaite, rendaient tout à coup son charme frappant. Sa beauté, comme assemblée, constituée, était soudain évidente. Je m'en aperçus alors qu'un après-midi, je marchais sur Broadway avec Salah et que nous admirions l'Ansonia sur la 72e Rue. Je la vis derrière la vitre d'un café. Elle était seule et tenait sa tasse de ses deux mains, les yeux baissés. J'avais ralenti mon pas et Salah m'avait demandé si j'avais vu quelqu'un de ma connaissance. J'avais répondu par la négative et nous avions poursuivi notre promenade. Je gardai en mémoire cette vision. Je ne pouvais dire si c'étaient son profil, la courbe de ses joues, la mèche qui caressait sa pommette, ses mains jointes, qui m'avaient curieusement touché. Comme si je la voyais pour la première fois. Je ne pouvais distinguer le trait ou l'expression qui m'avait fait prendre conscience de sa beauté étrange. C'était, en effet, l'assemblage de tous ces éléments qui la rendait belle et attirante. Je me demandais comment l'aborder de manière plus personnelle un jour où elle viendrait au 10 quand Alma me facilita la tâche, naturellement et spontanément, comme à son habitude. Un soir qu'elle rentrait justement de son cours de yoga, elle me déclara sans ambages que si je n'avais pas envie d'assister à un cours, son amie Holly serait néanmoins ravie de mieux faire ma connaissance et de passer un moment en ma compagnie, autour d'un verre ou d'un dîner. "Vous êtes grands, je ne vais pas organiser ça, me dit-elle alors que je l'écoutais, médusé. Mais je peux transmettre le message. Tu es partant ?" Je bredouillai ce qui fut finalement un oui puisqu'elle me répondit, en allant vers l'ascenseur un "je m'en occupe" réjoui.

Je détestais les rendez-vous arrangés. J'avais fait plusieurs tentatives durant ma vie et en général, ça ne marchait pas. Le plaisir de la découverte était biaisé par la préméditation et le calcul. La gêne, quand elle était partagée, était pire. À moins d'avoir une bonne dose d'humour et l'inconscience de se projeter vers le futur d'une histoire à élaborer, quelle que soit sa longueur.

Il n'en fut rien avec Holly. Ce premier rendez-vous fut, au début, bizarre, Alma n'étant pas là pour faire le lien coutumier. Mais peu à peu, au hasard d'un succulent cheese-cake partagé que nous recommandâmes ensuite par deux fois, la conversation débridée du début nous amena à un échange plus attentif, intime, ponctué de silence et d'observation tranquille, de l'un et de l'autre, sans timidité et sans impatience. Je lui dis assez vite qu'il était hors de question que je vienne m'étendre sur un tapis de yoga et elle en rit. Je ne lui avouai pas que j'approchais de la cinquantaine mais je précisai que mon seul sport était la marche, depuis toujours. Elle acquiesça, ajouta que j'avais l'air sportif, en bonne forme. Ses yeux pétillaient de points d'or, je ne m'en étais jamais rendu compte, et c'est à ce moment-là que je tombai amoureux d'elle.

D'abord nous nous vîmes deux ou trois fois par semaine. Nos emplois du temps respectifs ne nous laissaient pas beaucoup de possibilités de nous retrouver, aux heures que nous aurions préféré partager. Elle dispensait ses cours le matin, tôt, puis à partir de dix-sept heures jusque tard dans la soirée, le vendredi jusqu'à minuit. Mes tranches horaires ne coïncidaient pas toujours avec ses plages de liberté et quelquefois, nous n'avions que quelques instants pour nous voir. Je rognais sur mes heures de sommeil le jour quand mon service était de nuit. J'aimais alors la retrouver dans la matinée, après une nuit blanche. Je me douchais, me changeais et marchais vers Herald Square d'où je prenais le métro pour la 72e Rue. À la sortie de la station, il y avait un *diner* au carrefour et je l'attendais en buvant mes premiers cafés de la journée. J'aimais cet état flottant, lassitude et bien-être mêlés. Ne pas dormir me détendait et je me laissais voguer, regardant la ville s'agiter autour de moi comme au spectacle. Les klaxons, les éclats de voix me faisaient sursauter, preuve de la fatigue accumulée. Mes gestes étaient lents, j'avais une conscience précise de mon corps et j'appréciais cet état avec jubilation. Holly arrivait un peu après dix heures. Nous bavardions, nous partions nous promener quand le temps était propice. Elle aimait les bords de l'eau. Je la quittais en début d'après-midi, au plus tard et à regret, il fallait que je dorme au moins quelques heures.

Un jour que nous étions à Riverside Park, un peu avant midi, elle me proposa d'aller chez elle prendre un déjeuner léger. Elle n'habitait pas loin, sur la 86e. Après quelques blocs en remontant au bord de l'Hudson, on bifurqua vers l'est, par sa rue. Un peu avant le croisement avec Amsterdam, elle monta les marches d'une maison de ville. Elle occupait, au rez-de-chaussée, un vaste studio donnant sur la rue. Une grande pièce rectangulaire avec, sur l'un des côtés, un bow-window à six baies et à l'opposé, sous la mezzanine où je distinguai un grand lit, un coin cuisine parfaitement rangé et équipé. Elle me proposa tout de suite de m'asseoir à la table et nous servit un thé glacé, qu'elle faisait elle-même, précisa-t-elle. Derrière la chaise où j'étais assis, des étagères couvertes de livres occupaient tout un mur. Sur deux d'entre elles étaient disposées de petites statuettes, représentant ce que je supposai être diverses postures de yoga. Il y en avait une douzaine, on aurait dit qu'elles avaient été sculptées dans des galets. Un large canapé rempli de coussins trônait sous la fenêtre, deux autres petits fauteuils dépareillés étaient posés çà et là, on voyait que leur place n'était pas déterminée, qu'on pouvait les bouger selon la lumière, l'envie d'observer la rue ou pas, la meilleure position pour parler à son hôte, pour lire. Sur une table basse, je vis une pile de livres d'art. Un tapis circulaire aux couleurs pastel adoucissait la géométrie de la pièce. Holly sortit une salade du réfrigérateur, du fromage et des fraises. Tout était prêt avant ma venue, je le remarquai sans rien dire, mais elle le vit et fit un joli geste qui voulait dire "C'est comme ça" ou "Je suis démasquée". Nous mangeâmes lentement, la salade était délicieuse, faite de pousses vertes, de petits morceaux de légumes crus, carottes, tomates, poivrons et courgettes, parsemée de graines de sésame grillé. Je me sentais bien, même si mes paupières battaient de fatigue et que le coin de mes yeux me brûlait. Je souriais à tout, un peu béat. Nous n'avions pas encore entamé notre dessert lorsqu'elle mit sa main sur la mienne et me demanda si je voulais m'étendre sur son lit quelques instants. J'avais l'air fatigué, d'après elle, et ça ne la dérangeait pas. Je ne dis ni oui ni non mais me levai, en même temps qu'elle. Elle resta au pied de l'escalier de bois blanc verni et me dit de me mettre à l'aise. Elle resterait en bas, précisa-t-elle, comme si elle voulait me rassurer. Je montai les étroites marches. Le futon occupait presque tout l'espace. Tout était blanc, avec une note de beige çà et là. La vue du lit me fit fermer les yeux avant même que je m'asseye, pour enlever mes chaussures, et que je m'étende tout habillé, sur le couvre-lit de coton blanc. Je restai ainsi, sur le dos, les mains croisées sur ma poitrine. J'avais l'impression de peser des tonnes. Je regardais le plafond, tout proche. Je tendis machinalement une main, comme pour le toucher, mon bras retomba lourdement. Je fermai les yeux et sombrai dans le sommeil.

Je me réveillai dans un sursaut quelque temps plus tard, je ne sus pas tout de suite si c'étaient des minutes ou des heures, j'étais complètement désorienté. Holly était couchée près de moi, sur le côté, une de ses mains reposait sur les miennes qui n'avaient pas bougé de ma poitrine. Je me tournai vers elle, la pris dans mes bras. Elle se laissa faire, dégagea sa main, la mit autour de mon cou et m'attira encore plus contre elle. Nous nous embrassâmes, nous nous caressâmes. Elle était experte et douce. Je jetai un coup d'œil distrait à ma montre et me rendis compte que je n'avais dormi que quelques minutes et que nous avions encore quelques heures pour continuer à baigner dans cette douce et chaude quiétude partagée.

Mon histoire d'amour avec Holly fut la plus longue que je vécus de toute ma vie. Elle dura presque trois ans. Nous gardâmes l'habitude de nous voir le plus souvent le matin, de nous retrouver pour fêter et renouveler la magie du premier jour. Mes nuits étaient ces quelques heures que je passais, en milieu de journée, dans ses bras. Mais quand j'étais de service de jour, je l'attendais après ses cours, dans la salle d'attente de son école qui ressemblait à son nid de la 86e rue, ou bien nous nous donnions rendez-vous dans un restaurant. Il était rare que je passe ensuite la nuit, la vraie, chez elle. Mon réveil était trop matinal et elle avait besoin de son content de sommeil pour l'acuité de ses premiers cours du matin. Un dimanche, alors que nous rentrions par le train à New York après une journée à la plage, elle prit ma main, sans raison, geste qu'elle s'autorisait rarement en public et posa la tête sur mon épaule. Je vis par-dessus ses cheveux le contour de sa joue hâlée, perlée de sel. Je serrai sa main plus fort, elle fit de même et nous restâmes ainsi jusqu'au changement pour le métro. Nous avions gardé le silence jusqu'à l'arrivée chez elle. Le lendemain était un jour férié, et comme c'était pour moi, cette semaine-là, mon jour de congé, nous avions prévu de passer la journée ensemble. Alors qu'on se défaisait de nos sacs, le petit parasol qu'elle avait posé contre l'un des fauteuils tomba avec un bruit mat et elle éclata soudain en sanglots. Désemparé, je la pris dans mes bras. Elle me repoussa et alla s'asseoir dans le canapé. Il faisait encore jour, la rue vibrait d'une sorte de poudre orangée. Je ne m'assis pas près d'elle mais dans un des fauteuils, que je plaçai en face d'elle. Je la regardais, je n'osais lui demander ce qui n'allait pas. Je savais qu'elle allait me parler et j'attendais. Elle essuya ses larmes, lissa les pans de sa jupe sur ses cuisses bronzées et se leva. Je ne bougeai pas, ne me retournai pas. J'entendis le robinet couler, un verre se remplir, le léger bruit qu'elle fit en buvant. Elle revint s'asseoir et en passant près de moi, effleura mon épaule. Elle s'appuya contre les coussins, croisa les bras et après quelques mimiques qui traduisaient des phrases qu'elle ne proférait pas, me parla de l'enfant. Elle avait quarante-trois ans et, depuis qu'elle m'avait rencontré, avait pris conscience de ce que les femmes appelaient leur "horloge biologique" – "Je déteste cette expression, me dit-elle dans une grimace, c'est comme un compte à rebours, celui d'une bombe." Elle n'avait jamais réellement pensé devenir mère, elle avait regardé autour d'elle les amies de son âge construire une famille d'un air indifférent. Je l'écoutais, mal à l'aise. Je n'avais pas du tout prévu que nous aurions, un jour, ce genre de conversation. Je n'avais même jamais présumé que je devrais répondre à cette demande et que moi, je suscite un jour ce désir chez une femme. Je m'interrogeai sur cette manière que j'avais de quelquefois me détacher du réel et mon regard dut s'assombrir.

— D'accord, Ray, me dit-elle, j'ai compris.

Je tentai un geste de dénégation, prêt à m'expliquer, à développer des arguments auxquels je ne croyais qu'à moitié. Je ne pouvais opposer un refus brutal, je ne voulais pas lui faire de la peine. Mais ce fut pire. Je m'emmêlai tellement dans ma démonstration qu'elle se mit à pleurer. Ce fut étrange. Elle me regardait, les larmes coulaient, elle ne faisait aucun bruit. Et puis soudain, elle se leva et dit "Je vais prendre une douche", et courut presque jusqu'à la salle de bains dont l'étroite porte jouxtait le frigo, sous la mezzanine. Je restai dans mon fauteuil, abasourdi. Mon dos me brûlait, j'avais pris un coup de soleil. Cette journée à la plage, notre baignade, notre pique-nique sous le petit parasol multicolore, tout me semblait à présent appartenir à un passé très lointain. J'entendis l'eau couler, longuement. Je regardai par la fenêtre. De temps en temps, une voiture passait. Le dimanche était tranquille, dans ces rues de l'Upper West Side. Holly sortit de la salle de bains, une serviette enveloppant ses cheveux. Elle me proposa d'aller prendre une douche, si je le souhaitais. Il me répugnait de faire comme si rien ne s'était passé, comme si nous ne savions pas, tous les deux, que quelque chose s'était brisé entre nous après ces heures insouciantes passées au soleil. Malgré tout, je fis comme elle. J'entrai dans la salle de bains lourde de vapeur, pris une douche presque froide. Quand j'en sortis, Holly avait mis une robe, elle était fraîche, jolie et triste. Elle me demanda si je voulais manger ou boire quelque chose. Je lui proposai de monter sur le toit de la maison comme nous l'avions déjà fait, aux beaux jours. Elle accepta et prit deux bouteilles de jus de fruits et un sachet d'amandes. Nous restâmes jusqu'à la nuit sur nos chaises longues. Nous parlâmes peu, de tout et de rien. Nos pensées cheminaient ensemble silencieusement mais nous n'abordâmes plus le sujet. Tard, nous redescendîmes dans l'appartement. Je me disais qu'elle me demanderait de partir. Ou que je devais le lui proposer moi-même. Elle fit comme à l'accoutumée. Elle alla se brosser les dents, remplir son verre d'eau pour la nuit et me dit, comme d'habitude : "Je t'attends."

Nous ne fîmes pas l'amour cette nuit-là, ni plus jamais. En quelques semaines, nos retrouvailles s'espacèrent, plus de son fait que du mien. Elle avança, chaque fois, des prétextes et puis je compris, un jour où je la vis pour la première fois exprimer de l'agacement pour une broutille, que c'était fini et que je devais, moi, assumer la rupture. Elle parut soulagée quand je lui dis, sans revenir sur cette histoire d'enfant, que je la comprenais mais que je ne bousculerai pas ma vie et ne la transformerai pas au point de devenir quelqu'un d'autre. Je m'en étais fait la promesse depuis longtemps. Nous étions au *diner* où j'avais coutume de la retrouver. Elle laissa sa tasse de thé encore pleine, prit son sac et partit, comme on s'absente pour un instant.

“Tout le monde me quitte !” Je n’avais jamais vu Bentzion de mauvaise humeur. Il pouvait être bougon, contrarié, impulsif, mais l’étincelle qui pétillait au coin de son œil démentait toujours la fausse véhémence et la mauvaise foi jouée qu’il mettait à contredire ou critiquer ses interlocuteurs. L’humour, qu’il maniait comme il respirait, le sauvait des insultes et annihilait toute réaction agressive. Mieux, cette forme de générosité particulière finissait par nous emplir de joie, amis complices ou contradicteurs. Aujourd’hui, dire qu’il est de mauvaise humeur est encore faible. Je le découvre, au fond de sa boutique où il me semble retrouver, chaque fois que j’y mets les pieds, les mêmes rouleaux de tissus, juste un peu plus fanés et froissés.

Lorsque j’étais arrivé pour le retrouver chez B & H Dairy, il n’était pas installé à notre table habituelle, ce qui aurait d’ores et déjà dû m’inquiéter. C’était la première fois en vingt-cinq ans que Bentzion ne m’attendait pas, attablé devant une tasse qu’Herschel avait déjà dû remplir maintes fois, la barbe saupoudrée de miettes, assis là comme s’il n’avait pas bougé depuis notre dernier rendez-vous. J’avais donc marché dans les pas que j'imaginais les siens, du café jusqu'à son magasin.

Fin d'après-midi d'automne. Les rues sombres du Lower East Side se noyaient dans un pourpre presque noir. Plus tôt, des nuages d'orage avaient masqué la lumière du jour. Demain, le soleil disparaîtrait encore plus tôt et ce serait ainsi jusqu'en décembre, le sommeil prolongé de l'astre conduirait nos corps et nos âmes vers des zones diffuses en ton mineur, où la fatigue se ferait sentir davantage, le mal-être serait plus insidieux, le sentiment du temps qui passe plus mordant et cruel. J'aimais pourtant cette descente douce vers l'hiver. Mes ressorts intimes s'en trouvaient presque ragaillardis et fortifiés. En accord avec le ciel, je pouvais laisser libre cours à la nostalgie qui me serrait le cœur sans raison, comme à la sensation de perte qui me faisait adresser des adieux perpétuels à l'univers. Je murmurais des prières décousues. Il me semblait que le fil des jours, en hiver, lorsque ceux-ci se faisaient courts et sombres, était plus docile à dérouler, plus langoureux. J'éprouvais une douleur ouatée, finalement agréable. Une forme d'hibernation sensorielle, grise.

En me rendant vers le magasin de Bentzion, je balayais des yeux le trottoir de l'autre côté de la rue, au cas où je l'apercevrais. Mon regard glissait sur les rares passants qui, pour la plupart, rentraient chez eux. Il ne faisait pas froid mais l'obscurité naissante donnait l'impression d'un air plus vif et l'envie de se calfeutrer bien au chaud chez soi. Dans son nid de rouleaux de tissus telle une forêt figée aux tons indéfinissables, assis sur son minuscule tabouret en bois, Bentzion était tapi, un livre ouvert sur les genoux, les yeux dans le vague. La clochette accrochée au montant de la porte annonça, aigrelette, mon entrée et Bentzion s'arracha à ses pensées moroses.

— Ah, mon ami, dit-il en levant une main lasse, qui ferma le livre.

Il resta assis.

— Comment va, Bentzion, demandai-je, en posant une demi-fesse sur une étagère qui courait le long d'un mur jusqu'à lui.

Il n'y avait pas d'arrière-boutique, pas de comptoir. La caisse, l'accueil, la réception, c'était Bentzion, assis sur son tabouret, au fond, au milieu des cylindres d'inégales épaisseurs, en sentinelles de coton, velours, tergal, laine et polyester. Il existait un sous-sol, que je n'avais jamais vu.

— Tout le monde me quitte !

Il se leva brusquement, fit tomber son livre. Il le ramassa et le fit claquer sur le tabouret. Il passa devant moi, me frôlant de sa large carrure. On ne pouvait marcher de front dans l'étroite allée qui séparait étagères d'un côté et armée de tissus enroulés de l'autre. Il ouvrit la porte.

— Viens !

Je me glissai difficilement entre le chambranle et son ventre tendu du blanc de sa chemise, et sortis. Il tourna du côté "Absent" le petit panneau en plastique jauni qui pendouillait de guingois sur la vitre de la porte et ferma à clé la boutique.

— Viens, répéta-t-il en m'entraînant sur Orchard Street.

Au bout de quelques pas rapides, il s'arrêta.

— Non, on va trop vite. Regarde, regarde, me dit-il, en mettant une main sur mon épaule, l'autre offrant d'un geste large la rue sombre, les immeubles aux escaliers de secours qui balafraient les façades, le ciel bleu-noir. Un monde perdu ! Et moi, ajouta-t-il en écartant les bras, le dernier des dinosaures, ou des Mohicans, ou… En tout cas, le dernier juif du Lower East Side !

Je souris.

— Bentzion, tu n'exagères pas un peu ?

— Pas du tout, c'est le commencement de la fin et ça ne date pas d'hier, crois-moi, me rétorqua-t-il, l'air plus désolé qu'en colère. Ne me dis pas que tu n'as pas remarqué, toi le marcheur insatiable de notre New York. Tu ne vois pas comment le quartier se transforme ?

Il n'avait pas tort, même s'il anticipait quelque peu la métamorphose inéluctable du voisinage. Le visiteur de passage pouvait toujours repérer *delicatessen*, boutiques de vêtements démodés, vitrines d'ateliers de tailleurs et de retouche, typiques du Lower East Side de la fin du siècle dernier, quand les juifs d'Europe de l'Est étaient arrivés de leur bout d'Europe en sang pour se réfugier dans ces rues qui, si elles n'étaient pas pavées d'or, étaient du moins en paix. Mais au fil des générations, l'existence précaire des immigrants misérables et apatrides s'était transformée, grâce à l'esprit de cohésion d'une communauté persécutée, chassée, qui renaissait, siècle après siècle, pogrom après pogrom, massacre après massacre, de ses ruines et de ses désespoirs, grâce à un sens de la débrouillardise flirtant inévitablement avec vols et délits, et d'un système D à la pratique ancestrale, en installation définitive, nouvelle nationalité, et pour les plus habiles et les plus chanceux, opulente notabilité. Même sans fortune faite, dès que les promesses de travail, d'études, d'un futur plus lumineux se profilaient loin de ce quartier qui ressemblait les vendredis soir à un coin de Varsovie ou de Vilnius, on quittait les minuscules appartements sombres, les *tenements*, où des familles entières se serraient contre l'adversité, pour des quartiers plus aérés, des appartements avec fenêtres. On montait vers le haut de Manhattan, vers la lumière. On remarquait encore quelques irréductibles en chapeau et redingote noirs, papillotes au vent, qui ouvraient le cortège à une ribambelle d'enfants, les fillettes habillées de la même robe en taille croissante, les petits garçons du même costume, leurs minuscules mèches rituelles coincées derrière leurs oreilles, et les mères de famille en perruque, jupe longue et bas opaques, qui fermaient la marche en poussant un landau. La majorité de ces familles émigraient régulièrement de l'autre côté de l'East River, à Williamsburg, à Crown Heights, et plus loin encore dans Brooklyn. Il y avait moins d'enfants, moins de signes religieux. Certains d'entre eux avaient gardé leur commerce mais rentraient le soir, loin de Manhattan. Les enfants partaient faire leurs études, changeaient de ville, déménageaient dans un autre État. On oubliait le Lower East Side comme on avait oublié l'Europe. Le passé était embarrassant, humiliant, tragique. Restaient quelques institutions, les *delis*, cafés, traiteurs, charcuteries casher qui, même s'ils n'étaient pas repris par les héritiers directs, trouvaient toujours un cousin, un neveu pour prendre le relais de ce qui n'était pas seulement un commerce, mais une mémoire. Jusqu'à quand ?

Nous marchions et Bentzion parlait, en faisant de grands gestes. Je compris que son désarroi ne venait pas seulement du dépeuplement de son quartier chéri mais du changement de population qui gagnait les rues par le sud, petit à petit, comme une vague. Chinatown s'étendait, grandissait. Déjà, East Broadway, là où se dressait l'immeuble du *Forward*, avait été colonisé par restaurants et magasins asiatiques. La population suivait dans les immeubles, les nouveaux arrivants remplissaient les étages. Chinatown avait commencé à grignoter Little Italy, qui s'était vidé pour les mêmes raisons que celles qui avaient dépeuplé le Lower East Side. Le quartier juif s'effritait à son tour. Un autre phénomène naissait, qui annonçait la gentrification du XXIe siècle et qui transformerait définitivement les vieux quartiers de New York et des grandes capitales occidentales. La New York Historic Preservation se battait pour classer des blocs entiers d'immeubles, d'anciens ateliers à l'armature en fonte. La carcasse était conservée mais le cœur de ce qui avait été les foyers obscurs et insalubres de maisonnées surpeuplées serait rénové en intérieurs luxueux. Vieux bars et *delis* deviendraient cafés branchés ; magasins de cornichons en saumure, bazars de tout et de n'importe quoi laisseraient la place à des boutiques de créateurs et galeries d'art. La transformation était lente, elle se faisait touche par touche, elle prendrait des années. Mais Bentzion avait déjà l'impression d'être en terre étrangère.

— Je ne sais pas quoi faire, m'avoua-t-il. Je m'étais toujours dit que je mourrais dans mon magasin. Mais je suis fatigué.

— Tu n'as qu'à vendre.

— C'est ce que me dit Izzie.

Son fils, Izaac, professeur à Stanford, venait rarement à New York. Sa fille Sarah, peintre, habitait et travaillait à Brooklyn. Depuis que sa mère était morte, elle invitait son père à déjeuner tous les samedis. Comme son frère, elle l'encourageait à se débarrasser de la boutique.

— De toute façon, avait-elle lancé à son père un jour que celui-ci opposait une résistance plus forte qu'à l'accoutumée, tous ces tissus sont bons à jeter.

Bentzion stoppa de nouveau, tira sur sa barbe et mit les mains dans ses poches. En se balançant sur ses talons, il me dit, le coin de sa bouche relevé en un pli amer :

— Le restaurant d'à côté, tu vois, le barbecue coréen qui a ouvert l'année dernière, ils m'ont proposé d'acheter mes murs. Et pour faire quoi hein ? Ils veulent agrandir leur cuisine, et ma boutique, mon magasin où j'ai sué sang et eau pendant un demi-siècle tous les jours de ma vie sauf le samedi grâce à Dieu, béni soit son nom, où j'ai pu lire des après-midi entiers des livres merveilleux sans qu'on me dérange, ils veulent en faire quoi ? – Il ménagea son effet en prenant trois grandes inspirations. – Des toilettes ! Ma boutique, mon trésor, des WC ! Des chiottes ! Pour du pipi et du caca coréen !

J'eus du mal à garder mon sérieux.

— Bentzion, tout New York se presse dans ce petit restaurant, il paraît que c'est très bon. Il n'y a pas que des Coréens qui viennent manger, plaisantai-je. Je me demande même si le patron l'est, coréen.

— Je m'en fous, hurla Bentzion. Je vendrai à n'importe qui mais pas à des Coréens et pas pour qu'on foute des chiottes à la place de mes tissus.

La discussion étant close, nous reprîmes notre marche. De temps en temps, Bentzion me montrait d'un geste méprisant une nouvelle devanture, qui avait dû remplacer celle d'un commerce centenaire.

— Où on va ? me demanda-t-il soudain.

— B & H ?

— Bonne idée ! Une bonne soupe aux matzots, ça m'a donné faim, notre discussion.

On traversa la Deuxième Avenue, Bentzion courait presque.

— Tu verras, B & H les enterrera tous !

J'entrai à sa suite dans le café. Herschel, en sueur derrière le comptoir, nous salua d'un grand sourire. Les odeurs étaient chaudes, réconfortantes. Même le parfum de chou aigre me mit l'eau à la bouche. De la vitrine embuée, Herschel tira des cornichons qu'il mit sur une assiette. On s'assit à notre table. Il était dix-neuf heures à la pendule, au-dessus de la caisse. Mais le temps s'était arrêté depuis que nous avions franchi la porte.

DOORMAN, MORCEAUX CHOISIS 6

Les deux policiers sont entrés dans le hall juste avant la fin de mon service. Dehors, l'obscurité avait laissé la place à une pénombre bleutée, traversée par le passage des phares des voitures. La nuit avait été calme, les plus tardifs étaient rentrés chez eux avant deux heures du matin. Novembre est une période de l'année qui rend les gens plus casaniers. Ou était-ce particulier au 10 ? Les cafés, les restaurants, les théâtres, les cinémas débordaient sans doute de consommateurs joyeux, de spectateurs avides. Le petit monde du 10 se repliait sur lui-même, dans sa coquille tranquille et confortable et, toutes générations mêlées, fermait sa porte de bonne heure pour une soirée intime, solitaire ou en famille. J'étais fatigué. Depuis un mois, j'assurais le service de nuit et je n'étais toujours pas arrivé à bien dormir une partie de la journée pour être frais et dispos au moment de prendre mon poste. Mon sommeil était léger, troublé, il m'apparaissait davantage comme de brefs moments de somnolence qui, mis bout à bout, ne suffisaient pas à m'apporter le repos nécessaire et à récupérer. Au cœur de ces heures nocturnes, je pouvais, si je le voulais, m'allonger sur le lit de camp prévu à cet effet dans le bureau, ceux qui voulaient entrer ou sortir n'ayant qu'à sonner pour que j'aille ouvrir la porte. Mais je n'aimais pas me laisser aller, allongé, dans cette pièce de travail anonyme. Il était impossible de m'abandonner au sommeil au pied d'un rayonnage rempli de dossiers, où les noms des copropriétaires présents et passés reposaient au garde-à-vous sous des couvertures en carton. Je faisais la navette entre le bureau, la porte, je mettais un pied dehors, respirais la nuit, rentrais retrouver le concierge qui, lui, quittait la réception à minuit.

Archie venait d'arriver, il était en train de consulter le journal de bord de la journée qui s'annonçait, tout en évoquant les premiers pas de sa petite-fille qui vivait en Californie. Mon absence de réponse à son enthousiasme attendri lui fit lever les yeux et nous vîmes ensemble entrer les deux colosses, vêtus de leur uniforme bleu-noir, avec leur invraisemblable attirail autour de la taille, ceinture d'objets reconnaissables et d'autres à usage mystérieux pour qui n'était pas dans les forces de l'ordre. Ils répondirent à notre salut avec cette façon si particulière aux policiers américains, quand ils vous abordent et que vous n'êtes suspecté de rien, une manière de s'adresser à vous directe, polie, pleine de la distance très professionnelle que leur confèrent leur fonction, leur uniforme et leur batterie d'ustensiles de défense et d'attaque, et en même temps, un regard confiant, plein d'empathie, qui vous dit en silence : “N'ayez pas peur, nous savons et vous savez que nous pouvons être de très méchants policiers, sans pitié, nous avons la loi avec nous, la Loi avec un grand L, mais cette loi nous dit et vous dit que nous sommes là aussi pour vous protéger, et c'est ce que nous faisons."

Malgré leur attitude en général bonhomme et décontractée, de prime abord, je ne me suis jamais senti très à l'aise avec la police new-yorkaise, ni avec tous les membres des forces de l'ordre en général, les plus dangereux étant pour moi ceux de la police des frontières. Je me souviens de l'échange de regards que j'avais eu avec l'officier chargé de mon passage, à Chicago O'Hare, lorsque j'étais arrivé en Amérique. Il avait alors droit de vie et de mort sur moi. Quand il avait baissé les yeux sur ma photo, m'avait regardé, vérifié de nouveau l'image imprimée avec celle qu'il avait devant lui, en chair et en os, je m'étais demandé si j'avais eu la bonne attitude, si je devais le regarder, ou au contraire baisser les yeux, chaque intention me semblant provocatrice. Et de toute façon, j'étais coupable. La torture n'avait duré que quelques secondes mais le soulagement, une fois le sésame d'entrée obtenu, avec en prime un *Welcome to the United States* aussi surprenant qu'inattendu, aurait pu me faire voler jusqu'à la sortie de l'aéroport, jusqu'à New York, tant je m'étais senti soudain léger.

Je n'ai aucune raison de paniquer ce matin. Je suis sur mon territoire, je suis légitime et, la pensée m'amuse, les portes, c'est moi qui les ouvre. L'un des policiers pose une main étonnamment fine sur le comptoir en marbre et nous informe qu'ils sont chargés d'une enquête de proximité, suite à un homicide intervenu cette nuit, vers trois heures, à un bloc de là, sur la 33e rue. Ils restent mystérieux et allusifs, les questions sont brèves et rapides : "Avez-vous vu, entendu, quelque chose, quelqu'un ?

Y avait-il du passage, sur la chaussée, sur le trottoir ?" Un homme aurait été poignardé dans la nuit et découvert seulement ce matin par les ouvriers d'un chantier voisin, vers cinq heures. C'est moi qui réponds puisque j'étais le seul présent. "Rien vu, rien entendu." Je dis que je devais dormir, dans le bureau, près de l'ascenseur – les policiers jettent un coup d'œil derrière moi, à l'unisson –, et que je n'avais pas vue sur la rue. En réalité, j'étais bien dans le bureau, mais je faisais des réussites en me lançant des paris plus impossibles les uns que les autres. L'échange, qui dura quelques minutes, fut courtois. Nous étions entre gens de bonne compagnie, serviteurs de l'État pour les uns et d'un territoire autonome pour les autres, tous en uniformes sombres, les nôtres juste plus clinquants. Le policier resté en retrait me tendit une carte – si j'apprenais quelque chose par un résident, si un oubli venait soudain percuter ma mémoire –, l'autre donna deux petits coups sur le comptoir avec la paume de sa main qui n'avait pas bougé depuis son arrivée, et ils gagnèrent la porte, de leur démarche lente et chaloupée, sûrs de leur présence invincible. Je n'avais même pas songé à arriver avant eux à la porte pour leur ouvrir le passage. Je ne m'étais pas aperçu que j'étais resté, dès leur entrée, réfugié derrière le comptoir, tout près d'Archie.

Une fin de matinée au soleil de l'été. En pleine discussion avec Alma, sur le trottoir. Par-dessus son épaule, je vois les déménageurs claquer les hautes portes de leur camion qui emporte ses possessions et tous les souvenirs de sa vie au 10 vers Brooklyn. Après l'appartement de sa mère, puis le studio à mon étage, elle emménage dans une petite maison, à Carroll Gardens. Deux jours auparavant, je l'avais aidée à démonter les rares meubles qui avaient fait de ce studio son premier espace d'adulte. Maintenant, on passait à autre chose, "à la vitesse supérieure", avait-elle annoncé, ravie, quand elle avait accepté de payer, cher, son coup de foudre. Le propriétaire était conciliant, elle pouvait aménager les trois petites pièces à sa guise. Elle devait s'acheter d'autres meubles, m'avait-elle dit et puis aussi un chat. Dès qu'elle serait installée, elle m'inviterait, me promit-elle. Les déménageurs lui avaient proposé de l'emmener avec eux, dans leur camion. Elle avait accepté. C'était mieux que le métro et elle ne se séparerait pas de ses affaires, avait-elle ajouté, "Je suis comme une tortue avec sa maison sur son dos". Je la vis monter sur le marchepied, aidée par l'un des déménageurs qui lui tint la main. À travers le pare-brise, je la vis assise, entre les deux hommes, me faisant de grands signes joyeux d'au revoir. Alma et sa maison s'éloignèrent sur Park Avenue et je restai seul, de longues minutes, à les regarder disparaître dans le trafic, le cœur lourd.

Plusieurs fois par semaine, Mlle Poinson reçoit des élèves, apprentis pianistes de tous âges et de tous niveaux. Les plus jeunes sont accompagnés de leurs parents qui, souvent pressés et garés en double file, me confient leur progéniture avec moult remerciements pour que je l'accompagne jusqu'à la porte de leur professeur. En général, les plus jeunes arrivent la mine maussade, ils traînent les pieds, Chopin, Mozart et consorts ne les passionnent pas autant que leurs parents, attentifs et soucieux de leur donner une éducation convenable, riche et complète. Je les vois ressortir de l'ascenseur souriants, soulagés, en attendant la semaine suivante et le prochain calvaire devant le clavier.

Un des rares à arriver impatient et heureux de monter au vingt-deuxième étage où l'attend Marguerite Poinson et son bel Érard demi-queue est un jeune homme, âgé d'environ vingt à vingt-cinq ans, au charme désuet. Sa politesse extrême et sa tenue impeccable, costume et cravate, hiver comme été, contrastent avec l'élan turbulent qui l'entraîne dès son entrée vers l'ascenseur. Il se rajuste, sourit à la porte vitrée, appuie plusieurs fois sur le bouton d'appel déjà maltraité. Lorsque la cabine arrive et qu'il s'y engouffre, il semble prêt à monter au paradis. C'est le nouveau concierge qui m'a mis la puce à l'oreille. Plus attentif que moi à ce qui n'est pas encore devenu pour lui la routine des allées et venues des habitués, visiteurs coutumiers ou résidents, plus imaginatif aussi apparemment, il en a déduit que la musique ne devait pas être la seule motivation à l'enthousiasme débordant de ce jeune homme.

— Et surtout, m'avait-il dit un jour dès que celui-ci avait franchi la porte, la leçon terminée, tu as vu sa tête quand il s'en va ?

La fois suivante, j'avais noté, en effet, que la démarche était plus lente et que la mélancolie voilait le au revoir machinal qu'il m'avait lancé en partant. Il devait être débutant car je remarquai, un jour d'été où il était exceptionnellement venu vêtu d'une chemise à manches courtes, qu'il tenait sous son bras une partition dont la couverture s'ornait de dessins de grosses notes et de petits personnages à la mode enfantine.

— Mlle Poinson a au moins soixante ans, avais-je répondu à Bob.

— Et alors, m'avait-il rétorqué. Qu'est-ce que tu peux être conventionnel !

Les leçons avec le jeune homme qui s'appelait Alex durèrent deux bonnes années. Je me laissai convaincre par la supposition romantique de Bob quand, après une leçon, je vis sortir Alex et son professeur de l'ascenseur et que j'appris son âge un peu plus tard, par Mlle Poinson elle-même, qui me confia qu'il n'y avait pas d'âge pour apprendre la musique. “D'ailleurs, j'ai un élève, Alex, qui a presque quarante ans !”

Le jour où je les vis sortir et partir ensemble, pour la première et dernière fois, ils allaient au concert, m'avait dit Marguerite Poinson, assister à une répétition gratuite dans le jardin du MoMa. Je n'étais pas à la porte quand elle rentra. Alex ne revint plus jamais. Bob fut convaincu “qu'il s'était passé quelque chose”.

La famille Patel venue de New Delhi, emménage aujourd'hui au dix-septième étage. Deux enfants scolarisés à l'excellent collège Stuveysant, lui est cardiologue, elle est agent immobilier. Une famille exquise, bienvenue et adoubée par le *board*, qui a droit de regard et de veto sur la venue des nouveaux acheteurs et habitants. Nous connaissons tous la tolérance de ce conseil de six membres et son esprit d'ouverture mais j'en suis de nouveau persuadé lorsque j'apprends par Hannah Belamitz, passée nous annoncer au bureau l'arrivée de la famille Patel, que certains *boards* de *co-ops* de New York, dans cette ville ouverte au monde et aux différences, refusent systématiquement Noirs, étrangers, juifs et avocats.

Depuis peu, un nouveau doorman est entré dans l'équipe à mi-temps. C'est le plus jeune d'entre nous, une trentaine d'années de blondeur et de muscles qui tendent la veste de son uniforme. Il s'appelle Christopher et il suit des cours dans une école hôtelière. Nous avons vite remarqué, Tom et moi, qu'il préfère être à l'extérieur, quelle que soit la météo. Ses joues rougissant de froid ou le col de sa chemise ourlé de sueur, il se tient devant la porte, va et vient sous l'auvent, le dépasse quelquefois comme s'il tentait de s'aventurer en territoire inconnu. Il répond très souvent au bonjour des passants qui semblent ne pas pouvoir s'empêcher de saluer ce garçon au visage ouvert et sympathique. Quand l'un des résidents approche, il se précipite sur la porte d'entrée du côté, qu'il ouvre en grand, ou fait battre vigoureusement le tambour de l'autre, qui continue de tourner bien après que la personne est entrée ou sortie. Nous ne savons pas si c'est parce qu'il prend sa fonction très au sérieux ou s'il s'amuse à jouer un rôle, qui par moments frôle dans l'empressement qu'il y met une servilité obséquieuse un peu ridicule. Il paraît sincère, il veut bien faire, peut-être. Depuis une semaine, nous le voyons souvent disparaître de notre rue. Il n'est pas devant la porte de l'immeuble, ni sous la ligne du dais. À plusieurs reprises, le troisième jour, c'est moi qui, de la réception, suis venu ouvrir la porte alors que c'était, pour ces heures-là, sa tâche. La semaine suivante, Tom, à qui j'en parlai, finit par monter au deuxième étage pour regarder discrètement d'une fenêtre de l'ancienne chapelle désaffectée, du temps des beaux jours de l'hôtel, le manège de Christopher dans la rue. À tour de rôle, nous vérifiâmes, plusieurs jours de suite, pour voir se confirmer, de notre cachette, que Christopher était amoureux. Une jeune fille du quartier, que j'avais souvent aperçue passer devant le 10, était tombée sous le charme du jeune homme tel un prince en grande tenue au pied de son château. Nous lui avons discrètement et légèrement reproché ses petites absences et c'est lui qui, tout en s'excusant et nous promettant d'être fidèle au poste à l'avenir, nous avoua cette rencontre de hasard. Et nous présenta dès le lendemain, les oreilles rouges d'émotion et de plaisir, la délicieuse Alison.

Il y a quelques années, les Philips avaient élu domicile sur la 35e rue est, quelques mètres après le croisement avec Lexington. J'étais tombé sur eux, un après-midi de grosse pluie d'été. Ou plus précisément, ils m'étaient tombés dessus. Je marchais sous le déluge, les yeux mi-clos pour me protéger de l'eau qui avait déjà trempé mes cheveux, ma chemise. Mes chaussures inondées clapotaient dans les flaques. Et soudain, un grand carton détrempé avait jailli devant moi, lancé d'un sous-sol, puis une autre grande plaque que je faillis prendre dans la figure. Je stoppai, insultai le malotru invisible, puis attiré par des bruits de lutte et des cris, m'approchai des barreaux qui clôturaient un pauvre jardinet en contrebas du trottoir. Je vis deux masses de plastique en train de se battre. Des doigts blêmes essayaient maladroitement d'agripper la paroi noire, lisse et glissante comme une peau de phoque, d'autres mains tentaient de tirer vers le bas ce que je reconnus finalement être un immense sac-poubelle. Deux hommes se battaient sous le déluge, un après-midi d'été à New York, habillés de sacs-poubelles. Les années 1980 avaient lancé cette triste mode auprès des sans-domiciles fixes de toute la ville, les *homeless*, comme on les appelait ici, terme qui sonnait plus dur et plus violent que clochards à mes oreilles de francophone. Leur nombre ne faisait que croître en cette décennie malheureuse, où New York se transformait sans cesse et sans répit, pour le pire et le meilleur. Les tours du World Trade Center, terminées une dizaine d'années auparavant, scintillaient de tous leurs néons restés allumés la nuit, le Bronx brûlait. Certains quartiers tombaient en ruine, ravagés par le temps et la décrépitude, ou le crime et la violence de leurs rues. Times Square avait touché le fond de la pornographie sous toutes ses formes. Mais il renaîtrait bientôt sous une autre, plus clinquante et aseptisée, où même les dollars sembleraient propres et repassés, là où ils circulaient furtivement quelque temps auparavant en boules sales et froissés. Peu à peu, des ateliers périclitaient, fermaient, on en murait les grandes fenêtres. Et puis soudain, un jour, parce qu'un promoteur avait racheté l'immeuble pour une bouchée de pain, on entendait les marteaux-piqueurs ouvrir les issues, les échafaudages se montaient et se démontaient en quelques semaines et de nouveaux habitants investissaient les lofts aux hauts plafonds et parquet ciré. La ville était en crise, en déséquilibre permanent. Elle vivait, et nous avec, ces années extrêmes, de misère, de criminalité, de saleté, d'insécurité, mais des points de renaissance somptueuse jaillissaient çà et là. On détruisait, on construisait, on rénovait, on aménageait. New York continuait sans repos son existence de créature monstrueuse et mouvante.

Au cœur le plus sombre de cet antre bestial et dévorant, il y avait ces pauvres, sans toit, sans travail, sans argent. Pour certains, leur voiture était un palace, un studio miniature sur roues avec leur vie rassemblée, tout ce qui composait leur histoire, de leur naissance jusqu'à ces jours de misère. Comment en étaient-ils arrivés là ? La question les rongeait. Certains pouvaient même avoir conservé leur travail, et les derniers lambeaux de leur dignité. Mais ils étaient peu nombreux. Pour presque tous, la voiture était un luxe d'un autre temps, d'une autre vie. Ceux qui avaient tout perdu ou rien gagné, ce qui revenait, au cœur de ces temps abjects, à la même chose, avaient innové un marché immobilier parallèle et gratuit. À l'approche de la nuit, on se battait pour un porche abrité, pour un soubassement protégé, pour un renfoncement, une entrée d'immeuble ou de banque. À Tribeca, qui n'était qu'à l'aube de sa transformation en centre commercial de luxe et d'art à ciel ouvert, certains *homeless* avaient constitué avec une ingéniosité poignante des sortes d'appartements sur les trottoirs surélevés de certains immeubles industriels abandonnés. Larges, tout en longueur, on trouvait sous le premier étage du bâtiment des surfaces abritées, divisées, partagées, qui composaient des espaces où se réfugier. De vieux meubles récupérés, des portants où pendaient des vêtements, organisaient des pièces dont certaines n'étaient même pas à vue de la rue. Évidemment, on ne circulait plus sur ces trottoirs, devenus privés. On n'osait pas. Moins par crainte d'agression que par une sorte de respect et de discrétion confondus. De honte aussi. Souvent le "propriétaire" était absent. Le soir, le quartier déserté, ces années-là, des employés, hommes d'affaires, tous ceux qui faisaient vivre cette portion de la ville de huit heures à dix-huit heures, les *homeless* rentraient chez eux, ils allumaient lampes de poche ou bougies, profitant de la tiédeur du soir, dans des odeurs de sucre brûlé et d'ordures. L'hiver, les ombres noires les protégeaient et repoussaient les curieux. Eux étaient déjà partis dans leurs songes, au chaud, tant bien que mal, dans les couches de leurs vêtements superposés et leurs sacs de couchage.

Les Philips n'avaient jamais fréquenté cette extrémité de la ville. C'étaient des "nomades", m'avaient-ils expliqué, bien après que j'avais déposé leurs cartons dans le caniveau, hurlé pour qu'ils arrêtent de se battre, pour la forme. En effet, l'un des sacs s'était finalement déchiré et dans la bataille, le plus grand des hommes était tombé sur le sol, moitié ciment moitié boue grise de terre mêlée de brins d'herbe. Aussitôt, l'autre s'était arrêté de gesticuler et lui avait tendu la main. Chacun s'était ensuite dégagé de son imperméable de fortune et c'est là qu'il m'avait vu, trempé, les cheveux aplatis sur le crâne. Nous étions assez semblables tous les trois.

Je ne me rappelle plus qui a ri le premier.

— Eh mec, tu aurais pas un dollar pour un café ?

Je fouillai dans ma poche, me ravisai.

— Un dollar ? Ça suffira pas.

— Deux alors ! lança le plus petit.

Ils se ressemblaient, d'une certaine manière. Même âge, mêmes vêtements, la pluie avait unifié les couleurs et leurs traits. À part la taille, ce qui les différenciait était la paire de bottes en caoutchouc que portait le plus grand. Elles m'intriguaient. Je compris après quelques secondes que la bizarrerie des pieds posés dans la boue venait du fait qu'ils étaient chaussés dans deux bottes identiques. Deux pieds droits, ou gauches.

— Pourquoi tu rigoles ? Tu te fous de moi ?

— Pas du tout. C'est… je fis un geste de la main. Tes bottes.

— Ah oui. Je cherche un pied gauche. Si jamais tu trouves… J'ai aussi une paire de baskets, pareil. J'ai piqué ça dans les poubelles d'un magasin de chaussures.

Ils n'étaient pas ivres, ne paraissaient pas violents.

— Je vous offre un café ?

Phil et Philip – les Philips, ainsi qu'on les appelle dans la rue, m'expliquent-ils – sont assis devant moi, une tasse de café dans leur poing. J'ai rapidement commandé beignets et roulés à la cannelle. L'un des Philips me raconte qu'ils "habitent" ce soubassement depuis deux ans. Sous-sol extérieur, précise-t-il. Dans la portion qu'ils se sont octroyée, ils construisent des abris de carton qu'ils renouvellent régulièrement. On les laisse tranquilles. D'abord parce qu'ils sont discrets, et puis l'immeuble est presque vide, me dit l'autre Philip. "On dérange personne."

— Je ne vous avais jamais vus. Pourtant je passe souvent par là.

— Tu vois, on est discrets. L'hiver, on sort de la ville, on essaie de descendre vers le sud, et loin de New York, c'est quelquefois plus facile de se trouver une place au chaud, dans les asiles de nuit. Mais l'été, moi j'aime bien revenir.

— Ça doit bien faire quatre ans qu'on est dans le coin.

— Avant, on était à Grand Central. Enfin, on n'est pas restés longtemps. C'est là qu'on s'est rencontrés.

— C'était l'enfer là-bas.

— Ça oui. Et pas seulement parce qu'il faisait très chaud ! Moi, je suis pas resté dans les souterrains. Trop dangereux.

— Des malades.

— Et puis vraiment dégueulasse. On se trouvait des coins dans les couloirs, ou près de certains quais c'était possible de se faufiler.

— Maintenant c'est fini.

— Pas en dessous, mon pote !

— Et le grand hall, ils ont commencé à tout rénover.

— Alors on est partis.

— Pas très loin. On reste dans le quartier !

Je demande :

— Et avant Grand Central ?

Ils se regardent. L'un fait la moue, l'autre finit sa tasse, s'essuie avec soin la bouche en prenant délicatement la petite serviette en papier sous son beignet entamé. Je suis surpris par son geste.

— Pas intéressant.

— Une autre vie, renchérit l'autre.

— Disons que le voyage a commencé à Grand Central !

La remarque est légère, sans animosité. Mais je l'entends bien comme un point final à notre conversation, même s'ils se marrent. Je remarque qu'ils ne me posent aucune question. C'est inhabituel dans cette ville où chacun est curieux de l'autre. D'où vous venez ? Que faites-vous ? sont le plus souvent les guillemets ouverts de chaque rencontre, même si elle ne dure que le temps de quelques phrases.

— Vous voulez autre chose ?

Ils se concertent en silence. Puis se lèvent à l'unisson.

— Merci mec, c'était sympa.

— Ray, je m'appelle Ray.

— Ben, salut Ray.

Ils s'en vont très rapidement, sans me laisser le temps de leur donner quelques billets. Malgré leur récit, je n'ai pas pénétré leur sphère, ils n'ont pas voulu entrer dans la mienne. L'intimité est une notion qui n'existe plus pour eux, la leur comme celle des autres. Ils se protègent comme ils peuvent. Ils ont effacé le passé et demeurent au présent, ne se projettent pas. Il n'y a pas que la pluie sur nos vêtements mouillés qui fait de nous des semblables, des frères d'un même monde, chacun à notre façon.

L'homme qui entra, cet après-midi-là, dans le hall, me parut tout de suite familier. Quelque chose dans sa démarche plus que sur ses traits me dit que je le connaissais, et d'un lointain passé. Impossible d'identifier la silhouette en contre-jour, pendant les quelques secondes qu'il mit à franchir la porte que lui tenait Alex, l'autre doorman, marcher directement vers moi qui bavardais avec Archie, et m'adresser ses premiers mots. Je le reconnus dès qu'il ouvrit la bouche.

— Alors Raymond, comment tu vas ?

Ni bonjour ni introduction polie. Félix, mon cousin, était resté le même. Une brute sympathique et mal élevée. Et dans son français voilé de fumeur, il avait gardé cet accent pied-noir traînant et lourd que j'avais réussi à oublier. La porte du passé venait de s'ouvrir brutalement devant moi. J'étais aussi surpris que décontenancé.

— Félix ?... Mais comment...

Il m'interrompit, avec un large sourire et sans attendre, se rapprocha de moi et me prit dans ses bras en me tapant dans le dos. Archie, derrière le comptoir, fit mine de se plonger dans des papiers.

— Raymond ! Qu'est-ce tu crois ? Que tu pouvais disparaître comme ça ou quoi ? Et la famille, hein ? Comme si que je pouvais pas te retrouver, hein ?

Il n'avait pas perdu la manie de poser des questions à l'emporte-pièce, sans attendre les réponses puisqu'il était persuadé de toutes les connaître et son mauvais français était saupoudré d'hispanismes qui avaient résisté à plus de trente ans d'exil. C'était le fils de la sœur de ma mère. Petits garçons, nous avions été proches comme peuvent l'être deux enfants uniques dans des familles monoparentales, livrés à eux-mêmes les jours de congé dans le jardin de leur grand-mère. On avait le même âge, à quelques mois près. Il s'écarta de moi et se mit à me dévisager.

— Dis, ma parole, tu changes pas, hein ? Toujours beau gosse. Et moi, tu as vu, j'ai pas bougé, hein ? ajouta-t-il en écartant les bras et rentrant le ventre.

Il avait des auréoles de sueur aux aisselles. Il n'avait pas tort. Il était resté plutôt en forme, son visage jovial marqué de petites rides d'expression. Seule la légère bedaine qui tendait sa chemise au niveau de la ceinture et qu'il essayait vainement de masquer prouvait le passage des ans.

Je n'avais pas encore dit une phrase complète.

— Et toi, regarde-toi ! Dis, on dirait le capitaine du *Titanic* !

Il se mit à rire, le même gros rire, plus grasseyant aujourd'hui, qui me faisait honte, enfant, quand il se moquait de certains de nos camarades à l'école ou des voisins de ma grand-mère. J'en profitai pour prendre la parole.

— Félix, quelle surprise ! Mais qu'est-ce que tu fais là ? Et comment as-tu fait pour me retrouver ?

J'essayais de rendre la question la plus anodine possible, sur le ton de la plaisanterie, alors qu'elle me préoccupait. Il n'y répondit pas.

— Mais, dis, tu as l'accent américain ou quoi ? Ma parole, hé, un vrai cow-boy ! Bonjour monsieur, comment allez-vous, dit-il enfin à Archie.

Celui-ci répondit avec un tout petit peu plus de distance que d'habitude et, sans attendre, me fit signe qu'il se rendait dans le bureau. Il salua Félix d'un hochement de tête et s'éloigna vers le couloir menant à l'ascenseur.

— Je te dérange peut-être, dit Félix, sans toutefois baisser le volume de sa voix. Tu aurais pas un verre d'eau des fois, il fait une de ces chaleurs dans cette ville ! Pire que chez nous, hein ?

Il avait quitté Oran depuis des décennies mais c'était toujours "chez lui".

— Félix, là je travaille, tu sais et...

— Ah bon ? Tu travailles... Et qu'est-ce tu fais, espèce de fainéant ?

Et de nouveau, il éclata d'un rire qui le fit tousser.

— Je termine dans trois heures. Il y a un café juste à côté, sur la 34e rue, on peut s'y retrouver si tu veux, ça s'appelle...

De nouveau, il m'interrompit.

— Non, viens plutôt à mon hôtel. Je suis au... – Il fouilla dans sa poche, en sortit un bout de papier. – Classic Hôtel. C'est près de cet endroit où il y a toutes les lumières. Et aussi, ajouta-t-il en me faisant un clin d'œil, où il y a plein de magasins olé olé. Tu vois où c'est ?

— Oui, très bien. C'est Times Square, si jamais on te demande, je rajoute stupidement.

— Bien monsieur, merci monsieur, répondit-il en me faisant une courbette ridicule. Quelle classe, Raymond ! Finalement, tu as changé quand même un peu, hein ?

— Je te retrouve vers vingt heures à ton hôtel, d'accord ?

— *Formidabe !* répondit il. – Il disait "formidabe", il mangeait les consonnes liquides, comme la plupart des Pieds-Noirs. – Allez, je te laisse ! *En voir*, monsieur, brailla-t-il, en direction d'Archie et du bureau. À tout à l'heure Raymond !

Il franchit la porte à tambour comme un conquérant, ignorant Alex, qui lui avait ouvert l'autre porte côté rue.

Je le retrouvai en début de soirée à son hôtel, un vieil édifice décrépit, de huit étages, qui paraissait minuscule entre les deux tours fraîchement construites qui avaient l'air de le soutenir. Il ne restait rien des heures glorieuses que le bâtiment avait dû vivre dans les années 1920. Seul le hall d'entrée, assez vaste, éclairé de lustres ruisselants de verroterie, faisait encore illusion. Je fis appeler Félix à la réception et il demanda, à l'autre bout du fil, que je le rejoigne dans sa chambre. De mauvaise grâce, j'appelai l'ascenseur. Je n'avais pas désiré ces retrouvailles, ni ce rendez-vous. Je n'avais pas envie d'être là et l'impression de malaise et de claustrophobie que j'avais ressentie en entrant dans l'hôtel ne fit que croître une fois dans la cabine. Je comptai les étages qui se succédaient lentement en chiffres rouges au-dessus de la porte, jusqu'au septième. Je pris un couloir recouvert d'une affreuse moquette fleurie dans les tons marron, et passai devant une rangée de portes, capitonnées de skaï vieux rose, sur lesquelles étaient fixés, au-dessus d'un œilleton globuleux, les numéros des chambres. J'entendis un sonore "C'est par là" et, après avoir tourné dans le corridor, tombai sur Félix, en chaussettes et caleçon, un verre de bière à la main.

— Entre, entre, me dit-il, en s'effaçant pour me laisser passer.

Je subis une forte odeur de pilosité en sueur quand je le dépassai pour entrer dans la chambre. Elle était plutôt grande. Les deux baies vitrées donnaient sur la 44e rue mais à cet étage, on ne voyait pas le ciel, masqué par la rangée de buildings en face. Le mobilier bon marché datait des années 1960. Placard, commode, table basse, l'acajou était éraflé dans les coins et on distinguait sur le bois des empreintes de verres et des traces de cigarettes oubliées. La climatisation fonctionnait à plein régime, on entendait son souffle entrecoupé de temps en temps de cliquetis inquiétants. Félix me proposa l'unique fauteuil et s'assit sur le lit.

— Tu veux une bière ?

J'acceptai. Il sortit de sous le lit un pack entamé, prit une bouteille qu'il déboucha au décapsuleur fixé sur la table de nuit.

— Elle est pas fraîche, me dit-il. Je prends pas les bières de l'hôtel, c'est trop cher. Et la machine à glaçons dans le couloir, elle est en panne. Et j'ai qu'un verre, ajouta-t-il en levant le sien.

Je le rassurai et me penchai pour prendre la bière. Je bus machinalement une gorgée. Elle était lourde et tiède. Mais je pouvais toujours boire si je ne savais pas quoi dire. Félix ne m'en laissa pas l'occasion.

— Tu te demandes comment j'ai fait pour te retrouver hein ? Je suis sûr !

Ses *r* étaient râpeux. Je retrouvais les sons oubliés de ma jeunesse, les mots vociférés à plein volume, les rues d'Oran.

— Je dois dire que je me le demande, en effet. Personne ne savait que j'étais à New York.

Et encore moins au 10 Park Avenue, me dis-je.

— Détrompe-toi, mon ami ! Tu sais la cousine Étoile ? Mais oui, insista-t-il en voyant mon air interrogateur, la fille de Tonton Eugène, le frère à mon père ? La sœur de Fortune, celle qui est morte à dix ans de la rougeole ? Enfin bref, elle a su par le frère à ton copain de Marseille, tu te rends compte comment le monde il est petit, elle est caissière dans sa boulangerie. Qu'est-ce que je disais ?… Ah oui, elle a appris que tu étais à New York. Un jour qu'on parlait de toi, oui j'ai gardé le contact avec elle, j'ai toujours eu un petit béguin même si c'est ma cousine… Enfin bref, répéta-t-il, quand j'ai eu ce voyage de prévu – c'est pour mes affaires, je te raconterai –, je me suis renseigné où tu étais, j'ai pu savoir grâce à Étoile, qui ne se souvenait plus du nom de ta rue, un nom en “ridge”, à propos elle t'embrasse, elle aimerait bien venir te voir, j'ai mené mon enquête, ajouta-t-il, fanfaron, en se grattant les poils du torse, et quand je suis arrivé il y a trois jours, je suis allé voir à… le truc “ridge strit”, au 51, et c'est une dame très gentille qui m'a dit que tu étais parti depuis longtemps et que tu travaillais dans un immeuble sur l'avenue Park. Alors, j'ai pris l'avenue, je regardais des deux côtés et total, je t'ai trouvé ! Heureusement que tu étais au 10, sinon je me serais tapé une sacrée trotte. Je t'ai vu derrière la vitre de la porte, j'en croyais pas mes yeux, on aurait dit un acteur. Je me suis dit : Purée c'est Raymond, et en uniforme. Dis, c'est beau ce déguisement, hein ?

Il but et finit son verre d'un trait.

J'avais été idiot de confier à Mme Finkel la joie de mon nouveau travail et mon déménagement. Mais elle avait toujours été si généreuse avec moi. Je n'avais pu quitter Eldridge Street comme un voleur.

J'étais assommé. Je me plaquai un sourire sur le visage. Je ne savais absolument pas quoi dire à Félix. C'était à la fois un fantôme du passé et un cauchemar au présent dont je n'arrivais pas à me dépêtrer. Je ne voulus pas surenchérir sur le succès de sa recherche, aussi je changeai de sujet. C'était une très mauvaise idée.

— Que viens-tu faire à New York ?

— Justement, je suis venu aussi pour t'en parler direct. Je travaille pour une société de prêt-à-porter. Les ateliers sont à Paris, rue d'Aboukir, et on a plusieurs boutiques, entre autres une à Marseille. C'est moi le gérant. C'est joli ce qu'on fait, c'est chic, je vais te montrer.

Sans se lever du lit, il s'étira, la main tendue vers la table de nuit, d'où il prit un dossier cartonné fermé par une ceinture de toile. Il l'ouvrit et en sortit une mince brochure qu'il me tendit.

— Regarde. C'est champion, hein ?

Je tournai lentement les pages et regardai les photos de mannequins de fortune au sourire crispé présentant des vêtements, costumes pour les hommes, tailleurs et robes pour les femmes, de forme classique, qui se voulaient "chic à la française".

— C'est *élégond*, hein ? Qu'est-ce tu en penses ?

Il prononçait les *an*, *on*.

Je bredouillai des compliments que je ne pensais pas et commençai déjà à songer au moyen de m'extirper de cette chambre et de la présence étouffante de Félix.

— Et le rapport avec New York ? demandai-je.

— Justement, on a eu l'idée, un des gérants parisiens, tu sais, il est de chez nous aussi, un fils Choukroun, et moi, de lancer quelque chose ici, à New York. Une petite boutique, au début, importerait les modèles de Paris et après, si ça marche grâce à Dieu, on ouvrirait un atelier pour fabriquer directement ici. Il y en a un qui a eu l'idée de faire ça à Los Angeles. Ça marche du tonnerre ! Qu'est-ce t'en penses ?

— Je n'en sais rien, tu sais, Félix, ce n'est pas trop mon rayon…

— Ah oui, toi c'est rayon uniforme, ah ah ah, éclata-t-il de rire de son bon mot.

Je sentis brusquement ma nuque frissonner de dégoût.

— Je veux dire que je n'y connais rien et tu sais, New York, ce n'est pas Los Angeles. Ce n'est pas le même climat. Peut-être que ce n'est pas la même clientèle, d'après ce que je sais…

— Qu'est-ce tu sais ? Tu sais rien ! Les Américains, c'est les mêmes partout, non ? Enfin, écoute-moi, ajouta-t-il, essayant d'adoucir son éclat, c'est pas grave si tu connais rien. Moi je voulais te proposer d'entrer dans le business avec moi.

Je parvins à articuler.

— Et comment ?

— D'abord un petit apport tu vois, tu as dû quand même te mettre des dollars de côté, hein, me dit-il en frottant l'un contre l'autre son pouce et son index. Et puis, tu pourrais t'occuper de la boutique, tu vois, tu serais le boss, quoi, et moi je ferais des allers-retours. Pour les affaires, et puis aussi pour qu'on se voie, qu'on reprenne le contact. – Il prit un air sérieux et grave et je revis presque son visage de petit garçon. – Raymond, c'est important la famille, hein ?

Le cauchemar devenait réalité et je ne savais comment m'en débarrasser. La communication avec Félix était difficile. Comme beaucoup de membres de la famille, il parlait beaucoup, écoutait peu, n'émettait aucun doute sur ses jugements et ses décisions. C'était ça aussi que j'avais fui, laissé derrière moi avec, au fur et à mesure que je m'en éloignais, l'impression de revivre et de découvrir le monde avec un œil nouveau, sans les a priori sclérosés d'un groupe que je trouvais, avec l'intolérance de ma jeunesse, borné et inculte. Je décidai soudain que je perdais mon temps, que je n'en avais rien à faire de Félix, ses projets et la famille. Je mis tout de même les formes.

— Merci Félix de penser à moi, c'est vraiment sympa de ta part, mais ce ne sera pas possible.

— Ah bon ? Et pourquoi ?

Il s'avança un peu plus au bord du lit.

— D'abord, je n'ai pas d'argent.

— Ouais, mon œil, me coupa-t-il.

— Je te dis que je n'ai pas d'argent, repris-je patiemment, je gagne ma vie juste ce qu'il faut.

— Tu vas pas me dire qu'on te donne pas de l'argent dans ce bel immeuble de richards, non ? Tu te moques de moi ou quoi ?

— Je ne suis que doorman, tu vois. Un employé de l'immeuble.

— Un larbin quoi ! Et ça t'embête pas de faire le *chaouch* ?

Il commençait à s'échauffer. Des gouttes de sueur formaient une couronne perlée sur son front.

— Si toi tu vois ça comme ça… J'aime mon travail, j'aime les gens pour qui je travaille. Et ça me suffit.

— Mon pauvre ! Avec ton costume ridicule !

— Si tu le trouves ridicule, c'est ton problème. Ici à New York, les employés portent des uniformes, dans les administrations, les entreprises publiques, les sociétés de services… On est identifié, et respecté.

— Je comprends rien à ce que tu dis. Purée, Raymond, c'est une occasion en or que je t'offre. Et même si tu peux pas mettre du pognon, allez, tu t'occuperas de la boutique, cadeau !

— Non, vraiment non, Félix. Je t'assure, je suis bien dans mon job, je ne demande rien d'autre. Et ça ne m'intéresse pas de travailler dans le prêt-à-porter.

— Ah… Tu veux pas te faire du fric en faisant un boulot intéressant ? Tu serais ton propre patron. Parce que, ouvrir des portes, excuse-moi mon vieux mais…

Il eut une moue d'un tel dédain que j'en eus assez et me levai.

— Bon, Félix, je crois qu'on s'est tout dit et…

Il se leva aussi, se rapprocha de moi. Trop près.

— Écarte-toi, s'il te plaît. Je vais partir.

— Ah, tu fais le fier, hein ? Monsieur fait l'Américain !

— Je ne fais rien du tout. Je veux juste qu'on me foute la paix. Je m'en vais. Bonne chance avec tes projets.

J'essayai de le contourner mais il me saisit le bras.

— Attends Raymond, on va pas se fâcher, quand même. On est des cousins. Allez viens, je t'invite à bouffer.

Je m'arrachai de sa poigne et marchai vers la porte. Je me demandais comment lui dire au revoir. Les mots jaillirent au-delà de la réserve que j'avais essayé de maintenir, en vain. Je me retournai.

— Félix, écoute-moi bien. Je me fous de la famille, ça ne veut plus rien dire pour moi. Ma famille, elle est ici, ma famille c'est New York. Oran, tout ça, c'est fini, terminé, oublié. Je ne veux plus rien avoir affaire avec vous, je ne veux plus rien de vous. Je ne sais même plus qui vous êtes et je m'en fous.

Il fit un pas vers moi, je l'arrêtai d'un geste.

— Je ne te verrai plus, je ne veux plus te voir. Oublie-moi. Putain, laissez-moi tranquille ! criai-je.

J'ouvris la lourde porte et la laissai claquer derrière moi.

Appuyé sur la barrière comme à la proue d'un gigantesque navire, j'attendais Salah à Battery Park. J'observais le ballet apparemment anarchique des bateaux et ferries croisant dans la baie. Mouettes rieuses et goélands argentés faisaient de même dans le ciel. Un énorme porte-container bicolore s'éloignait vers le Verazzano et l'horizon. Derrière moi, les passants, New-Yorkais et touristes, allaient et venaient de leurs pas pressés ou indolents, longeant le bord de l'eau ou s'engouffrant dans les allées du parc pour rejoindre Broadway. Je laissais mon regard et mes pensées vagabonder sans ordre, s'entrechoquer avec douceur. À mes pieds, le mouvement de l'océan devenait le métronome de mes réflexions. L'odeur était forte ici, légèrement écœurante. Odeurs de grand large mêlées aux plus citadines d'huile chaude et de bretzels grillés. Une bouffée de parfum lourd et musqué me fit me retourner. Je ne vis que le dos de la femme qui s'éloignait à grands claquements de talons, un attaché-case au bout du bras. Salah arrivait, essoufflé.

— Je ne me souvenais plus si nous avions dit premier ou deuxième kiosque.

— Le deuxième. Le premier est trop près de l'embarcadère pour la statue de la Liberté, il y a toujours un monde fou.

— On marche ? me demanda-t-il.

Nous restâmes sur la promenade, au bord des eaux brouillées de l'océan et de l'Hudson. Les piétons semblaient suivre la même direction et ne marcher que dans un sens, le nôtre. Nous croisions peu de gens. Quelquefois, un téméraire en rollers nous dépassait à toute allure, en nous frôlant. Nos pas étaient synchronisés, notre vitesse égale. Mais je sentais, à mon côté, Salah préoccupé.

— Ça va ?

Il ne répondit pas, mit les mains dans ses poches. Je ralentis le pas et stoppai.

— Qu'est-ce qui se passe, Salah ?

Il me regarda, sourit, s'éclaircit inutilement la gorge et dit :

— Je m'en vais.

J'avais compris.

— En Israël ?

Il refit son sourire, fermant les yeux et hochant la tête.

— Oui, en Palestine. Si je n'y vais pas maintenant, je n'irai jamais. Le temps passe.

J'acquiesçai en silence.

— Je reviendrai, mais je ne sais pas quand. Ce temps qui passe, je veux le prendre.

Il fit le geste de cueillir et serrer quelque chose dans sa main.

— Tu prends ta caméra bien sûr, dis-je bêtement, pour arrêter le flot d'émotion que je sentais monter, chez lui comme en moi.

— J'y vais pour ça. J'ai des économies et j'emmène aussi deux amis qui vont m'aider là-bas, l'un me servira d'assistant, l'autre connaît bien Gaza, il va me faciliter la vie, avec d'autres sur place. Je m'appelle Salah, mais je suis quand même américain.

— Je suis content que tu ne partes pas seul.

Je me remis en marche. Il me suivit. On commençait à remonter l'Hudson, les tours du New Jersey à notre gauche.

— Pourquoi ces buildings sont si laids ? me dit-il, en se postant quelques secondes devant le panorama aux couleurs ternes.

— Parce que ce n'est pas New York, répondis-je.

— Mais ce sont eux qui ont la plus belle vue, ça console.

Nous avions retrouvé le ton familier de nos échanges et de nos balades habituelles, des années de marches, de découvertes, de déceptions et de ravissements.

— Ma mère est folle d'inquiétude. Je l'ai rassurée en lui disant que je logerai chez des cousins, qui vivent à Jérusalem Est. Mais ce n'est pas vrai.

— Tu sais où tu vas ?

— Partout. D'abord je veux visiter tout le pays. Tel-Aviv, Haïfa, le Nord aussi, la Galilée. Ce qui m'intéresse, ce sont les frontières. J'aimerais filmer tous les bords du pays, si tu vois ce que je veux dire. Le côté égyptien, la ligne jordanienne, le Golan, la Syrie, le Liban. Tu as lu mon scénario. C'est ça mon sujet, les frontières, les lignes de démarcation. Démontrer que celles de la nature n'existent pas alors que celles des hommes sont violentes, massives et illusoires. J'ai pris de la distance ces dernières années. J'aimerais tant que l'espoir l'emporte sur la revendication… Je pense à mon père, qui était un être doux et tolérant. Je fais ce film pour lui.

— Il en serait heureux.

— Pas du tout ! S'il était encore vivant, je n'aurais peut-être pas osé partir.

Nous longions la marina et les nouveaux aménagements créés à l'ombre du World Trade Center. Nous ne nous arrêtâmes pas aux terrasses des cafés, posées là autour de plans d'eau translucide, où des touristes sirotaient des liquides colorés dans de grands verres en plastique. L'endroit était froid, artificiel. Installés là au pied des immeubles, en bord de fleuve, on aurait pu être dans n'importe quelle autre ville américaine. Nous n'aimions pas ce New York-là.

Nous continuâmes la promenade, entre l'Hudson et le quartier résidentiel qu'était devenu Battery Park City. Le décor n'avait finalement pas grande importance aujourd'hui. Ce qui comptait étaient les mots de Salah, sa décision, mon écoute et le partage. J'étais triste en pensant à l'absence prochaine de mon ami, à la séparation qui serait peut-être définitive, je ne pouvais m'empêcher d'anticiper le manque. Je m'apercevais soudain que les amis s'éloignaient peu à peu. Et que je n'en avais pas de nouveaux. L'amitié a besoin de temps et il était trop tard aujourd'hui pour trouver un ami tel que Salah et créer ces liens qui nous unissaient depuis tant d'années. Il avait été mon premier ami véritable, je préférais ce qualificatif à meilleur. Meilleur entend une sorte de compétition, un classement. L'amitié qui nous liait était incomparable. C'est elle qui, pour la première fois depuis que nous nous étions rencontrés au Fulton Market, après des décennies de moments de vie partagés, les marches, les conversations, les dîners bruyants et joyeux dans sa famille, avec ses parents et ses sœurs, me fit mettre mon bras sur son épaule pour le serrer une brève seconde contre moi, alors que nous atteignions West Street. Il tourna la tête vers moi, toucha ma main et me dit d'une voix douce :

— Merci, mon frère.

Lorsque j'étais installé dans l'une des salles de lecture de la New York Public Library, partageant avec d'autres le silence, la tranquillité de l'étude et de la lecture, et, pour certains, l'abri qu'offrait l'hiver le grand bâtiment bien chauffé ouvert à tous, ma curiosité et mon intérêt étaient tout autant tournés vers le document, le livre, les mots que j'avais sous les yeux, posés sur la table devant moi, que vers mes voisins et l'objet de leur attention personnelle. Je restais concentré sur ma lecture. Mais il m'arrivait souvent, soit troublé par le froissement d'une page discrètement tournée, un soupir, un pied de chaise raclant le plancher ou même quelquefois grâce ou à cause des mots même dont je remplissais mes yeux, de lever mon regard, l'air de rien, l'air de méditer les phrases que je venais d'ingurgiter et de laisser, quelquefois effrontément, mon attention se poser sur un visage, des mains, et si le livre ne reposait pas à plat, de tenter de déchiffrer le titre et la couverture de l'œuvre choisie par mon voisin ou ma voisine de table. Combien de fois n'avais-je pas imaginé tel ou telle plongé dans la lecture d'un auteur apprécié, aimé, complice, et découvrir, par le hasard du livre refermé, laissé sur la table ou emporté sous le bras, que l'objet n'avait rien à voir avec ce que j'avais rêvé de l'identité du lecteur ou de la lectrice ! Le genre, roman, essai, poésie, toutes les matières et les millions d'histoires que l'on pouvait découvrir dans ce temple de la culture, les langues différentes, des centres d'intérêt inattendus, les surprises étaient nombreuses et l'association que j'avais anticipée harmonieuse et logique volait en éclats. Mon étonnement était quelquefois si grand que ma surprise était difficile à dissimuler. Mon regard finissait souvent par croiser celui ou celle que j'observais et je mettais alors dans mes yeux une sorte d'expression vague et rêveuse, qui glissait sur eux comme s'ils ne les voyaient pas. Je mentais, je jouais. Il m'arrivait aussi de rendre un discret salut, quand je n'avais pas eu le choix et que j'étais démasqué, et même d'exprimer un léger signe d'assentiment. Vous lisez ceci ? Bravo. J'ai déjà lu ce livre vous savez, c'est très bien. Dis donc, vous êtes courageux, je ne connais pas cet auteur mais il paraît que ce qu'il écrit est affreusement compliqué.

J'en étais ainsi à mes observations dérobées et mes communications muettes quand je fus, à mon tour, attrapé, happé par le champ d'attraction d'une jeune femme que, à l'instant où je décidai de quitter le plus silencieusement possible ma place, fermant l'exemplaire de *Moby Dick* que j'avais amené, me levant, poussant doucement la chaise sous la table en la soulevant et saisissant ma veste posée sur son dossier, je reconnus pour l'avoir déjà aperçue dans une des salles. Elle me regardait, tranquille, amusée, jouant avec son stylo qui avait rempli la pile de feuilles qu'elle avait devant elle, posée soigneusement à côté de deux livres, ouverts à l'envers sur la table comme deux grands papillons de papier. Je hochai la tête en guise de salut, alors que j'enfilais ma veste et, arrangeant mon col, mû par une témérité que je ne me connaissais pas, décidai de rester là, debout près de la table, en la regardant d'un air interrogateur. Pendant quelques secondes, nous échangeâmes une conversation muette puis elle se leva lentement. Laissant ses affaires sur la table, qu'elle contourna, elle vint vers moi et une fois qu'elle fut très près, prit légèrement mon coude pour m'entraîner hors de la salle. Je me laissai faire, étonné de traverser l'immense salle sans qu'aucun de ces nombreux témoins en pleine lecture nous vît passer côte à côte, entre la rangée de tables, et enfin sortir. Nous ne nous arrêtâmes pas immédiatement devant l'entrée de la salle, elle me guida plus loin, jusqu'à un large couloir où se succédaient des portes fermées menant à des bureaux administratifs. Il n'y avait personne. Elle s'écarta alors de moi et me dit :

— Je m'appelle Catherine et je dois retourner travailler.

Son coq à l'âne était drôle, elle s'en aperçut tout de suite et rit avec moi. Ce qui était encore plus charmant était son accent. Depuis toutes ces années, j'avais eu peu d'occasions de l'entendre. Il était français. Je lui répondis alors, dans sa langue qui était aussi la mienne et que je n'avais pas pratiquée depuis des années, même dans mes rêves :

— Je m'appelle Ray. Et je dois partir maintenant. – Et j'enchaînai rapidement : Je serais heureux de vous revoir. C'est… possible ?

Je cherchais mes mots, la formule adéquate. J'avais l'impression que mon expression, directe et un peu brute, était tout américaine. Comme l'accent bizarre qui sortait de ma bouche, davantage lié à une maladresse, comme un handicap, de la mâchoire ou de la langue, qu'à ce qu'était ma nationalité plus si nouvelle.

— Oh, vous parlez français, me dit-elle à voix basse, même si nous étions hors de la salle.

Elle n'avait pas dit "Vous êtes français", je ne la corrigeai pas, ne donnai aucune information supplémentaire, on verrait plus tard puisqu'il y en aurait un, j'en étais sûr, je le voyais dans la manière charmante qu'elle avait de pencher la tête sur le côté en me regardant. Elle ajouta :

— Je suis là demain, si vous voulez.

Le lendemain, ce n'était pas possible, je le lui dis. Elle se rembrunit très légèrement. Je lui expliquai que je travaillais mais que nous pourrions nous voir la semaine suivante, à mon prochain jour de congé. Nous prîmes rendez-vous pour le mercredi suivant, dans la même salle. Elle y serait dès le matin, je pourrais la rejoindre quand je voudrais et nous prendrions, selon l'heure, un verre ou un café. Elle me tendit la main, ce qui me surprit, je n'avais pas l'habitude de ce geste, venant d'une femme. Ce n'était pas un geste coutumier, ici. Je la serrai, lui souhaitai un bon travail et nous nous quittâmes, elle retournant vers la salle de lecture, moi errant quelques instants dans un dédale de couloirs déserts avant de retrouver la sortie et les lions de pierre, dehors, encadrant l'escalier monumental.

Le mercredi suivant, je montai ce même escalier à toute allure pour échapper au déluge qui commençait, à grosses gouttes grasses, à s'abattre sur la ville. Certains firent comme moi, plus pour s'abriter que pour profiter des salles. L'air sentait l'ozone et la poussière, les oiseaux s'étaient soudain tus et, avant même d'être détrempés, les arbres étaient devenus presque noirs. Il était quatorze heures exactement, indiqué sur l'horloge fixée au mur, quand j'entrai dans la salle Audubon. Il y avait davantage de monde que la semaine précédente mais je la vis tout de suite. Elle avait choisi une table près d'une fenêtre. Elle écrivait frénétiquement et ne s'arrêtait que pour remonter ses lunettes, ou tourner une page de l'ouvrage qu'elle avait sous les yeux. Un éclair, dehors, lui fit lever les yeux et elle me vit au moment où un claquement de tonnerre suivi d'un long chapelet sonore résonna sous les hauts plafonds couleur beige sale. Elle me fit le signe de rester où j'étais, à l'entrée, et rassembla rapidement ses affaires. Livres, feuilles, elle fit une pile qu'elle ajusta et rangea dans un grand sac de toile. Elle mit sa veste, se saisit d'une petite bourse en cuir qu'elle accrocha à sa taille, prit le sac et se dirigea vers moi. Un éclair suivi d'un autre coup de tonnerre la fit sursauter, comme moi et tous les autres dans la salle. Des regards furent échangés de part et d'autre par-dessus les tables, échanges complices des otages de l'orage que nous étions tous devenus.

Sans un mot, nous avançâmes dans le large couloir. Je songeais déjà à notre destination incertaine. Où pourrions-nous aller ? Dehors la pluie tombait à verse. Même protégés par l'épaisseur des murs, on entendait le grondement continu de l'eau. Nous nous dirigeâmes tout de même vers la sortie, où un groupe, agglutiné comme pour mieux se protéger les uns les autres, attendait en haut des marches, indécis. Rester là ? À l'abri ? Braver le déluge, patauger dans le ruisseau de boue qu'était devenue l'allée qui serpentait dans le jardin et menait vers la Cinquième Avenue et la 42e rue, vers le métro ? Nous étions comme au spectacle alors que c'était nous qui étions sur une sorte de scène, en haut des escaliers. Ceux qui avaient été prévoyants ouvraient leur parapluie et descendaient précautionneusement l'escalier ruisselant, en courbant le dos, comme si le poids du ciel pesait sur leur fragile abri de tissu. Ce n'était pas notre cas. Nous restâmes un long moment côte à côte, sans rien dire, à regarder les trombes d'eau, qui masquaient dans un brouillard liquide le trafic encombré de la Cinquième Avenue. C'était la pagaille, on l'entendait aux klaxons agacés, on distinguait les voitures, les bus, collés les uns derrière les autres comme un grand train irrégulier, masse de tôle et de lumière qui semblait se dissoudre dans le rideau de pluie. L'orage avait cessé ses coups mais l'eau tombait, ça ne s'arrêtait pas, on aurait dit qu'elle était reliée du ciel à la terre comme l'effet de ces jets d'eau sophistiqués, on ne savait plus si l'eau montait ou descendait, nous avions devant nous un mur, que plus personne à présent n'osait franchir, même les plus équipés. Catherine se tourna vers moi, l'air désolé.

— Je crois que je vais retourner travailler.

— Il y a une petite buvette, au bout du couloir nord.

Elle secoua la tête.

— Non, elle est sinistre. Retrouvons-nous… quand, pour vous ?

J'étais déçu, le ciel n'était pas avec nous, l'histoire démarrait mal.

— Je ne sais pas. Je ne connais pas encore mon emploi du temps pour la semaine prochaine.

— Que faites-vous ?

Je rechignai tout à coup à parler de moi. J'eus soudain la brusque envie de partir, de la quitter. J'éprouvais un malaise que je n'arrivais pas à identifier. Les effets de l'orage, peut-être.

— Je suis doorman, finis-je par répondre.

— Oh, c'est intéressant, me dit-elle, sans conviction.

— Écoutez, je reviendrai à la bibliothèque et nous verrons, vous voulez bien ?

— D'accord, me dit-elle.

C'est elle qui paraissait déçue à présent. Elle me tendit la main, comme la dernière fois. Je la pris, la gardai quelques secondes dans la mienne. Elle la retira, sans un mot, et, se frayant un chemin parmi les personnes qui attendaient toujours, à présent bavardant entre elles sur la météo, la pluie, les inondations probables dans le métro, elle disparut de ma vue en retournant à l'intérieur de la bibliothèque. J'attendis quelques minutes et pris le même chemin. Il pleuvait toujours et je n'avais pas envie de me retrouver trempé. Ma journée de repos était gâchée. Je choisis une petite salle sans fenêtre où des revues de toutes sortes étaient présentées et libres de lecture. Certains avaient dû faire le même choix que moi, en attendant de pouvoir sortir. Je pris une revue d'histoire dont la couverture, barrée de rouge et de noir, annonçait un reportage exclusif sur les nazis échappés d'Allemagne à la fin de la guerre grâce à la CIA, et me choisis une place à l'extrémité d'une table où une seule personne était déjà installée. Le temps de m'asseoir et je me retrouvai plongé dans ces années noires et troubles de l'après-guerre et ce passé peu glorieux de l'Amérique, comme dans un roman policier. J'avais oublié New York, la pluie dehors, j'avais oublié Catherine.

Le mercredi suivant, je retournai à la bibliothèque et y passai deux heures à essayer de terminer un livre sur Broadway dans les années 1930 que j'avais entamé des mois auparavant. Je n'arrivais pas à me concentrer. Catherine n'était pas là. Je levais la tête dès que je percevais un mouvement dans la salle mais elle ne vint pas. Trois jours plus tard, avant de prendre mon service, je me rendis 42e rue, montai l'escalier entre les lions impavides. Je restai devant l'entrée de la salle de lecture, détaillai les visages, n'en reconnus aucun. Je déambulai dans les couloirs, jetai un coup d'œil dans d'autres salles. Catherine avait disparu. Je regagnai la sortie, songeur. Le hall quasi désert résonnait du bruit de mes pas. Je me retrouvai dehors, en haut des marches, contemplai l'avenue, le jardin, les allées et venues de ceux qui entraient et sortaient du grand bâtiment, toutes ces histoires qui se pressaient dans la ville immense, qui se croisaient, s'entrechoquaient, se mêlaient. À l'instant où je descendais lentement le grand escalier, de larges gouttes de pluie s'écrasèrent à mes pieds et assombrirent progressivement les marches pâles.

Les tags qui balafraient les rames de métro, extérieur comme intérieur, ont disparu, effacés par une politique d'hygiène commencée agressivement à la fin des années 1980, contre tout ce qui faisait tache à New York, *homeless* comme dégradations urbaines. La plupart des métros ont été rénovés, modernisés, des signes perceptibles comme l'éclairage, les nouveaux équipements, banquettes, poignées, les affiches publicitaires, l'apparition tant attendue des plans du réseau et des stations, qui manquaient cruellement au voyageur néophyte, ont grandement amélioré les trajets et le confort de millions de passagers.

Malgré un nettoyage forcené et efficace, certaines lignes sont restées, bien que propres de tout graffiti, marquées d'abandon. Ainsi, la ligne qui monte vers Harlem ne fait pas partie des privilégiées. Les banquettes grises en plastique moulé, qui courent des deux côtés de chaque voiture, sont ternies, certaines sont fendues. Sur le sol, où s'écaille un linoléum usé et par endroits déchiré, des papiers gras font des allers-retours toute la journée, d'un terminus à l'autre, avant d'être enfin enlevés. La lumière tombe, sombre et jaunâtre. Une lumière d'hôpital, la nuit. Même les publicités sous plexiglas, vissées au mur, semblent datées des années 1950. Le contraste entre la modernité d'une ville en perpétuel essor, projetée par ses innovations orgueilleuses et ses ambitions démesurées dans un univers de beauté futuriste, et des équipements urbains d'un autre temps, m'a toujours fasciné. Les antiques poubelles grillagées, les cabines téléphoniques aux parois décolorées, les plaques des arrêts de bus tournant comme des girouettes les jours de grand vent au bout de piquets branlants troublent d'un charme nostalgique la magnificence glacée de blocs entiers rénovés et adoucissent de leur archaïsme inoffensif la rectitude impeccable des nouveaux aménagements.

Je faisais volontiers le voyage pour aller rendre visite à mon ami Claudius. Ce dernier, dont j'avais fait la connaissance au marché aux poissons, avait quitté, avant moi, ce travail nocturne et malodorant pour des chantiers de construction et un emploi du temps plus favorable à sa vie de famille. Nous n'avions pas perdu le contact même si, pris par nos métiers et obligations familiales pour lui, nous ne nous voyions quasiment jamais. Un jour, alors que je commençais à m'inquiéter de mois de silence sans nouvelles, il m'avait téléphoné, et de sa voix douce et feutrée m'avait annoncé qu'il était tombé sur un chantier et que la mauvaise chute l'avait laissé estropié de la jambe gauche. Il avait subi plusieurs opérations, mal réalisées, il avait souffert pendant des mois, refusant la chaise roulante, essayant avec peine, serrant les dents de souffrance, de se maintenir debout. Il marchait, en claudiquant de sa jambe vrillée, et s'aidait d'une béquille les jours où la trop grande fatigue lui lançait des décharges de douleur dans tout le corps. Il pouvait se faire réopérer, m'avait-il dit, mais cette fois-ci à ses frais, l'entreprise pour qui il travaillait ayant assuré le règlement des premières interventions. C'était impossible financièrement, ses conditions matérielles ne le lui permettaient pas et sa couverture sociale était inexistante. De plus, il n'aurait pas supporté, de nouveau, de se retrouver dans un lit d'hôpital et de subir encore ce qu'il définissait comme un charcutage. "On verra, avait-il ajouté, on verra… J'arrive à marcher, à me tenir debout." Il insistait sur le mot, qu'il répétait. Debout. L'église de sa communauté sur Lenox Avenue l'avait aidé, lui et sa famille, depuis l'accident, chacun des membres de la paroisse à sa façon. Garder les enfants pendant que Lilly, sa femme, le veillait à l'hôpital, apporter de la nourriture dans des récipients en plastique recouverts d'aluminium, beignets de plantain, purée de patates douces, poulet frit, cuisinés dans de minuscules et aussi modestes foyers que le sien. L'un de ceux qui faisaient figure de notable dans le quartier lui avait proposé un job à mi-temps dans une de ses épiceries. Un jeune manutentionnaire s'occupait de la réception des marchandises, des livraisons, du rangement, tandis que lui restait derrière le comptoir, à la caisse. On lui avait aménagé un coin avec un haut tabouret dont il ne se servait, par dignité, qu'arrivé presque au terme de ses horaires de présence, quand sa jambe endolorie devenait insensible. Un week-end sur deux, on pouvait le voir derrière la petite guérite qui faisait office de caisse du cinéma Kiné Royal sur la 125e rue. De son côté, Lilly travaillait depuis toujours pour une société de nettoyage, et on l'avait généreusement distribuée dans l'équipe chargée de l'entretien de bureaux situés sur Columbus. Le trajet jusque chez elle était court et en ligne directe.

Ce jour-là, j'empruntai le même trajet. Je quittai les beaux quartiers de Central Park South que j'avais rejoints depuis Park Avenue pour me rendre au nord et Harlem par la ligne 1. Les arrêts entre deux stations étaient plus longs que sur les autres lignes, le train trouait la nuit des tunnels en tanguant. Le roulis était quelquefois brutal et je glissai plusieurs fois sur la banquette avant de me retenir à une barre. Les cahots faisaient crachoter la lumière, déjà chiche, par intermittence. À partir de la 90e rue, je restais souvent le seul visage blanc de la rame. Cela changerait bientôt, au début du XXIe siècle, quand Harlem serait, lui aussi, grignoté par la gentrification. On m'avait averti des dangers ou des tensions qui pouvaient naître de ma présence solitaire en communauté noire. Je savais certaines rues de Harlem dangereuses et il fallait éviter les abords des grands ensembles. Mais je n'ai jamais eu de crainte dans le métro, ni le sentiment que je n'y avais pas ma place. Je n'ai jamais été provoqué, ni agressé. Certes, je prenais cette ligne en pleine journée et ma compagnie était davantage composée de mères de famille avec leurs enfants, d'étudiants qui se rendaient à Columbia, que de voyous ou de dealers qui œuvraient à ciel ouvert dans certains coins de rues bien spécifiques. Je n'attirais pas l'attention et on ne me regardait pas comme un intrus.

Je descendis à la station de la 125ᵉ. En haut des escaliers, un immense Noir au bonnet tricoté aux couleurs de la Jamaïque faisait griller des épis de maïs sur une grande plaque chauffée à blanc. Le long de la rue s'inventait un marché africain, disposé sur des tréteaux ou à même le sol sur de grandes couvertures. Des bijoux de pacotille, des sculptures en bois sombre, des brassées de tissus colorés changeaient de mains. Des parfums de sucre et d'épices flottaient au-dessus de boubous suspendus. Une armée de bougies votives sur un coin de table avoisinait des étuis de bâtons d'encens. Des volutes de santal montaient vers les feux de signalisation, au coin de Frederick Douglass Boulevard. Et la musique ! Enregistrée, crachée par d'antiques radiocassettes, au creux de bras vêtus de coton chamarré. Ou live, donnée sur les trottoirs, ici un percussionniste en sueur tapant, extatique, sur des bongos usés, là un saxophoniste sculptant, les yeux fermés, la note juste, la tête penchée vers son instrument en un dialogue silencieux. Il fallait se frayer un chemin parmi ce flot désordonné, flux et reflux qui transformaient la 125ᵉ rue en un fleuve bigarré et joyeux. Ici on marchait lentement, on prenait son temps.

Claudius m'attendait devant sa maison, assis en haut des marches. Il devisait avec un homme de son âge, qui ponctuait ses phrases de notes aigrelettes pincées sur sa mandoline. Il me vit, donna une tape sur l'épaule du musicien du dimanche, et descendit l'escalier en se tenant fermement à la rampe des deux mains. Il n'avait pas sa béquille. Je le saluai, en ajoutant qu'il avait progressé, l'ayant vu la fois dernière cramponné à sa canne.

— Ça va, ça vient, me dit-il. Aujourd'hui, ça va ! Je vais t'emmener quelque part, ajouta-t-il, mystérieux. Tu vas aimer.

Je me laissai conduire. Claudius boitait, il me heurtait quelquefois de son bras. Quand nous descendions d'un trottoir, j'avançais la main pour le soutenir par le coude mais il m'écartait gentiment. Je n'insistai pas. Nous prîmes une rue calme et résidentielle, loin du chaos sympathique de la 125e rue. Nous nous arrêtâmes devant une maison de grès brun de trois étages. Je me dirigeais déjà vers la volée de marches quand Claudius me retint.

— Non, c'est en bas.

Des escaliers descendaient vers une plate-bande d'herbe clairsemée, au pied de portes-fenêtres aux montants orange vif. Claudius s'avança.

— Avant mon accident, je n'avais pas réalisé combien il y avait d'escaliers dans cette ville, soupira-t-il.

Je le suivis lentement, à son rythme. Arrivé en bas, il contourna le bâtiment et frappa au marteau d'une porte, où j'eus le temps de voir avant que celle-ci ne s'ouvre, affiché en lettres noires peintes à la main sur un panneau de bois vernis, Zion Cafe Society. Un welcome fut lancé d'une voix de stentor par un petit homme qui ne devait pas mesurer plus d'un mètre cinquante, en costume blanc immaculé et cravate rouge. Le contraste avec sa peau d'un noir presque gris n'en était que plus saisissant. Il salua Claudius d'un geste rodé par l'habitude, me gratifia d'une petite courbette, et nous laissa entrer avant de fermer la porte derrière lui. Je restai quelques secondes abasourdi par la grandeur de la pièce alors que la maison, à la façade étriquée, ne présageait pas, de l'extérieur, d'une telle surface. Je vis du coin de l'œil Claudius donner quelques billets au petit homme en blanc, qui les tendit à un autre que je n'avais pas remarqué, assis derrière une minuscule table de bridge près de l'entrée. Il suçotait une cigarette dont on distinguait le papier jaunâtre au milieu du blanc de sa barbe. Il mit l'argent dans une petite boîte métallique en claquant la langue. Il écarta son bras droit, nous accordant l'ultime autorisation pour entrer dans le cercle. Car il s'agissait bien d'un cercle. J'avais entendu parler, par des Italiens du marché, qui avaient le leur sur Mulberry Street, de ces cafés solidaires, sorte de cercle privé qui rassemblait coreligionnaires, compatriotes ou compagnons d'un même corps de métier, d'un même syndicat. L'entrée ne se faisait que par cooptation mais une fois admis, il était possible de faire grandir la chaîne en proposant ponctuellement à d'autres invités, choisis avec soin, dans le respect du lieu et de ses consignes, de participer aux activités. Une somme minime et symbolique était donnée à l'entrée selon ses possibilités et ses besoins du jour. On avait alors automatiquement droit à un verre, de soda, de bière, à un sandwich, un roulé à la viande, des cookies faits maison par les épouses des membres qui, par roulement, assuraient aussi le service pour ceux qui voulaient se sustenter de manière plus conséquente. Dans ce cas, on distribuait quelques billets supplémentaires et on avait droit à un plat unique, toujours succulent, souvent bien meilleur que ce que l'on pouvait trouver dans les restaurants du quartier. En suivant Claudius, je lus sur une ardoise fixée au mur le choix du jour, gombo d'écrevisses ou po'boy aux huîtres frites. La salle était agencée en restaurant, bar, salle de jeux et coin lecture. Les frontières de chaque secteur étaient marquées par quelques plantes vertes et de grands canapés défoncés. L'endroit était chaleureux, convivial, l'immense salon d'un vieil ami où l'on aurait eu plaisir à se prélasser, les yeux mi-clos, en sirotant un verre de rhum. Claudius me présenta à quelques-uns. La population était essentiellement masculine et j'étais le seul blanc. On nous proposa de jouer aux cartes, aux échecs. Claudius nous servit lui-même deux verres de rhum et nous nous installâmes dans deux vieux fauteuils clubs, près d'une fenêtre, d'où l'on apercevait de temps à autre les pieds des passants fouler le trottoir d'un pas pressé.

— Qu'en penses-tu ? me demanda Claudius.

Je lui dis combien j'appréciais le lieu. On entrait là comme chez un particulier et immédiatement le lieu devenait aussi le vôtre. Claudius m'expliqua le fonctionnement précis du Cafe. Il me parla de celui des employés des postes, proche d'ici. Celui des Vétérans. Il y en avait aussi un, sur Morningside, allemand et très chic. J'évoquai l'italien de mes collègues.

— Il y a en a partout dans la ville, des Italiens. Ils se regroupent par régions, ou métiers. Il y a une volonté de créer et de maintenir un noyau mais le Cafe doit rester ouvert à tout le monde. C'est une des règles premières. Nous sommes à New York et nous ouvrons nos portes. Après, ajouta-t-il en levant sa main de l'accoudoir, s'il y en a qui veulent rester entre eux, c'est leur problème. Tu sais qu'on organise aussi des concerts, des conférences ? L'argent qu'on reçoit des membres et leurs invités sert à la marche du Cafe, la nourriture, les boissons. On donne quelques billets aux femmes qui font la cuisine et le service et on garde toujours une participation pour les bonnes œuvres du quartier et de la communauté. C'est comme ça que j'ai été aidé par exemple. Trois fois rien mais c'était si important pour moi et Lilly.

Je l'écoutais en sirotant mon rhum. Je rêvais que je créais une association idoine au 10. Elle existait implicitement, et d'une certaine manière, mais une alliance de ce type était de l'utopie totale. Je pensais à l'espace vide au deuxième étage, qui était l'ancienne salle de bal quand l'immeuble était un hôtel et qui, derrière ses rideaux tirés, se mourait dans la poussière. Il appartenait à un consortium qui le délaissait, en l'état, ne lui trouvant aucune utilité. Je m'imaginais Monsieur Loyal animant le groupe. Mais nous n'étions pas, sur Park Avenue, proches de cette vie d'entraide et de partage. La sphère privée était le privilège et la chasse gardée des résidents qui, s'ils entretenaient des liens de courtoise et de bon voisinage, ne mêlaient pas leurs différences, si infimes soient-elles. Leur aisance financière était à peu près la même. Leurs Cafe Society étaient les fondations, les *boards* des musées, des œuvres caritatives. Leurs noms imprimés sur des programmes au théâtre, gravés sur le mur de bâtiments culturels étaient la preuve de la générosité de leurs dons et de la prodigalité de leur présence aux vernissages, cocktails et dîners de bienfaisance. L'humble Cafe Society de la rue était, à l'échelle du quartier, aussi précieux, et indispensable à la communauté.

Nous restâmes longtemps à deviser, de la vie, du temps, de notre passé au marché où le rappel de quelques anecdotes nous fit éclater de rire. Claudius me laissa un instant.

— Je vais voir si je peux emprunter un livre, me dit-il, en se levant.

Je le regardai claudiquer vers le coin bibliothèque. Le pied de sa jambe blessé ne touchait le sol qu'à moitié. Planté devant une étagère, la tête inclinée, son regard passait sur le dos des livres, les noms et les titres. Son visage s'éclaira soudain. Il dégagea un livre à la reliure de toile défraîchie. Il revint vers moi, le livre serré contre son cœur. Il me le tendit, s'assit avec difficulté et, une fois installé, les deux mains posées à plat sur les accoudoirs, me dit :

— Tu connais ?

J'ouvris le livre sur les premières pages de *Feuilles d'herbe*, de Walt Whitman.

DOORMAN, MORCEAUX CHOISIS 7

Herman est resté presque une année avec nous. Doorman de nuit, il était doux, discret. Il envoyait presque tout l'argent qu'il gagnait de ses trois emplois à sa famille, restée en Colombie. Ses yeux pétillaient de malice et je le sentais frustré de ne pas assez maîtriser l'anglais pour nous faire rire de traits d'humour qu'il devait manier, j'en étais certain, avec talent dans sa langue. Herman habitait le Bronx et prenait le métro pour se rendre tous les jours, en début de soirée, au 10. Il repartait au lever du jour, à six heures, pour rejoindre son lit et quelques heures de sommeil avant de travailler à la plonge dans un restaurant de Washington Heights, à l'heure du déjeuner. Il retournait chez lui pour faire une sieste et, de nouveau, prenait le métro vers le sud, où nous l'attendions. Je savais que le week-end, ces deux jours où il ne travaillait pas chez nous ni au restaurant, il faisait de petits travaux de construction et d'aménagement, non déclarés, en compagnie de compatriotes ou d'autres Hispaniques d'Amérique du Sud. Peinture, maçonnerie, menuiserie, rien n'était trop pénible pour gagner quelques dollars supplémentaires. Pour ne pas montrer les marques de ces durs labeurs, il gardait souvent ses mains calleuses dans ses poches même si cela nous était interdit. Herman est mort un matin de mai 1987, poignardé dans le métro, alors que, rentrant d'une nuit de veille au 10, il s'était assoupi, le corps écrasé de fatigue, le visage plissé contre la vitre sale.

Zacharie a rempli de toute sa haute stature et de son élégance princière la porte du 10 pendant trois ans. Ce fut Hannah Belamitz qui le dénicha, je ne sais où. Il était d'une beauté stupéfiante, et noir, de ce noir profond qui devenait sous certains éclairages presque bleu. Il ne marchait pas, il dansait. Même lorsqu'il était immobile, près des portes, il semblait animé d'un rythme intérieur, d'une musique mystérieuse connue de lui seul qui le faisait se mouvoir imperceptiblement. À côté de lui, nous nous sentions médiocres et insignifiants. Nous nous entendions tous très bien avec lui. Il était chaleureux, sans être familier, poli avec les résidents, sans être obséquieux. Son comportement était plein de justesse et de grâce. Toutes les femmes de l'immeuble ne pouvaient s'empêcher de le regarder avec des yeux pleins d'admiration, et certaines d'entre elles dissimulaient mal leur convoitise. De temps en temps, il tentait quelques mots en français. Au début, je crus qu'il venait d'un État du Sud mais il m'apprit qu'il arrivait directement de Brazzaville. Grâce à un oncle diplomate, il avait pu obtenir un visa qui lui permettait, tout en faisant semblant d'être étudiant, de travailler chez nous. Trois soirs par semaine, il jouait du piano dans un bar sur la 43e rue. J'allai l'écouter un jour, avec Salah. Il se débrouillait bien, les phrases compliquées semblaient faciles sous ses doigts. Pris par un unique projecteur, en pantalon noir et chemise blanche au col ouvert, il me parut très jeune, presque frêle. Il m'aperçut et parut content de me voir là. Alors que la soirée s'achevait, il lança au micro de sa voix douce, "Pour Ray, ce soir", et joua un passage de la *Rhapsodie in Blue*. Cette rencontre hors travail ne donna pas lieu à d'autres rendez-vous amicaux. Faute de temps disponible le plus souvent. Mais si nous apprenions à nous connaître – et cette unique visite au club en fut une occasion pour moi –, nous n'allions le plus souvent pas plus loin que le champ professionnel. Alors que Zacharie était à son poste depuis plus de deux ans, le concierge de ces années-là, dont j'ai oublié le nom, s'aperçut qu'un individu le prenait régulièrement à partie lorsqu'il stationnait dehors, sous l'auvent. L'homme paraissait normal, bien mis, mais insultes et invectives se déversaient sur Zacharie comme des crachats et cela arrivait plusieurs fois par semaine, si ce n'était par jour. L'homme arrivait à la hauteur du 10, s'arrêtait soudain, comme s'il avait oublié quelque chose, s'apercevait de la présence de Zacharie, sortait son chapelet de grossièretés, et repartait. Le concierge, le second doorman – je devais être de nuit ces semaines-là –, le superintendant, essayèrent d'intervenir. Ils pensèrent appeler la police mais Zacharie s'y opposa. Il finit par rester le plus possible à l'intérieur, à l'abri. Il voyait, de l'autre côté de la vitre, passer quotidiennement cet homme qui, pour le coup, continuait son chemin sans le voir. Et ne le cherchait pas non plus, comme cible habituelle. Zacharie partit, tenté par un poste de concierge qu'on lui offrait à l'Hôtel Roosevelt, à quelques blocs de là. David le remplaça. Aussi blanc et blond que Zacharie était d'ébène, de taille moyenne, râblé, il se postait comme un soldat devant la porte, les jambes légèrement écartées. De dos, il était un peu ridicule.

Quelques jours après sa prise de fonction, alors qu'il patientait sous le dais, l'homme qui insultait Zacharie s'en prit à lui. Le concierge me raconta que David, planté sur ses bonnes jambes épaisses, avait mis les mains sur ses hanches et commencé à crier à son tour sur l'homme en colère, tendant en avant son cou de taureau qui rougissait au fur et à mesure du flot d'insultes. Parce qu'il s'agissait d'insultes, le concierge me le confia. Il était sorti sur le trottoir et essayait de les séparer quand ils en étaient venus aux mains. Une voiture de police était arrivée par miracle et s'était arrêtée au bord du trottoir. Un policier en était sorti tranquillement. Le concierge avait été surpris de le voir sourire. Le policier avait lancé :

— Alors Elvis, on fait encore des siennes ?

L'Elvis en question s'était retourné, comme sorti d'un rêve. Il s'était ébroué, un peu comme un chien, m'avait rapporté David par la suite, en faisant de drôles de mouvements mécaniques avec son cou, et était allé serrer la main du flic. Celui-ci l'avait gentiment fait entrer dans la voiture, en lui protégeant la tête de sa paume gantée, pendant que son collègue patientait au volant en dodelinant de la tête. À voix basse, le policier expliqua au concierge et à David que le type, Elvis, était bien connu du quartier pour ses accès subits de colère ou d'insultes incompréhensibles, manifestations d'un sévère syndrome Gilles de la Tourette. Il demanda à David si celui-ci voulait porter plainte, c'était le règlement. David refusa, salua le policier et rentra dans l'immeuble avec le concierge à ses côtés, qui lui conta alors la mésaventure de Zacharie.

Le 10 offrait à son sommet une vaste terrasse à la vue extraordinaire sur l'Empire State Building, si proche qu'on avait l'impression de pouvoir le toucher. Ouverte aux résidents, elle proposait quelques tables et chaises en fer, et aux beaux jours une dizaine de chaises longues. Elle était rarement utilisée mais constituait un argument spectaculaire pour les acquéreurs potentiels d'appartement dans l'immeuble. Les agents immobiliers en faisaient fièrement la visite pour conclure la présentation des biens à vendre mais on savait tous qu'à l'usage, peu d'habitants en profitaient. Il m'arrivait d'y monter la nuit, pour admirer le panorama, ou de temps en temps vérifier s'il n'y avait pas eu de dégradation, même si ce n'était pas de mon ressort. Je ne me lassais pas de la vue, des sons étouffés qui montaient de la rue, et de la sensation grisante de toute-puissance au sommet de l'immeuble.

Ce fut ainsi qu'une nuit, je découvris la terrasse comme je ne l'avais jamais vue. J'étais passé rapidement à mon studio lorsque j'avais entendu, par la fenêtre laissée entrouverte, des éclats de conversation, de la musique, des sons qui ne venaient pas, comme d'habitude, d'en bas. De ma fenêtre, je n'avais aucune vue vers le sommet, aussi, tout en prenant l'ascenseur pour monter à l'ultime étage, je cherchai dans mon trousseau la clé de la terrasse, normalement fermée à cette heure-ci. En sortant de la cabine, il fallait monter quelques marches et je croisai, assis sur le béton ciré, un couple de jeunes gens en train de se bécoter avec application. Deux verres d'un liquide orange étaient posés près d'eux. Ils ne firent aucune attention à moi, alors que je les frôlais et ouvrais la porte de la terrasse. La clé avait été inutile.

Toute la surface goudronnée avait été transformée en piste de danse à ciel ouvert. Sur les tables se dressaient bouteilles, verres en plastique, on avait ajouté un tréteau où gisaient des restes de pizza, et apporté d'autres chaises pliantes. Un lecteur de disques diffusait du Michael Jackson, et certains garçons s'essayaient avec force rires au *moonwalk* en poussant de petits cris aigus. On mit du temps à s'apercevoir de ma présence. Puis une jeune fille intervint, que je reconnus être la fille d'un des copropriétaires, du 7C. J'étais poli avec elle, sans plus. Je ne l'aimais pas. Elle était prétentieuse, hautaine avec le personnel de l'immeuble, la petite fille gâtée à qui tout est dû. Je me délectais déjà d'une joie mauvaise à lui faire stopper tout net sa fiesta sauvage et de l'envoyer directement se coucher chez son banquier de papa. Elle avait dû prendre plus que de l'alcool. Son élocution était accidentée et sa voix différente. Je ne compris absolument rien de ce qu'elle me dit et je fus sûr qu'elle non plus ne maîtrisait rien de l'assemblage de mots qui sortait de sa bouche. Tout en essayant de communiquer, je me demandais comment arrêter cette soirée. Je décidai de commencer par stopper la musique mais, avant même que j'arrive au bouton de l'appareil, j'entendis un cri terrible, un non parti du fond d'une gorge, garçon ou fille, sur le moment je fus incapable de l'identifier. Je vis le groupe se précipiter vers la corniche, au bord de la terrasse, côté sud. Je fis comme eux, suivi par la jeune fille du 7C. Je me frayai un chemin au milieu de ces corps débraillés, en sueur, qui se serraient entre eux sans s'en rendre compte, jusqu'au mur. Deux jeunes filles pleuraient, assises sur le sol, les jambes écartées, des garçons tentaient de se pencher pour voir dans le vide mais en vain, à moins de se coucher en travers du mur et de prendre le risque de basculer.

C'est ce qui était arrivé à l'un des invités. Je ne connaissais pas le prénom de la fille du 7C mais j'appris celui du jeune homme qui avait sauté, ou chuté malencontreusement, les avis – qui furent nombreux auprès des policiers qui passèrent cette longue nuit dans une des anciennes salles de réception du deuxième étage où j'avais rassemblé, avec l'aide du concierge et du superintendant appelés en renfort, toute la compagnie en larmes – divergeaient. Personne n'avait vu Charlie Bishop monter sur la balustrade. Mais tous l'avaient entendu hurler.

J'avais aujourd'hui soixante ans et j'étais le seul à le savoir. J'en éprouvais une sorte de jubilation égoïste que je n'osais m'expliquer. Je n'attachais à l'âge aucune importance. Encore moins à la célébration annuelle de l'addition des ans. Fêter cette lente avancée inexorable vers la mort me semblait inutile et pathétique, j'avais fini par m'en convaincre. Il y eut des années où, plus jeune, je me disais que c'était ma solitude qui me dictait ce mépris et ce refus de la fête, cette attitude sévère et butée que je ne manquais pas, au fond de moi, de juger stupide, et que mon isolement volontaire entachait d'amertume la promesse d'un moment de joie inoffensive, que je me refusais. Aujourd'hui, je réagissais avec indifférence. Mes os, mon corps, toutes mes cellules se dotaient d'un an supplémentaire, c'était tout. J'allais jusqu'à penser que j'avais finalement de la chance. Tout ce qui faisait lien avec mon passé avait disparu. Les témoins de ces premières années, quand les anniversaires s'organisaient en fêtes enfantines et familiales, n'existaient plus depuis longtemps. Par courtoisie, ou manque d'intérêt, les nouveaux venus dans une vie déjà bien entamée ne s'embarrassaient pas de cette information superflue. Ou ils finissaient par l'oublier, si un jour ils l'avaient apprise. Était-ce le goût du secret qui me faisait déguster avec un plaisir malin l'ignorance de ceux qui m'entouraient, collègues, amis ? N'aurait-il pas été généreux de partager la nouvelle et d'organiser une petite fête, même modeste ? "Mes amis, j'ai soixante ans, c'est un cap tout de même !" Les jours passant, je me mis peu à peu dans la tête que même si je voulais nier ce jour, il existait, que ces vingt-quatre heures n'étaient pas aussi anodines que celles qui avaient précédé et même celles qui suivraient, et que ce que je considérais comme un non-événement était un fait important. Tout à coup, le partage me parut indispensable, passage obligé mêlé d'un étrange sentiment de superstition. Mais je n'avais toujours pas l'intention de claironner l'annonce de mon entrée dans des temps sexagénaires que je n'avais jamais imaginé atteindre un jour.

J'avais donc décidé, quelques jours avant la date, de doubler le plaisir du secret en organisant pour ce jour-là un déjeuner informel avec Bentzion et Alma, le plus âgé et la plus jeune de mes amis. Ils s'étaient déjà rencontrés. Assez rarement finalement, pour le nombre d'années qu'ils avaient partagées l'un comme l'autre avec moi, mais suffisamment pour que ce rendez-vous organisé ne paraisse pas exceptionnel et susceptible de questionnement. Je n'étais pas coutumier de faire rencontrer mes amis en général. Je préférais les voir au singulier, en tête à tête. Et les amis ont ceci de particulier et touchant, que même les moins possessifs d'entre eux réagissent quelquefois, à votre grande surprise, de manière inattendue à la présentation d'un tiers, lui aussi aimé de vous. Mon amitié étant unique pour chacun d'entre eux, liée à leur individualité propre, notre histoire commune, je n'aimais pas "mélanger". Salah, qui était parti l'année précédente, avait rencontré deux fois Bentzion et il avait semblé, chaque fois, intimidé et distant. À deux reprises, cela s'était passé par hasard, dans la rue. Peut-être aurais-je dû vaincre mes réserves et organiser un moment tous ensemble, qui m'aurait fait, de plus, découvrir d'autres facettes de ces proches. Mais trois, est-ce un bon chiffre ? Salah était à Ramallah, Bentzion avait plus de quatre-vingts ans et j'eus le regret soudain de n'avoir jamais pu savoir comment ces deux amis chers à mon cœur auraient pu s'apprécier et même s'aimer.

Il en avait été tout autrement avec Alma. C'était une jeune femme, il ne pouvait y avoir de concurrence, si tant est que cela aurait animé mes amis masculins. C'était elle qui, soit avec Salah, soit avec Bentzion, avait rendu la rencontre à trois harmonieuse et rassurante. Salah avait été impressionné, comme de coutume devant une femme, de surcroît une vraie Américaine. Bentzion avait été charmé. Il avait accueilli Alma à sa table chez B & H de manière très paternelle et, au fur et à mesure que les spécialités juives d'Europe de l'Est qu'il voulait lui faire goûter se serraient sur la trop petite table, il était devenu de plus en plus charmeur et séducteur. Il était à ce moment-là irrésistible de galanterie, de drôlerie, et j'avais vu alors derrière le visage las et ridé, les cheveux blancs clairsemés, les lunettes aux verres épais comme des loupes, l'homme séduisant et spirituel qu'il avait dû être dans sa jeunesse. Quand j'avais rencontré Bentzion, il avait déjà la cinquantaine. Quelque chose dans son corps, dans sa posture, le haut de son dos courbé sur les livres qu'il dévorait dans sa boutique, me l'avait rendu hors d'âge. Il était toujours plein de fougue dans ses colères, ses enthousiasmes, ses appétits, à la table de B & H, ses joutes philosophico-religieuses avec Herschel. La mort de celui-ci, l'année précédente, lui avait donné ce sale coup qui vous fait soudain vieillir de mille ans et éprouver le désir morbide d'accompagner l'ami de toute une vie. "À quoi bon continuer seul ?", m'avait-il dit, un soir que je l'avais raccompagné chez lui, à Brooklyn, où il habitait maintenant. Et puis son appétit de vivre étant plus fort que son chagrin, il avait rebondi, le corps de plus en plus las mais toujours présent, lucide, mordant. Il avait même décidé de m'apprendre à jouer aux échecs et je me rendais quelquefois chez lui, pour le plaisir de sa compagnie plus que celui qu'on aurait partagé en jouant, si je n'avais pas été un cas désespéré. Salah avait quitté New York, Herschel était mort, ces départs nous avaient rapprochés et quand nous nous retrouvions, nous vivions ces moments comme une douce convalescence.

Ce fut lui que j'appelai en premier. La sonnerie fut longue avant qu'il ne décroche. Il était chez lui et gardait sa dernière petite-fille.

— Sa mère est sortie acheter de la peinture en ville, m'expliqua-t-il, alors je suis coincé à la maison. Tu crois que cinq ans c'est trop tôt pour apprendre à jouer aux échecs ? demanda-t-il soudain.

Je lui répondis que je n'en savais rien et lui demandai sans transition s'il était libre pour un déjeuner le mercredi suivant.

— C'est le jour où on part tous ensemble à Palo Alto. Ça fait longtemps que je n'ai pas vu mon fils.

Je ne pus m'empêcher d'éprouver une pointe de déception.

— Mais si tu veux, poursuit-il, je peux m'arranger pour mardi, par exemple. Ou à mon retour, la semaine d'après. Tu décides comme tu veux. Lundi, je rentre à New York.

Je lui assurai que nous nous verrions à son retour et lui souhaitai un bon séjour en famille.

Tu as ce que tu voulais, finalement, me dis-je, en raccrochant le téléphone. Bentzion absent, mon plan tombait à l'eau. Devrais-je appeler Alma, malgré tout ? Je me posai la question en arpentant mon studio. Je remplis un verre d'eau dans la kitchenette et le bus d'un trait. La perspective de passer ce fameux jour sans en vivre quelques heures sortant de l'ordinaire, à défaut d'être exceptionnelles, me parut soudain insupportable.

Alma, de son bureau, me répondit tout de suite. La première, elle me demanda de mes nouvelles. Après quelques banalités, je lui demandai si elle était libre pour déjeuner avec moi le mercredi suivant, par exemple près de son bureau. C'est elle qui choisirait. J'eus tout juste le temps de terminer ma phrase.

— En quel honneur ?

— En l'honneur de rien, bredouillai-je. On ne s'est pas vus depuis combien de temps déjà ?

— Deux mois et demi, répondit-elle du tac au tac.

— Et justement, je me disais ce matin que ce serait bien qu'on se voie bientôt.

— Oui, c'est une très bonne idée, dit-elle. Mais hélas, Ray, toute la semaine prochaine, je suis en formation, non-stop toute la journée. J'aurai juste le temps d'avaler un sandwich, et encore. Je voulais te l'annoncer, j'ai eu une promotion.

— Magnifique, répondis-je. Eh bien, nous fêterons tout ça quand tu auras fini ton stage.

— Tout ça quoi ? demanda-t-elle.

— Tout… Ta promotion, ton stage.

— On peut prendre date si tu veux, Ray.

— Nous avons le temps, ma belle, et je dois vérifier aussi mon emploi du temps dans quinze jours.

— On s'appelle alors ?

— On s'appelle.

Nous échangeâmes salutations et baisers téléphoniques et je me retrouvai, assis, dans mon fauteuil, le téléphone muet dans la main.

La semaine suivante, ce mercredi, en fin d'après-midi, j'étais à mon poste. La journée avait été belle. Et banale. Je m'étais levé tôt et j'étais resté dans mon studio à lire le journal de la veille en buvant du café. Je ne m'étais pas aperçu que peu à peu je ne lisais plus rien des articles que j'avais sous les yeux. Ma mémoire était comme montée sur le carrousel du temps et, à chaque tour, surgissaient des images de jours passés, qui avaient été ceux de mes anniversaires et que je pensais avoir complètement oubliés. Les souvenirs, qui n'étaient que de simples vignettes, entraient me visiter et repartaient, suivant un cycle émotionnel et visuel sans logique. Mon corps se rappelait les instants anodins de ce jour, d'année en année, toujours le même, et toujours différent. Des 12 mars de travail, de balades avec Salah, des jours où j'étais malade, des jours d'ennuis dans l'immeuble, des jours de pluies diluviennes, de chaleur brutale presque estivale, de regards échangés devant la porte, sous la toile du dais, avec une jolie femme… Des soirées d'ivresse aussi, pas toujours contrôlées, le plus souvent solitaires. Je me souvins de mes quarante ans, j'étais si saoul que je m'étais perdu dans New York pour la première et dernière fois de ma vie. Malgré l'alcool et la nausée au bord des lèvres, j'avais été mortifié de découvrir que j'avais confondu, ce jour-là, nord et sud. Je m'étais écroulé sur un banc dans le jardin du City Hall, pensant avoir atteint Madison Park, et j'avais fermé les yeux, attentif au roulis de la marée qui montait dans mon ventre, et qui transformait le béton du banc en sables mouvants. Je me souvins d'un 12 mars où j'avais passé la journée au cinéma, j'avais vu cinq films, successivement. Je ressentais encore l'obscurité et la poussière de la salle. J'ai oublié les films que j'avais vus. Il y eut aussi des jours sans fin de station debout et de maux de dos, si forts que s'asseoir était encore impossible une heure après le service. Cela arrivait de plus en plus souvent, notais-je. Je vieillissais, je me fatiguais plus vite. Je m'ennuyais plus rapidement aussi. Ma patience s'émoussait. Je me levai brusquement de mon fauteuil, il ne fallait pas s'endormir, baisser les bras. Aujourd'hui, j'avais soixante ans, je me sentais plein d'une curieuse euphorie qu'il fallait que je disperse comme une poudre d'or sur ceux que je croiserais aujourd'hui et les lieux où se porteraient mes pas, avant de commencer mon service à dix-huit heures. Après une douche, un dernier café, je m'habillai de clair, pantalon, chemise et blouson. Je devinai, par ma fenêtre, le soleil, une belle journée de printemps précoce. Je fus seul, de l'ascenseur que je pris à mon étage, jusqu'à la réception qui était, j'en fus surpris, vide. Je me dirigeai vers la porte et les dos de Tom et André, le doorman de jour, qui discutaient sous l'auvent. Nous nous saluâmes, comme d'habitude. Sur Park Avenue, le trafic aussi était habituel. Il faisait assez frais, finalement, mais je me dis qu'au soleil, l'air serait plus doux et, d'un bon pas, entrai dans la lumière de mes soixante ans.

La dernière fois que je me suis rendu à Brighton Beach, ce devait être au début des années 1990. J'y allais de temps en temps, une fois par an, souvent seul, et quand j'étais accompagné, je servais la plupart du temps de guide à quelqu'un dont c'était la première fois. Hormis Salah qui comme moi appréciait l'heure de voyage de Manhattan pour venir déambuler sans but sous le métro aérien de cette terre russe, hormis Archie qui fréquentait une épicerie où il achetait régulièrement sa réserve de cornichons, mes connaissances ne s'aventuraient pas jusqu'ici. Même en été, l'immense plage ne les tentait pas. Soit parce qu'il était incongru de se baigner à New York, soit parce qu'à l'instar de beaucoup de résidents du 10, aller à la plage signifiait les Hamptons. L'eau était partout à New York, l'Océan tout proche, Coney Island, les Rockaways, les plages de Staten Island, tous ces lieux étaient accessibles par le métro mais il était de bon ton d'aller les chercher loin dans Long Island pour en apprécier pleinement le luxe et la beauté. Je m'étais quelquefois baigné aux Rockaways mais ne m'y étais pas vraiment attardé. L'Océan n'était décidément pas ma mer. Je n'étais même pas sûr d'en apprécier la fraîcheur bienfaitrice, l'été.

L'hiver, c'était tout autre chose. En ce début d'année 1997, je marchais sur les planches givrées de la promenade, au bord de la plage. L'océan immobile avait des airs de lac sibérien et on distinguait tout juste le sable de l'eau, et l'eau du ciel. Il faisait trop froid pour s'asseoir sur un banc. Je m'accoudai quelques minutes sur la barrière glacée, puis mis les mains dans les poches. Un chien courait sur la plage, au loin, suivi d'une petite silhouette. Un promeneur pressé s'engouffrait dans l'une des rues transversales, qui menait sur Brighton Beach Avenue, vers les magasins, les cafés, les lumières et les couleurs. Tous les restaurants de la promenade étaient fermés, comme abandonnés. De loin, je voyais la grande roue de Coney Island, vestige du parc d'attractions déserté. Me parvenait le son étouffé du grondement des avions au décollage de l'aéroport. Je n'avais pas froid. La lumière pâle, les couleurs douces, tout était rassurant, réconfortant. Tranquille. Un matin d'hiver à Little Odessa. J'avais besoin de la sérénité de ce paysage, en bandes bleu pâle, grises, blanches et sable, pour réfléchir, le vide organisait avec acuité mes pensées.

Devrais-je partir de New York ? Et pour aller où ? Quand m'arrêterais-je de travailler ? À plus de soixante ans, il y avait des jours de grande lassitude qui menaient à un énervement, un agacement de mauvais aloi. Qui ne ressemblait pas à l'idée que je me faisais de moi-même, et de ma fonction. Que m'arrivait-il ? Était-ce cela devenir vieux ?

Je regardai autour de moi. Brighton Beach n'avait pas changé, toutes ces années. Comme moi. La population, malgré l'arrivée des nouveaux émigrants de l'ex-Union soviétique, était restée la même. Comme moi. Une imperceptible transformation, pas de bouleversements. Le temps continuait sa course mais les lieux, les corps restaient finalement les mêmes.

Je m'arrachai à la plage pour rejoindre Brighton Beach Avenue. Il s'agissait davantage de passages que de rues, qui menaient à la grande avenue. Je longeai des immeubles de brique, modestes. Des rideaux disparates, des stores disloqués masquaient les fenêtres. Passèrent deux femmes emmitouflées, bras dessus bras dessous, qui parlaient russe. Je traversai un jardin d'enfants, désert, le siège cassé d'une balançoire pendait, encore fixé à la chaîne par un anneau enrobé de glace. Les sons de la circulation me parvenaient peu à peu, la dégringolade martelée d'un métro. Mes pensées ne m'avaient pas emmené aussi loin que le décor. Je n'avais pas pris de décision. Je continuerai, je le présumais déjà, à me laisser porter encore. La routine, au bout du compte, rassurait.

Brighton Beach Avenue grouillait de mouvements, la chaussée, les trottoirs. La voie aérienne découpait des lames de lumière et quand un métro passait, les éclats stroboscopiques animaient l'avenue, la foule, comme une scène de cinéma muet. Je suivis le courant humain et malgré la bousculade, je m'arrêtai de temps en temps devant des vitrines. Sur une grande portion de l'avenue, la plupart des magasins étaient surmontés de lettres cyrilliques aux couleurs vives. Épiceries où des poissons séchés composaient un rideau gris argent derrière les vitres, magasins de prêt-à-porter, des vêtements aux couleurs ternes égayés de foulards multicolores. Un fourreur présentait des manteaux aux coupes désuètes, des chapkas mitées. Je me détournai des vendeurs de caviar à la sauvette, boîtes au creux de la main, Devant moi, une jeune femme sortit de l'échoppe d'une voyante, elle s'arrêta pour mettre ses gants. Je croisai son regard, ses yeux brillaient. Elle rajusta la lanière de son sac sur son épaule et rejoignit le courant. Je repris ma marche puis je traversai pour regarder la vitrine d'une petite librairie à la devanture noire que je connaissais, sous la voie aérienne. Çà et là, en désordre, des livres neufs et anciens, en russe, ou d'auteurs russes en anglais, Tolstoï, Pouchkine, Dostoïevski. Le fouillis n'était qu'apparent puisque je vis, sur le côté, les jaquettes de livres de poésie américaine, Dickinson, Whitman et un livre de Kerouac. J'entrai dans la boutique.

Je me brûlai la langue, mais le bortsch du Dolphin Cafe en valait la peine. Je plongeai ma cuillère dans l'épaisse soupe couleur de rubis sombre. Une gorgée de vodka, une bouchée de gros cornichon pour rafraîchir ma bouche. Plus d'une heure que j'étais installé là, à une table ronde près de la fenêtre de ce petit restaurant, au décor de *diner* américain et de kitsch slave mélangé. Je feuilletai le livre. Je l'avais acheté pour le titre. Je lisais quelques lignes, fermais et reposais l'ouvrage. Je lisais comme je mangeais, avec appétit, avec délectation. Je goûtais des saveurs inhabituelles. Je tombai sur ces mots : "Tout va bien se passer, la désolation est la même partout et la désolation est tout ce que nous avons. Et la désolation, ce n'est pas si mal que ça." Rempli soudain d'une allégresse inexplicable, je fis signe au serveur et commandai un autre carafon de vodka. Un homme de mon âge, qui faisait une réussite à une table voisine, me sourit, complice. Il retourna une carte et me montra un roi de trèfle. Je levai mon verre, les mots *L'chaim* au fond de ma gorge, bientôt noyés d'une gorgée fraîche et brûlante à la fois.

Cela faisait plusieurs mois que je n'avais pas aperçu les Philips, dans leur coin de Lexington. Je ne m'arrêtais pas pour leur parler chaque fois que je passais par là, mais je m'assurais toujours de leur présence, ou des vestiges de leur campement. Je descendais les marches et si je distinguais, en contrebas, bien à l'abri de la vue de la rue, les cartons soigneusement repliés dans un renfoncement, coincés contre le mur par deux sacs à dos, je savais qu'ils n'étaient pas loin, seulement partis mendier ou dépenser dans un café et un sandwich les quelques dollars qu'ils avaient pu glaner.

Un après-midi, je revenais de la *luncheonette* lorsque je reconnus, à quelques pas devant moi, leurs sacs à dos, avec au-dessus la tonsure de l'un et la casquette rouge qui ne quittait jamais le crâne de l'autre. Je les hélai. Ils se retournèrent avec un bel ensemble, les mains sur les courroies de leurs sacs.

— Salut. Vous partez ?

Ils paraissaient en bonne forme, légèrement euphoriques bien que sobres, et m'annoncèrent qu'ils avaient été engagés comme figurants dans un spectacle de théâtre. Ils répétèrent à tour de rôle le mot théâtre, avec gourmandise et orgueil. J'étais cordialement invité à l'une des quatre représentations qui se donnaient à Long Island City.

— Dans quel théâtre ? avais-je naïvement demandé.

— C'est dans un entrepôt, en fait, dit l'un.

— C'est une mise en scène moderne, compléta l'autre.

J'étais curieux de savoir comment ils s'étaient retrouvés à jouer dans *Hamlet* sur un dock du Queens. Ils ne voulurent rien me dire de leurs rôles respectifs mais l'un ne put résister à l'envie de m'avouer qu'ils jouaient, chacun, deux personnages. Ils me confièrent qu'un jeune metteur en scène, habitant le quartier, leur avait proposé de participer au projet. Ils n'étaient pas payés, comme aucun des participants à la production, comédiens et techniciens, mais on leur avait aménagé, le temps des dernières répétitions et des représentations, un petit espace dans l'entrepôt pour passer leurs nuits.

— Et on n'est pas les seuls, avaient-ils ajouté. Il y a des comédiens qui restent avec nous.

— On répète beaucoup, avait conclu le Philip à la casquette, en hochant gravement la tête.

Je décidai d'une date parmi celles qu'ils me proposèrent et nous prîmes rendez-vous pour que je vienne les voir quinze jours plus tard. Au moment de nous quitter, ils me dirent, gênés, chacun terminant la phrase de l'autre, qu'une petite participation serait demandée à l'entrée, à ma convenance, afin de combler les frais. Étonné, comme souvent, de cette délicatesse qui laissait imaginer ce qu'avait été, peut-être, leur situation, leur vie, avant qu'ils ne se retrouvent dans la rue, je les assurai de ma présence, leur souhaitant bonne chance, et regardai s'éloigner de concert leurs sacs à dos.

Le soir de la représentation prévue à dix-neuf heures, je partis deux heures plus tôt de Manhattan. Je comptais large, je craignais de me perdre dans cette zone industrielle que je ne connaissais pas, où les terrains vagues succédaient aux entrepôts. Beaucoup d'entre eux paraissaient vides, abandonnés, on ne pouvait présumer d'une activité quelconque ou d'un squat transformé en habitation régulière, avec tout le confort moderne. Je sortis à la station Court Square et me retrouvai, une fois à l'extérieur, perdu au milieu d'un carrefour de larges avenues, aux chaussées défoncées. L'entrepôt se situant sur les docks, je pris la direction du seul repère connu et visible, la barre des buildings de Manhattan, de l'autre côté de l'East River. Je ne rencontrai pas âme qui vive. De mauvaises herbes montaient des interstices des trottoirs aux dalles disjointes. Je longeai deux entrepôts, un garage, un grand terrain vague jonché de détritus et clôturé d'un grillage qu'on avait découpé çà et là à la base pour aménager un passage. Une carcasse de voiture calcinée reposait en son centre. L'endroit était désert. Des pans entiers de murs, de l'autre côté de l'avenue, étaient recouverts de graffitis et la débauche violente de couleurs crues fit monter dans ma poitrine une vague d'angoisse. Le croisement des avenues et de rues qui ne menaient nulle part devenait anarchique au fur et à mesure qu'on approchait de l'eau. Le flot ininterrompu des voitures, sur l'autre rive, et la silhouette bleu-vert du bâtiment des Nations unies me rassurèrent.

Je pris ce que je crus être le 44th Drive, qui était l'adresse de l'entrepôt, mais butai sur un cul-de-sac marqué d'une chaîne. Je vis des camions frigorifiques stationnés, attendant des chauffeurs hypothétiques. Je rebroussai chemin, me maudissant de n'avoir pas pris un plan. Il n'y avait personne à qui demander mon chemin, pas de commerce, ni de bar, où j'aurais pu avoir des renseignements. Je retrouvai l'axe principal qui était bien le 44th Drive. En réalité, celui-ci finissait dans l'East River. Juste avant d'atteindre le bord de l'eau, un passage en terre battue, entre un parking vide et un mur de tôle rouillée, menait, une soixantaine de mètres plus loin, à une bâtisse, une sorte de hangar de taille moyenne, à côté des immenses entrepôts aux toits plats qui jalonnaient les quais. La façade avait été repeinte à grands traits épais de peinture blanche, sans doute récemment. Une grande banderole marquée Elseneur était déployée au-dessus de la porte, étonnamment petite. Celle-ci était ouverte. Je m'approchai et entrai.

Une fois mes yeux habitués à la pénombre de ce qui avait été aménagé en hall d'accueil, je vis qu'il y avait déjà quelques personnes qui prenaient leurs billets auprès d'une jeune fille assise derrière une large planche posée sur des tréteaux. Je vis un couple s'approcher d'un étroit comptoir qui faisait office de buvette. Je pris mon ticket d'entrée, en réalité un morceau de bristol avec le numéro 21 imprimé en rouge au tampon, et glissai quelques dollars pliés en deux dans la fente d'une boîte en carton transformée en tirelire. Je ressortis, "les portes de la salle" m'avait dit pompeusement la jeune fille à la caisse improvisée, n'ouvrant que vingt minutes plus tard. J'étais presque étonné de ne pas me retrouver tout seul. Qui venait ici, au milieu d'un nulle part sans intérêt, vide et hostile, pour voir *Hamlet* ? Je ne connaissais de la pièce que la fameuse phrase sur l'existence et me surpris à murmurer la citation, en contemplant autour de moi l'étendue abandonnée de ce bout de New York. Quelques spectateurs arrivèrent, ils semblaient tous se connaître. Des proches, des amis de ceux que nous allions voir en spectacle, dans le château d'Elseneur d'un no man's land urbain américain. Je rentrai. On avait ouvert la salle et je suivis le groupe.

Des bancs avaient été disposés contre les quatre murs, sur deux rangées, composant un immense ring, que je compris être l'espace scénique. Au centre était posé, à même le sol, sous la lumière crue qui baignait tout le hangar, un crâne. Il resterait là jusqu'à la fin du spectacle.

Nous nous assîmes en silence. On hésitait à s'isoler ou à rester groupés, nous n'avions que l'embarras du choix, il y avait plus de places que de spectateurs. Peu de temps avant que la pièce commence, la jeune fille de la caisse vint demander à ceux qui s'étaient écartés des autres de les rejoindre. "C'est plus sympathique pour les comédiens", avait-elle argumenté. Elle avait veillé à ce qu'il y ait des spectateurs sur les quatre côtés. Au dernier moment, avant que la lumière de service ne s'éteigne et que ne s'allument instantanément quatre pauvres projecteurs, deux hommes, jeunes, vinrent s'asseoir sur une deuxième rangée de bancs, de l'autre côté du ring, face à moi. Quelque chose dans leur mise et leur maintien me fit penser qu'ils étaient des trublions venus déranger la représentation. Je n'arrivais pas à identifier la crainte que j'éprouvais. J'eus la réponse dès le début du spectacle quand ils lancèrent, devenus Marcello et Bernardo, leurs premières répliques. Je fus étonné d'être happé rapidement par l'histoire. La plupart des comédiens étaient jeunes. Ils dissimulaient avec peine leur enthousiasme d'être là. Leur émotion en devenait excessive. Pâles et fébriles, ils étaient touchants. Je les trouvais bons et justes. J'imaginais, en détaillant les plus âgés, très expérimentés, que ceux-ci avaient dû connaître des scènes plus prestigieuses. Mais si les théâtres différaient, pour un comédien, la scène restait la scène et quelques mètres carrés et de la lumière suffisaient à créer un espace magique, une boîte à jeux et à histoires à partager avec ceux qui étaient de l'autre côté, dans l'obscurité. Je sursautai quand je reconnus les Philips. Nous étions à l'acte III. Dans une pantomime figurant l'assassinat du roi, ils accompagnaient l'empoisonneur et faisaient mine de se lamenter avec ce dernier et la reine de la mort du souverain. Habillés de leurs vêtements habituels, ils jouaient parfaitement les comparses, faux courtisans du monarque empoisonné. L'expérience de la rue leur avait donné et avait développé chez eux le sens de l'observation indispensable à tout acteur, me semblait-il, digne de ce nom. L'histoire était dense, touffue, j'étais davantage intéressé par les personnages secondaires que les errances d'Hamlet qui était joué par un jeune Noir. Celui-ci alternait avec talent nervosité et indolence. Les Philips revinrent à l'acte IV. Cette fois-ci vêtus d'un pantalon et d'une chemise noirs, les cheveux plaqués en arrière avec du gel, ils encadraient Fortinbras. Je les reconnus à peine. Je souriais de leur métamorphose, me retins à temps de leur faire signe. Sur le banc inconfortable, j'avais mal au dos à force de me pencher vers eux, vers tous les acteurs. Le maigre public était à mon image, fasciné et concentré. L'ovation fut sonore et dithyrambique, pour la quarantaine de spectateurs que nous étions. Nous nous regardâmes, ravis, acquiesçant du regard au plaisir partagé, pendant que les acteurs, en ligne, exténués, saluaient aux quatre coins. Les Philips me repérèrent. Je vis combien ils étaient heureux et fiers. Phil me fit un clin d'œil et signe que je les attende.

Quelques minutes plus tard, ils me rejoignaient dehors. La nuit était tombée. Comme d'autres, je m'attardais à l'extérieur, un gobelet de vin blanc à la main. L'Elseneur de Long Island City était devenu, par la magie du théâtre, un pays familier.

DOORMAN, MORCEAUX CHOISIS 8

Tom était un superintendant atypique. Lorsque j'avais pris mes fonctions au 10, j'avais le sentiment que le poste de superintendant demandait un savoir-faire certain, des connaissances pratiques. Il fallait gérer, faire face à des situations d'urgence, rassurer, régler des conflits, être habile, et pas uniquement de ses mains. Les années passant, des individualités, loin du profil classique et de moins en moins exigé, avaient occupé le poste, le plus souvent brièvement, comme un travail provisoire et d'appoint en attendant mieux. Doorman demandait moins de ressources, du moins au 10, où il ne cumulait pas les fonctions comme dans d'autres copropriétés. J'avais vu défiler, en trente ans, des étudiants, des retraités, des émigrés fraîchement arrivés à New York, qui parlaient très mal anglais. Avec le temps, le renouvellement de ses membres, l'exigence du *board* s'était affaibli. Il était moins onéreux d'employer deux étudiants à mi-temps qu'un doorman d'expérience à temps complet. Je me souvins d'Esteban, qui nous avait proposé pour le remplacer, alors qu'épuisé il n'utilisait ses dernières forces que dans ses examens de fin d'études, son cousin Jorge, qui ne devait pas être majeur et sans doute entré illégalement aux États-Unis. Le *board* d'alors avait refusé. Je me souvins de Bartek, un Polonais qui, universitaire chevronné dans son pays, traduisant grec, latin et hébreu, apprenait par cœur derrière le comptoir de la réception des listes de vocabulaire et des expressions dans un anglais digne d'Oxford. Il y avait eu les traditionnels, les "de métier", Archie, Vince, et les doormen professionnels, comme moi, qu'on reconnaissait à leur façon d'anticiper les accueils ou les départs, la manière d'ouvrir une porte, de se tenir devant l'immeuble ou dans l'entrée, présence rassurante, à la fois forte et discrète. Et il y avait les atypiques. Comme Tom. Tom était un vrai Américain, si tant est qu'on puisse l'être. Il était avenant, toujours de bonne humeur, curieux et docile. Les tâches les plus ingrates ne lui faisaient pas peur. Il travaillait tout le temps, quand il devait être présent dans l'immeuble. Il m'apprit, quelques mois après son arrivée, une nuit où j'étais en poste et où rentré tard, il était resté bavarder avec moi, qu'il avait été courtier à Wall Street, menant une vie confortable avec femme et enfants dans l'Upper West Side et que, du jour au lendemain, suite au krach de 1987, sa société ayant fait faillite, il s'était retrouvé, à plus de quarante ans, sans travail et à la rue. La chute avait été plus brutale que les années d'ascension, d'essor économique et d'opulence. Il avait divorcé, sa femme et ses enfants étaient partis vivre dans une banlieue au nord de New York et, après avoir vu fondre ses maigres économies, il avait eu la chance, grâce à Eli Ruben, un des copropriétaires qui faisait partie du *board* et dont il avait été un temps le courtier habile et chanceux, de décrocher cet emploi de superintendant. C'est ce soulagement qui lui donnait sa belle humeur, m'expliqua-t-il quand je lui avouai mon admiration. Moi qui venais de rien, je n'avais rien à perdre. Lui, qui avait eu tout, se retrouvait dans une situation d'urgence similaire mais, il me semblait, plus douloureuse. Il donnait des cours du soir à de jeunes adultes handicapés et il continua, une fois au 10, à enseigner trois fois par semaine, en général le soir. "Des cours d'économie, avait-il précisé dans un sourire entendu, comme ça, je ne perds pas la main."

Déjà une heure que nous bavardons, Tom et moi, devant la porte, sous l'auvent, en ce début de soirée. Le temps est doux, le printemps de ce mois de mai 1998 annonce déjà l'été. Le ciel, quand on arrive à s'y oublier, au-delà de l'avenue et de la circulation dense à cette heure de la journée, semble de porcelaine. Un bleu pâle, fragile et tendre, qui émeut les cœurs, radoucit les esprits et les corps. Les passants marchent nonchalamment, ne se pressent pas pour rentrer chez eux. On hume l'air légèrement sucré des acacias, tout proches, qui diffusent selon le souffle de la légère brise une bouffée de parfum bienfaisant. Tom, qui tente depuis quelque temps de dépasser une relation strictement professionnelle et voudrait qu'on devienne amis, m'explique avec enthousiasme les subtilités du base-ball et m'encourage à l'accompagner la semaine suivante au Yankee Stadium. Je réponds en plaisantant sur mon manque d'intérêt total et mon incompréhension tout européenne face à ce jeu américain. Le football, à la rigueur. Je ne veux pas avouer à Tom que, même si je l'apprécie beaucoup, je n'ai pas envie que les liens professionnels et cordiaux qui sont les nôtres depuis qu'il travaille au 10 aillent plus loin. Je me suis aperçu, ces dernières années, que je resserre de plus en plus mon cercle amical, je ne m'attarde plus, même pour un verre, quelques heures passées dans un café, à entretenir les quelques relations que j'avais maintenues, pendant des années, par une sorte de négligence paresseuse plus que par intérêt. La volonté de ne pas blesser, aussi. J'avais bien conscience qu'il n'y avait ni vrai partage, ni générosité spontanée de part et d'autre. J'avais laissé vibrer ces faux liens. La conscience du temps qui passe, le perdu et le précieux à conserver, m'avaient fait réaliser l'inutilité de retrouvailles épisodiques et forcées, qui ressemblaient à des monologues juxtaposés qui n'intéressaient personne. Le dialogue, s'il y en avait eu un, s'était étiolé avec les années. Le soulagement devait être mutuel puisque je n'ai jamais eu, en réponse à mes silences prolongés, de rappels insistants, de réactions offusquées. Il y avait eu, au moins, entente là-dessus. J'étais, de plus, farouchement attaché à ma solitude. Je ne me repliais pas sur moi-même, ma curiosité au monde restait intacte. Mais c'est comme si, avec l'âge, l'expérience, les choses et les êtres prenaient enfin leur pleine et juste place. L'essentiel devenait mon maître mot pour tout. J'avais perdu Salah, parti de New York, Bentzion était mort l'année dernière, je ne les avais pas remplacés. Ils n'étaient plus là, mais leur place était toujours vivace, je les portais en moi, je leur parlais même quelquefois. Je marchais avec Salah dans les rues de la ville, je croquais dans un knish en entendant le rire sonore de Bentzion. Ces instants en compagnie de mes fantômes chéris me remplissaient du trop-plein de cette joie qui vous fait monter les larmes aux yeux. Je comprenais ma chance d'avoir eu de tels amis, d'avoir reçu et éprouvé ces sentiments uniques, forts, de personne à personne. Nous venions de tous les coins du globe et nous avions réussi à nous rencontrer, nous reconnaître, joindre nos mains. J'étais trop vieux à présent, trop las, pour m'atteler à la construction complexe de nouvelles amitiés. Je ne parle même pas de l'amour.

Nous devisions donc avec Tom dans l'air du soir quand un mouvement à l'intérieur de l'immeuble, dans le hall, nous fit rentrer l'un derrière l'autre. Nous saluâmes les Stark, un jeune couple qui venait d'arriver dans l'immeuble avec Polly, leur petite fille d'un an, qui s'agitait dans sa poussette en tendant ses petits bras vers les adultes autour d'elle. Nous échangeâmes quelques mots quand nous perçûmes, plus que nous entendîmes, une sorte de rumeur dehors, différentes stridences de freins déclenchés en catastrophe et de cris. On vit deux passants courir sur le trottoir devant les portes en regardant derrière eux. Je m'approchai lentement, suivi de Tom, qui fit aux autres, par réflexe, le geste de ne pas bouger. Tout alla ensuite très vite. Des cahots, des bruits de tôle qui se choquent, un long crissement aigu, un souffle énorme, l'entrée de l'immeuble qui s'assombrit soudain et, une seconde plus tard, la calandre d'un énorme camion blanc qui arrache la toile du dais comme si elle déchirait un morceau de papier et s'arrête à cinquante centimètres de la façade. La remorque étincelante bouche à présent les deux portes. Nous restons figés, incrédules, nous nous assurons que tout le monde va bien, même si c'est inutile puisque nous sommes à l'intérieur, protégés.

La petite fille montre du doigt l'entrée en poussant des cris joyeux. J'arrive à sortir par la porte à tambour et à me glisser entre le mur de l'immeuble et la remorque pour aller vers la cabine. Le chauffeur est déjà descendu par la porte du siège passager. Des passants l'entourent, l'un d'entre eux l'insulte. Une femme pose sa main sur son bras et lui demande comment il va. Il vocifère, paniqué, avec un accent russe très prononcé. Je traverse la chaussée, je vois la végétation du terre-plein massacrée, la bordure en béton est descellée sur plusieurs mètres. Sur la partie descendante de Park Avenue, deux voitures sont encastrées l'une dans l'autre. De même couleur, elles forment un nouvel et étrange véhicule, long et rouge. Du verre jonche le sol, des éclats de plastique orange. On entend des sirènes se rapprocher. Mon uniforme me conférant une autorité inattendue, un homme m'explique que le camion, venu de la 34e rue, a raté son virage, franchi le terre-plein et était bien parti pour venir s'écraser dans notre hall d'entrée, si le chauffeur n'avait pas braqué au dernier moment pour finir sa course folle sur le trottoir. De l'autre côté de l'avenue, je vois l'immense masse blanche sagement parquée le long de notre immeuble, comme un mammifère géant épuisé. Autour, les passants, policiers, pompiers, s'activent, fourmis minuscules.

Quand mon emploi du temps me le permettait et quand Alma en exprimait l'envie, toujours inattendue et à la dernière minute, je la rejoignais au Square Diner pour déjeuner avec elle. Elle travaillait pour une compagnie fiduciaire internationale, qui offrait des services de placements et de gestion du patrimoine. Elle était devenue récemment chef du service consacré aux dons de bienfaisance, rattaché aux fondations. Elle occupait un petit bureau au quatre-vingt-quinzième étage de la tour sud du World Trade Center. Elle l'avait préféré à un autre espace, plus grand et plus digne de son poste, qui faisait face à l'océan. "Je préfère cette vue-là", m'avait-elle dit en s'approchant de la baie vitrée, lorsqu'elle avait tenu, un jour, à me faire visiter son bureau. Le panorama était époustouflant. Au premier plan, on voyait le coin est de la tour nord, avec son tissage barré de verre et d'acier. Derrière, toute la ville s'étendait dans son chaos grandiose.

Le Square Diner, au coin de Varick Street, n'était pas si proche mais elle y avait ses habitudes et s'autorisait le déplacement quand le temps le lui permettait.

— Je n'ai de compte à rendre à personne, j'organise mon travail comme je veux, avait-elle argumenté.

Et le soir, je reste souvent après le départ des autres. Je regarde la ville s'allumer, c'est magique.

— Tu ne t'en lasses pas ? avais-je demandé.

— Ah non, jamais. L'émerveillement n'est pas réservé aux touristes ! C'est chaque fois unique. Et puis, tu sais, avait-elle ajouté en baissant la voix, j'en profite pour faire un petit tour dans les bureaux vides. Tu ne peux pas savoir ce qu'on apprend sur les gens rien qu'en regardant ce qu'il y a sur leur table de travail, la façon dont est rangé leur espace.

Et de me raconter la collection de crayons surmontés de têtes d'animaux de la jungle de l'un de ses employés qui lui paraissait, avant de découvrir son secret enfantin, empesé et à l'imaginaire en berne.

Le Square Diner est adossé au mur d'un haut bâtiment rouge sombre. Long pavé horizontal au toit plat recouvert de bardeaux de bois gris imitant de fausses ardoises, on dirait la marche qu'un géant aurait empruntée pour atteindre le sommet de l'immeuble accolé. Cabane incongrue au milieu du carrefour, surplombée de hauts buildings administratifs, elle accueille dès six heures du matin et jusqu'à minuit employés de bureau, étudiants, riverains et gens de passage. L'intérieur figure le wagon-restaurant du *diner* traditionnel, avec d'un côté le comptoir en acier brossé devant lequel sont vissés au garde-à-vous des tabourets à l'assise cerclée, recouverte de skaï orange craquelé. À droite, la rangée de box, le long des fenêtres en bloc de verre par lesquelles on voit s'agiter, l'été, la toile des parasols jaunes de la terrasse, aménagée pour la saison. Les murs et le plafond, doucement incurvé, sont en lattes étroites de bois verni.

Alma était déjà installée dans l'un des box en vinyle rouge. Elle discutait avec Aristotelis Kotas, le jovial propriétaire des lieux.

— Ah, Ray, me lança-t-elle dès qu'elle me vit, me prenant à témoin. Tu sais ce que vient de m'annoncer Telly ?

Celui-ci leva les yeux au ciel.

— Il veut laisser la direction du *diner* à son cousin, qui arrive d'Athènes le mois prochain, pour aller s'occuper d'un restaurant à Astoria !

— Et ?...

Je connaissais déjà la suite et lançai un regard entendu à Aristotelis.

— Telly ap-par-tient au Square Diner, s'exclama-t-elle, en détachant les syllabes comme elle le faisait lorsqu'elle voulait démontrer une idée et qu'elle était sûre d'avoir raison. Je n'ai rien contre ton cousin, dit-elle en se tournant vers Telly mais... ce serait triste que tu partes, non ?

— Écoute, Miss Alma, d'abord je rends service à mon cousin et à Astoria, je suis chez moi, j'habite à côté du restaurant. Plus de métro ! C'est un nouveau challenge et...

Elle l'interrompit.

— Mauvaise réponse ! Le challenge, c'est tous les jours, Telly, tu le sais bien.

Elle s'arrêta, leva son index vers le ciel comme si une pensée lumineuse venait de lui traverser l'esprit.

— Et pourquoi ton cousin n'irait pas à Astoria ?

— Le restaurant, c'est une grande responsabilité. Une cinquantaine de couverts, une carte de spécialités grecques...

— Comme ça, il ne sera pas dépaysé !

Aristotelis sourit.

— Pour l'instant, c'est un projet. Je ne sais pas encore ce que veut faire Stavros. On le fait venir, et on verra. Ray, dit-il en se tournant vers moi, installe-toi. Un café ?

— Je prendrais bien une bière aujourd'hui.

— Une Sam Adams ?

— Parfait.

— Et toi, Miss ?

— Je reste au Coca.

Nous demeurâmes assis face à face, quelques minutes sans parler.

— Pourquoi je n'aime pas le changement ? me dit-elle. Pourtant je suis américaine !

— Tu es sentimentale. Tu es attachée aux personnes que tu apprécies, que tu aimes, ce n'est pas un défaut.

— Et pas seulement aux personnes, figure-toi ! J'en ferai une maladie, si je devais me séparer de certains objets. Je m'en veux d'être comme ça, quelquefois.

— Ça te rassure, c'est tout.

— Je n'ai pas du tout l'esprit pionnier, grimaça-t-elle, en secouant la tête.

— Tu as besoin d'un cocon, amical, affectif. Représente-toi une série de cercles avec toi au milieu. Le premier c'est évidemment ta mère, ton amoureux.

— J'ai rompu il y a deux mois, me coupa-t-elle.

— Bon… disons, tes proches, ceux que tu aimes le plus, ceux à qui tu tiens le plus. Ensuite, le deuxième cercle, les amis, puis le troisième, le quatrième. Je ne sais pas où se situe Aristotelis pour toi – je m'obstinais à l'appeler par son nom grec, elle, à l'instar de la plupart des habitués, par son diminutif américain – mais il appartient à un des cercles les plus proches, il fait partie de ton quotidien.

— Je préfère dire les jours de ma vie.

— D'accord, les jours de ta vie. Il est une image familière de cette ronde multiple qui t'entoure et te protège.

— Dans familier il y a famille.

— Oui…

Je n'insistai pas. Elle attachait au mot famille plus de sens et d'importance que moi. Famille suggérait toujours, pour elle, douceur et protection. Elle en avait eu besoin, lorsqu'elle avait perdu son père. Elle n'avait pas encore pris conscience et accepté que la famille pouvait être d'un sang étranger au sien mais tout aussi aimante, engagée auprès d'elle, et soucieuse de son bien-être. Je ne voulais pas que ma radicalité la blesse. Alma avait dépassé trente-cinq ans mais la part d'elle meurtrie et orpheline restait enfouie intacte et en perpétuelle demande de tendresse.

— Telly appartient à mon petit monde, c'est sûr.

— Il n'est pas encore parti.

Celui-ci posa ma bière sur la table.

— Faites-moi signe quand vous voudrez manger.

— Je prendrai des œufs Benedict et une salade, s'il te plaît, répondit Alma.

— Très bon choix. Et toi Ray, tu sais ce que tu veux ?

— Un hamburger pour moi. Sans frites mais double ration de coleslaw, si c'est possible.

— Je t'apporte une assiette. Tu es au régime ?

— Je fais attention.

— Le hamburger, sans pain alors ? plaisanta Alma.

— N'exagérons pas. Oh, et puis j'ai changé d'avis, apporte-moi des frites. On n'a qu'une vie.

— Je ne te le fais pas dire, conclut Telly en retournant vers la cuisine.

Le *diner* était plein. Signe d'affluence, des clients mangeaient aussi au comptoir. On distinguait trois niveaux de sons. Le cliquetis des couverts, les conversations et en fond, la radio qu'Aristotelis laissait allumée en permanence en dépit de mes demandes réitérées de baisse de volume. Où qu'on aille, où qu'on se trouve, intérieur et extérieur, cette ville était pleine de bruits. Je n'arrivais pas à imaginer un silence à New York. Même aux heures les moins sonores, il y avait toujours le souffle des climatiseurs et des chaufferies, le ronronnement de machines invisibles, comme les rouages en marche de la ville. On avait l'impression que du son perpétuel naissait le mouvement. Le son était mobile. Le mouvement était sonore. Et nous, nous étions dans la machine.

Aristotelis apporta nos plats. Je louchai sur la montagne de frites.

— Bon appétit, dit-il en français.

— Merci, répondit Alma, dans la même langue.

Nous mangeâmes et finîmes en même temps nos assiettes. Nous parlâmes du quartier, qui avait changé ces dernières années, avec l'apparition de nouveaux restaurants, de magasins de vêtements de créateurs à prix prohibitifs, l'ouverture de galeries d'art, là où il y avait eu garages et entrepôts insalubres. L'âge d'or de Tribeca avait commencé.

— C'est bientôt l'an 2000, me dit soudain Alma.

Nous étions au milieu de l'année 1998.

— Ça fait fin du monde non ?

— Fin de siècle oui, mais le monde va continuer à s'agiter, la Terre de tourner.

— J'ai quand même la sensation de la fin de quelque chose.

— La fin de ta jeunesse peut-être.

Je lui avais répondu un peu brutalement, sans réfléchir. Mais elle ne cilla pas.

— Sans doute. J'aurai quarante ans en l'an 2000, tu te rends compte !

— Tu es jeune, Alma.

— Et c'est bien là le problème, j'ai toujours l'impression d'avoir dix ans.

Elle s'interrompit, but la dernière gorgée de son coca, reposa doucement le verre et garda les yeux sur lui.

— On ne perd pas sa jeunesse avec les années. La jeunesse, ça va, ça vient.

Elle leva les yeux vers moi. Ils brillaient.

— Les joies, les peines, jeunes ou pas, elles nous attrapent de la même manière. C'est toujours le même cœur qui se serre de chagrin, ou qui éclate de bonheur. On peut avoir un coup de vieux à dix ans, tu sais, ajouta-t-elle, la lèvre tremblante. – Mais vite elle se reprit. – Tu partagerais un cheese-cake avec moi ?

J'acceptai, même si je n'avais plus faim.

Sans que nous les ayons commandés, Aristotelis nous apporta des cafés avec la pâtisserie. Il s'assit un instant près de moi dans le box. Nous étions tous les deux face à Alma. Nous ne remplacerions jamais son père mais nous la couvions du regard et, chacun à notre façon, nous appartenions à la pelote d'affection qu'elle avait enroulée autour d'elle. Les fils en étaient lâches ou bien serrés, selon ses envies et ses besoins. Mais ils étaient bien là, elle pouvait compter sur nous, sa confiance était notre trésor. Le plus remarquable et le plus précieux était le silence de cet accord. Dans la ville cacophonique et qui pouvait se montrer inopinément hostile, cela prenait tout son sens.

Nous nous quittâmes sur le trottoir. Je la regardai quelques secondes marcher d'un pas décidé vers le sud, sa jupe virevoltante autour de sa fine silhouette. Elle ralentit, se retourna, me fit un signe de son doigt et éclata de rire. Je hochai la tête et me dirigeai vers le métro.

Aujourd'hui, j'ai fait le voyage pour aller voir Archie Kramer, notre ancien concierge.

Voyage, parce que si l'on peut admettre sur une carte géographique qu'il habite au cœur de Manhattan, Roosevelt Island, au milieu de l'East River, est pour moi et pour la quasi-totalité des New-Yorkais, une terre étrangère à la grande ville quadrillée. Ne serait-ce que pour son accès original. Certes, la ligne F du métro dessert l'île à la station du même nom, mais le principal intérêt de Roosevelt Island, qui lui donne sa particularité et son identité sur les cartes postales ou les photos des agences immobilières vantant ses nouveaux développements, est son téléphérique. La petite cabine rouge qui survole placidement l'East River fait le bonheur des touristes, ceux qui aiment s'égarer loin des lieux incontournables, et de certains New-Yorkais, comme moi, qui se rendent jusque-là pour une bonne raison. Il faut, en effet, avoir un prétexte valable pour venir sur cette longue langue de terre, si loin si proche de Manhattan dont la barrière écrasante limite l'horizon à l'ouest, tandis qu'à l'est se dessine le paysage urbain hétéroclite et anonyme du Queens.

Archie est allé vivre sur Roosevelt Island après la mort de sa femme, Lucy. Il avait arrêté de travailler au 10 Park Avenue une dizaine d'années auparavant. Mais nous nous retrouvions de temps en temps pour prendre des nouvelles, de nous et du building, qu'Archie appelait la grande famille. "Alors, comment va la grande famille ?" me demandait-il. Il connaissait encore la plupart des habitants, mais subrepticement, au fil des années, la population changeait et lui devenait peu à peu inconnue. On partait pour partir, pour se marier, changer de vie, d'appartement. On quittait le cocon familial, on partait pour le cimetière. La longue chronique d'Archie s'étiolait. Bientôt, le 10 deviendrait pour lui un immeuble anonyme. Et il ne serait plus qu'un fantôme derrière ce comptoir où il avait passé près de quarante années de sa vie, dans ce grand hall sombre au sol noir et blanc, qu'il avait foulé des millions de fois et qui resterait immuable.

À l'époque, Archie et Lucy étaient divorcés depuis longtemps mais ils vivaient toujours ensemble, dans une maison à loyer bloqué, à Chelsea. Chacun avait son étage. Archie seul jouissait de ce qu'il appelait son jardin, une courette en réalité, qui donnait sur l'arrière de la maison. Il y cultivait une rangée de fleurs en pots. Hiver comme été, il y en avait toujours, des pensées, des impatiens, des cyclamens. Il se mettait sur sa chaise et prenait le soleil. Après Hannah Belamitz, c'est Archie qui m'avait accueilli au 10, m'avait expliqué le fonctionnement de l'immeuble, mes tâches. Il était le seul membre du personnel avec qui j'avais lié amitié. Aussi, je le retrouvais quelquefois, dans sa petite cour, aux beaux jours. Ces quelques mètres carrés surplombés de murs de brique noircis étaient le seul endroit frais de la maison. On refaisait le monde en sirotant du vin blanc et en croquant de gros cornichons aigres-doux. De temps en temps, Archie et Lucy partageaient un repas, ils s'invitaient, c'était cocasse. J'avais passé des instants pleins de chaleur avec eux. Ils se ressemblaient tant, on aurait dit qu'ils étaient frère et sœur, la même façon de parler, de réagir aux mêmes choses, aux mêmes événements. Même physiquement, ils avaient de plus en plus un air de famille. Un jour, j'avais osé leur demander pourquoi ils avaient continué à vivre ainsi après leur divorce. Au début, il y avait les enfants, m'avait répondu Archie, on ne voulait pas les bouleverser et on était bien ici. Tu te rends compte, le prix du loyer, ce n'est même pas celui d'un studio ! Où voulais-tu qu'on aille, à quatre ? Dans le New Jersey ? Oh, mais j'ai eu des aventures, avait pouffé Lucy.

Et ils s'étaient regardés comme si c'était une bonne blague, avec une telle tendresse que je me serais presque excusé de ma question. J'aurais dû plutôt leur demander pourquoi ils avaient divorcé.

— Et si je me cassais le col du fémur ? avait ajouté Archie.

Lucy avait soupiré.

— Moi, je ne veux pas mourir toute seule.

À l'unisson, chacun avait tendu la main vers l'autre et ils avaient entrecroisé leurs doigts.

Lucy partie, la maison de Chelsea avait été frappée de malheur. Peu à peu, le jovial Archie se replia sur lui-même. Il devint bourru, aigri. La plupart du temps, il restait chez lui et l'appartement si bien tenu, si coquet, devint un dépotoir. J'essayais de l'aider comme je pouvais mais même moi, il me rejetait. "Tout ça n'a pas de sens", répétait-il. Je lui demandais quoi, que voulait-il dire. Il ne me répondait pas. Il bougonnait et allait s'asseoir devant sa télé d'où il ne bougeait plus.

Pendant quelques mois, je n'avais plus eu de nouvelles. Il ne répondait plus à mes coups de téléphone. J'avais laissé ce silence s'éterniser. Le temps, le travail.

La dernière fois que je l'avais vu, c'était encore l'hiver. Il était dans sa courette, au milieu des pots de fleurs desséchées, emmitouflé sur sa chaise, un vieux bonnet sur la tête. "Ma fille veut que j'aille vivre avec elle à San Diego, m'avait-il dit. Tu me vois, moi, sous le soleil californien ?"

C'était à présent le début de l'été et je m'attendais à le trouver au même endroit, pile de journaux au pied de sa chaise. Mais quand j'arrivai sur la 27e rue ouest, devant la maison, je compris tout de suite qu'il n'y avait plus personne, que derrière les rideaux, pourtant fermés en permanence depuis des mois quand il était là, il n'y avait maintenant que des pièces vides. Je montai les marches et sonnai. Même la sonnette était silencieuse. La maison était fermée, morte. Où était Archie ?

Il avait quitté Manhattan pour "s'exiler" sur Roosevelt Island, m'avait-il dit le soir même au téléphone. Il avait pris un appartement dans un immeuble récent sur Main Street. Main Street, cela sonnait comme la rue principale d'une bourgade du Far West ou de ces jolies petites villes fleuries de la côte est. Mais, je m'en aperçus vite, Main Street, sur Roosevelt Island, ne ressemblait pas à une rue, du moins à son début. Elle commençait à la sortie du métro par un genre de *plaza*, où il y avait de la pelouse, une sorte de jardin du pauvre, et un supermarché sans enseigne. Il fallait redescendre vers l'arrivée du téléphérique, près du Queensborough Bridge, et longer les premiers immeubles nouvellement construits, pour apercevoir la plaque de cette rue principale, Main Street, puisque tel était son nom, qui remontait la bande de terre sur toute sa longueur, jusqu'à l'autre pointe de l'île.

Archie m'attendait en bas de son immeuble. Il avait un peu maigri, mais il semblait plus alerte que la dernière fois que je l'avais vu. Il avait plutôt bonne mine, je le lui dis immédiatement alors qu'on se serrait la main.

— Merci, Ray. Je me sens mieux depuis que je suis parti de là-bas, me dit-il, avec un geste du menton, désignant l'autre côté de l'île. Toi, par contre…

Je retrouvais son regard chaleureux, plein de sympathie.

— Un peu fatigué, oui.

— Ça te fait quel âge ?

— Bientôt soixante-huit.

— Eh ! Il est temps d'arrêter, tu ne crois pas ? Tu as pu mettre un peu d'argent de côté ?

— J'ai quelques économies.

On avait commencé à marcher. Après le stade au bord de l'East River, la rue faisait de grandes boucles au milieu d'espaces verts barrés d'immeubles de briques rouges, plus anciens. Le quartier était tranquille, résidentiel. On était bien loin de New York.

— Après le 10, tu resteras en ville ?

— Je ne sais pas encore.

Archie sourit, en me regardant du coin de l'œil.

— New York devient dure, je trouve.

— Elle a toujours été dure, cette ville, rétorqua Archie. J'y suis né. C'est comme si elle avait traversé des siècles à la vitesse de la lumière. Elle est en perpétuelle transformation. C'est tuant, à petit feu.

— Je n'ai pas envie de vieillir ici, Archie. Je n'ai déjà plus l'énergie, le rythme me dépasse.

— C'est comme une masse qui te broie et t'engloutit.

— Exactement.

— Et tu ne veux pas mourir ici non plus.

— C'est ça, oui.

— Et moi je ne veux pas mourir du tout, ajouta-t-il en éclatant de rire. Ah Ray… On dirait qu'on nous a mis des mots de vieux dans la bouche ! – Il s'arrête, écarte les bras. – Et regarde où je suis allé m'enterrer, quel imbécile !

— Mais alors pourquoi…

Il me coupe.

— Écoute, Ray, je voulais partir et je voulais rester. Je ne voulais plus être dans la ville, dans les rues, sans Lucy… Mais pas loin non plus. Quand j'ai décidé de venir sur Roosevelt Island, ça m'a pris sur un coup de tête. Je voulais m'éloigner de moi, du passé. Ici, tu vois, c'est une terre nouvelle. Oh, plutôt moche, je sais.

Il s'arrête de nouveau, me désigne Manhattan qu'on distingue entre deux immeubles.

— D'ici, j'observe. J'ai de la distance. Mon poste est parfait.

— Tu parles comme un soldat, dis-je en plaisantant.

— Tu ne crois pas si bien dire !

Discrètement, il me désigne du regard l'autre côté de la rue. Un homme d'une cinquantaine d'années fait rouler son fauteuil, un sac de courses sur les moignons de ses jambes.

— Je ne connaissais pas Roosevelt Island et je n'y avais jamais mis les pieds. Il y a un hôpital militaire, qui soigne beaucoup de vétérans. Ils vivent ici, dans ces immeubles. J'en croise tous les jours, souvent les mêmes. De vrais blessés eux, pas comme moi.

Il fait un salut de la main à l'homme de l'autre côté de la rue.

— Allons jusqu'au phare. Et puis je te montrerai l'ancien hôpital psychiatrique et les ruines du Smallpox Hospital, de l'autre côté de l'île. Tu vois, des hôpitaux, un asile de fous, il y avait aussi une prison, il y a longtemps, cet endroit est fait pour moi !

Il rit de bon cœur, sincèrement. Je n'arrive pas à partager sa joie. Mon malaise grandit. Archie s'en aperçoit.

— Ne t'inquiète pas, Ray. Tout va bien. J'avais besoin de passer par cette petite île dans la grande. Une île de la désolation hein ? Je vais mieux. Cet été, au plus tard en septembre, je rejoins ma fille. Ça fera un an que ma Lucy nous a quittés. Et je ne veux pas mourir seul.

Nous sommes montés jusqu'au bout de l'île, vers le phare qui se dressait, sentinelle incongrue sur l'East River. Puis nous avons entamé le retour, côté Manhattan. Le soleil dessinait la crête des buildings d'un halo flamboyant. Nous étions aimantés par la vue, les millions de baies, de fenêtres, comme autant de regards sur nous, deux hommes d'un certain âge, qui longeaient l'eau en devisant, légèrement, et sans réserve. La lumière plongeait peu à peu, la masse architecturale de la grande ville virait au bleu, au brun, au gris. Le bâtiment des Nations unies scintillerait de nouveau, mais des lumières électriques. Et puis il y avait le pont, monstrueux de beauté archaïque, laid et magnifique, assourdissant, comme s'il était en mouvement. Nous passâmes à côté de ses énormes piles.

— Allons jusqu'aux ruines de l'hôpital, me dit Archie, et viens boire un verre chez moi. Le pont passe devant mes fenêtres, je suis au spectacle tous les soirs quand les guirlandes des câbles s'allument. Il est magique. Encore plus beau que le Brooklyn Bridge.

L'air fraîchissait. Les ruines victoriennes de l'hôpital se dressaient en silhouettes désolées, macabres. Nous avons buté sur un grillage et avons rebroussé chemin vers les premières lumières des immeubles, les lampadaires à présent allumés de la *plaza*. L'approche de la nuit me serrait le cœur, je ne savais pourquoi. Archie mit sa main sur mon épaule et nous entrâmes dans son immeuble.

DOORMAN, MORCEAUX CHOISIS 9

Je n'ai pas vu la camionnette qui reculait le long du trottoir, à l'angle de Park et de la 34e rue. Mes pensées vagabondaient, inspirées par la vision toujours hypnotique de l'Empire State Building. J'attendais, pour traverser. Quelqu'un m'avait heurté et j'avais poursuivi mon attente à même la chaussée, sans m'en apercevoir. Quelques secondes et ma distraction rêveuse avaient été fatales à ma cheville droite et mon épaule sur laquelle j'étais tombé lourdement, après avoir été poussé par l'arrière de la camionnette. Assis au bord du trottoir, alors que l'on s'agitait autour de moi, le conducteur affolé qui se répandait en excuses alors que ce n'était pas de sa faute, les témoins qui, malgré ma blessure, ne semblaient pas s'être rangés de mon côté, puisque j'avais enfreint la discipline, je regardais, au bord de la nausée, la bosse que formait le bas de ma jambe avec ma chaussure. L'afflux des gens autour de moi, l'arrivée de la police, puis d'une ambulance tonitruante m'ennuyèrent plus que la douleur que je sentais battre à un rythme de plus en plus fort dans tout le pied. Entouré d'une demi-douzaine de paires de jambes, j'enlevai à grand-peine ma chaussure en serrant les dents. Ma cheville, et tout le cou-de-pied avaient enflé jusqu'à se confondre. On m'obligea à m'allonger sur une civière, je vis les visages désapprobateurs ou compatissants s'éloigner, un bout de ciel, et on me fit entrer rudement dans l'ambulance qui démarra aussitôt, à grands jets de sirène pour dégager le passage.

Je m'étais tordu la cheville et n'étais victime que d'une légère entorse qui, bandée serré après qu'on m'eut manipulé le pied pour le remettre en place, se résorberait en quelques semaines. Je rentrai l'après-midi même chez moi. De l'hôpital, j'avais averti Tom de l'accident, l'assurant, avant même qu'on ne me soigne, que je n'avais pas l'intention de rester immobilisé pendant des jours, que je ne pouvais pas me le permettre, et je lui proposai déjà, ayant vécu tous les cas de figure de crise, d'absence et de remplacement du personnel, de permuter une partie de ma tâche avec celle du concierge à mi-temps et de rester derrière la réception. La station assise, le pied légèrement surélevé, serait tout à fait supportable et il n'y paraîtrait quasiment rien aux yeux des visiteurs. Les résidents seraient, eux, forcément avertis, ne serait-ce que par ma présence inhabituelle et prolongée derrière le comptoir, en lieu et place des portes. Tom accepta sans broncher, sous réserve de l'aval du *board*.

Ce fut lui qui m'accueillit à la porte du 10, quand je sortis maladroitement du taxi avec ma paire de béquilles. Je lisais sur son visage une inquiétude toute paternelle, alors que j'étais plus âgé que lui. Nous étions jeudi soir, il m'annonça que tout avait été arrangé pour que je ne revienne travailler que le lundi, si je me sentais la force bien sûr, avait-il dit en regardant mon pied emmailloté suspendu. Je le rassurai, j'étais un peu groggy par les calmants. Il me suivit lentement, alors que je saluais le jeune doorman qui me remplacerait et le concierge, qui leva son pouce en l'air à mon passage cahotant vers l'ascenseur. Il appuya lui-même sur le bouton.

— Je t'aide ? Je monte avec toi ?

— Merci, Tom. Je vais dormir, je crois.

La montée jusqu'à mon étage me fit prendre conscience de mon épuisement. Je me sentis soudain abattu, vidé. Je poussai péniblement la porte de mon épaule gauche, je n'étais pas encore très à l'aise avec les béquilles et mon épaule droite me lançait. J'arrivai devant ma porte. Je posai la béquille gauche, pris mes clés dans ma poche, ouvris la porte, repris ma béquille et entrai enfin chez moi. Je refermai la porte avec mon dos.

Je ferme les yeux sur l'éclat du soleil mais la brûlure de fatigue demeure, derrière mes paupières closes. À sept heures du matin, la chaleur a déjà pris ses aises, indolente, provocante, elle ne s'est même pas endormie quelques heures pendant la nuit. Août s'est immobilisé dans des températures caniculaires, j'ai l'impression qu'il dure depuis toujours. Pourtant, les premiers mois de cette année 2001 ont filé sans que je puisse retenir de cette succession de semaines, qui me semble aujourd'hui compacte, le moindre événement remarquable qui aurait troublé l'ordinaire des jours, pas même un accroc. Le temps s'est enfin essoufflé au début de l'été et depuis les premiers jours d'août assoupi, suspendu. Arrêt général, cosmique.

Je rouvre les yeux sur le grillage qui ceinture cet héliport au bord de l'Hudson, à la hauteur de la 30e rue. Après une nuit de service sans sommeil, j'attends Alma. La veille, son appel en début de soirée m'a fait compter les heures, comme un gamin impatient. Elle m'a proposé de l'accompagner dans un tour en hélicoptère au-dessus de la ville. Cadeau habituel offert par son entreprise à ses généreux donateurs venus d'Europe, j'en profite exceptionnellement. "Un cadeau tombé du ciel", m'avait-elle dit en riant, coupant court à mes remerciements. Une place s'était libérée par l'involontaire générosité d'un assistant craintif et sujet au vertige, m'avait-elle expliqué. "Et je ne comprends pas pourquoi je ne te l'ai jamais proposé, s'en voulait-elle, dès que l'occasion s'en présente, j'en fais profiter les amis." Elle s'excusait de l'heure matinale et je la rassurai. Je terminais mon travail à six heures et me rendrais directement à l'héliport de la 30e rue ouest. La lumière du matin serait belle aussi, me disais-je, la ville ne serait pas encore étouffée par le voile de chaleur qui effaçait volumes et reliefs dès le milieu de la matinée. Le matin, on avait une sensation de virginité, d'acuité. En été, l'instant était bref, il fallait en profiter.

J'avais pris un rapide café dans mon studio après une longue douche froide et j'avais marché d'un pas tranquille vers l'ouest, jusqu'à la Douzième Avenue, jusqu'au fleuve. Terrains vagues, chantiers de construction, entrepôts scellés, cubes anonymes, parkings, la ville se cherchait encore dans cette zone extrême où venaient buter les 30e rues. À cette heure, les mouettes étaient plus sonores que la circulation encore dispersée de la West Side Highway. J'en vis une atterrir hardiment de l'autre côté de la clôture, faire quelques pas indécis, et redécoller dans un ample froissement blanc. Je la suivis des yeux. J'arrive, bel oiseau, je te rejoins bientôt, moi aussi, je vais voler. Soudain, j'entendis derrière moi des claquements de portières. Alma s'avançait, accompagnée d'un homme de haute stature, d'une cinquantaine d'années, costume de lin noir et chemise parme. Elle nous présenta rapidement. Je serrai la main de Jon Van Hillberg, des laboratoires pharmaceutiques du même nom, aux Pays-Bas. Il eut un sourire poli. J'eus l'impression qu'il me jaugeait. Mais déjà un employé détachait le cadenas de la porte grillagée et nous entrâmes dans l'héliport, vaste étendue de béton posée sur l'eau, en longeant un petit bâtiment plat, tout en longueur. L'hélicoptère était là, au repos. Il paraissait si léger, fragile. Un jouet d'adulte, un insecte noir, à la carapace de verre et d'acier. La mince carrosserie contrastait avec l'arbre massif du rotor principal, qui dégageait une solidité et une puissance rassurantes. Le pilote, Brad, un petit homme aux cheveux blonds hirsutes et qui ne semblait pas avoir plus de vingt ans, nous salua et nous fit quelques recommandations que j'écoutai d'une oreille distraite, trop impatient de monter dans l'appareil. Il s'adressait particulièrement à moi et je me dis que c'était parce que j'étais le plus âgé de ses passagers, donc la personne la plus vulnérable à ses yeux. Je lui rendis un sourire confiant et attentif pendant qu'il déroulait ses dernières consignes. Bénéfice de l'âge peut-être, il me proposa de prendre le siège près de lui. Oubliée, la fatigue. Je masquai ma joie alors qu'Alma me serrait le bras discrètement, complice de mon plaisir. Rapidement, nous nous installâmes, disposâmes de nos ceintures, nos écouteurs. Le siège était raide mais confortable. Alors que le pilote procédait à la mise en route, je sentis l'appareil bouger légèrement, puis le sifflement des rotors se transforma progressivement en vrombissement, bien qu'assourdi par les écouteurs. J'entendis dans mon oreille la voix de Brad nous souhaiter bonne route et nous commençâmes à nous élever en douceur. Par réflexe, je me penchai en avant.

Brad stabilisa l'appareil, et nous nous élevâmes lentement dans l'azur.

Pour moi qui n'avais jamais quitté New York, ce fut le plus beau des voyages. Nous survolâmes brièvement l'Hudson, nous rapprochant des tours du New Jersey. Puis, à la hauteur de l'université Columbia, dont je reconnus l'imposant campus, Brad prit la direction de l'est. Je m'attendais à des à-coups, des sursauts. Au contraire, nous glissions sur l'air, nous avancions dans le vide, librement, harmonieusement. Nous passâmes au-dessus de l'immense croix grisée de Saint-John-the Divine et je ne savais où donner du regard. Devant, à droite, à gauche, en bas. Reconnaître en bas Broadway. Au nord, à ma gauche, l'agrégat roux de Harlem. Devant, au loin, derrière la barrière des immeubles de Spanish Harlem, l'étendue à perte de vue du Queens. En un large virage, l'hélicoptère tourna vers le sud. Je ne me rassasiais pas, une vue chassait l'autre. L'appareil allait vite, il fallait voir et attraper de même ces images inédites. Je n'écoutais plus la voix d'Alma qui faisait la conversation à son hôte. Excepté la vision, mes sens étaient comme annihilés. Nous avions atteint la masse mousseuse de Central Park quand Brad fit prendre de l'altitude à son appareil. Nous suivîmes la Cinquième Avenue. Je tentais de reconnaître les bâtiments, les musées. Tiens, où était le zoo ? Central Park était déjà derrière nous et voici Bryant Park et la bibliothèque. Machinalement, je me tournai vers l'est. Tenter de distinguer Park Avenue, et l'immeuble… Mais Brad vira légèrement à l'ouest et nous suivîmes de nouveau Broadway.

Je me laissais porter, transporter. Je décidai qu'à présent je n'essaierais plus de reconnaître, mais de découvrir, de me laisser surprendre par cette vision nouvelle de la ville. Je vis le canevas rigoureux des avenues et des rues, les artères et les veines de New York. D'en haut, la ville avait l'air propre, ordonnée. Les voitures, les bus, les taxis jaunes qui, curieusement, roulaient en grappe, et tous ces petits humains que je voyais d'en haut, hypnotisé, paraissaient connaître et leur chemin et leur but. Les trajectoires étaient régulières, fluides, contrôlées. Vue du ciel, New York était confiante, inoffensive, d'une désarmante insouciance. Je ressentis tout à coup sa vulnérabilité poignante, alors que nous passions au-dessus du jeu de cubes gigantesque de Midtown, un conglomérat anarchique qui alternait tiges de béton, de verre et d'acier, et constructions massives en escaliers qui montaient vers le ciel. Les toits rivalisaient de matières, de couleurs, d'objets mystérieux. La plupart étaient couverts de fatras industriel, on imaginait de loin les sculptures non identifiables d'installations artistiques compliquées : conduites d'aération, telles des chenilles géantes en aluminium scintillant, immenses antennes paraboliques, posées sagement sur le flanc, en rang, telle une armée de vaisseaux spatiaux immaculés, énormes ventilateurs des unités de climatisation et de ventilation, avec leurs roues comme des réacteurs d'avion.

Ce monde technologique côtoyait là des jardins, là une piscine, un court de tennis. Je vis les minuscules ronds colorés de parasols, comme les décorations de papier des verres à cocktail. Du mobilier de jardin en bois, des tables, toupies miniatures, chaises longues et transats, tels des meubles faits en allumettes pour maison de poupée. Il y avait des constructions sur des toits, petits chalets incongrus ou cubes aux minuscules fenêtres. Je voyais les milliers de *water-tanks* sur leurs échasses d'acier, sentinelles de bois si caractéristiques du paysage new-yorkais. Union Square dépassée, nous approchions déjà du Lower Manhattan, le bas de l'île et aussi le Manhattan aux maisons basses, aux immeubles à quelques étages, que l'on gravissait en général sans ascenseur. Nous survolâmes un quadrillage de toits plats et nus recouverts de bitume, de béton, d'aluminium. Quelques-uns tranchaient au milieu du camaïeu noir et gris, avec leur revêtement d'un blanc crémeux, à l'aspect de neige. L'hélicoptère s'écarta de nouveau vers l'ouest puis reprit la direction du sud. J'entendis Brad nous expliquer qu'il irait jusqu'à la pointe de Manhattan pour se diriger ensuite vers l'héliport de l'East River, où il nous déposerait et d'où il repartirait pour une autre course. Alma commenta pour son visiteur notre survol au-dessus de la statue de la Liberté et d'Ellis Island. Je regardais au-delà, vers le pont Verazzano, la porte de New York qui ouvrait sur le monde. À l'horizon, un barrage de nuages mauves brouillait la rencontre de l'océan et du ciel, tsunami figé dont je sentis inexplicablement la menace, le temps de quelques secondes. Brusquement, j'eus hâte de redescendre, retrouver les rues, la cacophonie coutumière, les odeurs lourdes et enivrantes, Park Avenue et le couloir d'ombre sous le dais du 10, mon refuge. Nous commençâmes notre descente au-dessus de la bouche de l'East River, l'autre bras d'eau qui étreignait Manhattan. La lumière caressait d'or la silhouette des milliers de buildings, la chaleur faisait vibrer la ville, comme un mirage. Une fine brume la poudrait de velours au milieu du bleu marine des eaux. On voyait les virgules blanches et mouvantes des crêtes des vagues douces qui semblaient bercer la masse minérale. Les Twin Towers scintillaient dans le soleil et dressaient leurs cimes conquérantes vers le ciel.

10 PARK AVENUE, 14 AOÛT 2001

3A Leon et Sarah Futterman. Septuagénaires. Depuis toujours dans l'immeuble.
3B Gladys Richmond et Ryan Finglas. Propriétaires d'une galerie d'art sur Madison.
3C Lewis Finkel-Bronstein. Violoniste concertiste. Souvent absent.
3D Penelope et Winnie Morgenstern. La mère et la fille. Tiennent plusieurs salons d'esthétique.
4A Don Kellis, Stacey Kellis, Molly et Sophie Kellis. Les parents et les enfants.
4B Nathan Zuckerman. Dirige l'École des hautes études du design et reçoit de très nombreuses et très intéressantes jeunes assistantes.
4C Franck et Cécile Moser. Banquiers. Suisses.
4D Aaron et Adela Radakovic. Organisent très souvent des soirées.
5A Ron et Louise Greenblatt. Leur fils, Alan, étudiant, vient de temps en temps apporter des pâtisseries à sa mère.
5B Carmine et Margarete Giovanetti. Retraités.

5C Michael et Mary Rider-Fromm. Retraités.
5D Lizzie Melznick et Gucci, son pékinois.
6A Al Ronzor. Peintre. Expose chez Richmond et Finglas (voir plus haut).
6B Mackenzie Platt. Styliste. Entre vingt-cinq et quarante-cinq ans.
6C Bob Windurff. Le champion des plats livrés à domicile. M'a offert un verre chez Clarke, un soir où je suis tombé sur lui à l'improviste.
6D Livie Bensaoun. Fille de son père qui habite au 14A.
7A Mona et Christopher Forsythe. Changent la décoration de leur appartement tous les ans.
7B Magda R. Flor. Directrice d'une maison d'éditions sur Madison. Le R. de son nom est un mystère.
7C Ben et Rosie Dickinson et leurs (turbulents) trois enfants.
7D Miguel Garcia. Chef au restaurant L'Herbe Verte, dans East Village.
7E Ramon Lopez. Chef dans le même restaurant. Lequel est le chef de l'autre, je l'ignore.
7F Rose Benfield. Professeur de littérature à Columbia.
8A Carly Sassoon. Actrice. Mais aussi barmaid, baby-sitter, assistante de casting.
8B Madeline Zeitman. Quatre-vingt-quatorze ans. La plus âgée de l'immeuble à ce jour.
8C Celia et Pedro Rivero. Étudiants. L'appartement appartient aux parents.

8D, E, F Les trois appartements ont été réunis par Jean et Marie Dupont de Lars, un couple de Français propriétaires de vignobles dans le Sud-Ouest de la France et en Californie. Ils nous offrent, chaque nouvel an, une caisse de bonnes bouteilles.

9A Fergus Mc Kinley. Retraité. Écrit des poésies qu'il édite à compte d'auteur.

9B Richard Lowell et Angus Chapman. Couple d'homosexuels d'une quarantaine d'années. L'un travaille à Wall Street, l'autre est cardiologue.

9C John et Sharon Stark et leur petite fille, Polly. Anciennement occupé par Peggy Lou Stewart.

9D Denise et Eamon Tynan. Styliste et musicien.

9E Hannah Tynan. Leur fille aînée. Créatrice de bijoux.

9F Leah Tynan. Leur fille cadette. Vétérinaire.

10A, B Les Wilson, comme on les appelle entre nous. Les parents et leurs deux enfants. Très discrets. Ils font partie des "invisibles".

10C Amy Weinstein. Architecte. La plus généreuse à la fin de l'année. Avec les Belamitz.

10D Michele et Aisha Rizzoli. Ils sont parmi mes préférés. La quarantaine tous les deux. Lui, un Rock Hudson au faîte de sa beauté, elle, une princesse africaine.

10E, F Hannah et Pinchus Belamitz. Retraités. Elle a été danseuse et enseigné la danse classique. Lui a été diamantaire.

11A Baruch Boumendil, professeur de mathématiques à la retraite. Joue trois fois par semaine aux échecs sur Washington Square.

11B Luis Ortiz. Acteur, mannequin, jet-setter. Perpétuellement bronzé. Artificiellement jeune.

11C Emily Kilkwerk. Travaille dans la banque. Une autre "invisible".

11D Ed DiFreggio. Travaille à Wall Street. Noctambule. Solitaire.

11E Patrick Mc Grath. Tient un magasin de vêtements en cuir sur la Huitième Avenue.

11F Linda et Roger Gilchrist. La cinquantaine. Travaillent tous les deux pour une "agence gouvernementale".

12A Jack Renato. Chanteur lyrique à la retraite.

12B Isaac et Sarah Rowenstein. Diamantaire et femme au foyer.

12C Eli Ruben. Chirurgien esthétique. Court tous les matins sur la 34e rue d'est en ouest.

12D David Raskell et Tatiana Sigouroff. Enseignants, lui au Pratt Institute, elle à la New School.

12E Samantha Viguri. Retraitée. Ancienne danseuse à Broadway.

12F Barry Mitchell. Fils à papa sans profession.

14A Saul Bensaoun. Père de Livie, du 6D. Expert-comptable.
14B Art et Amy Goren. Sculpteur et peintre. Elle donne aussi des cours de dessin dans un lycée de Brooklyn.
14C Verity Sandurst. Arrive de Californie. Sans profession (connue).
14D Gloria Berger. La soixantaine abîmée. Sort très peu. Une “invisible”.
14E Amelia Ropert, écrivain de romans policiers.
14F Gil et Liz Cohen. Leurs fils, Mandy et Matt, leur rendent visite tous les vendredis soir.
15A Michelle et Philip Gapasky. Architectes. Toujours habillés de noir.
15B John Finegan et Roselyn, sa mère. Il est légèrement handicapé. Autiste ?
15C Jessica Grey. Sans profession.
15D Sabrina Grey. Sa sœur. Une “invisible”.
15E Peggy Mallard. Professeur d’histoire à Stuyvesant. À la retraite.
15F Rachel Mallard. Sa sœur. Aveugle. Accordeuse de piano.
16A Paola Landolti. Chanteuse de jazz. Le contraire d’une “invisible”. Un léger trouble chaque fois qu’elle franchit la porte et qu’elle passe devant moi.
16B Cyril et Isobel Huto-Day. Paysagistes.
16C Orson Gallup. Directeur d’une société dans le Connecticut. Arrive tous les vendredis soir pour passer le week-end.
16D Fanny Roselbar. Hôtesse de l’air.
16E Charles Olinsky. Travaille à Wall Street.

16F	Gil Brass et Liz Cornell, et leurs enfants respectifs, Connie Brass et Tim Cornell.
17A	Tom et Indira Patel, et leurs enfants.
17B	Helen Wald. Retraitée. Veuve. Vient y passer les mois d'hiver. Sa fille Alma a longtemps vécu avec elle. Aujourd'hui, elle vit dans une petite maison, à Brooklyn, et travaille au WTC.
17C	Jeremy Lippman et Sharon, sa (nouvelle) jeune femme. Travaille à Wall Street. Elle aussi. C'est sa (nouvelle) secrétaire.
17D, E, F	Les Bronfman. Les parents, les parents des parents, et les enfants. Diamantaires. Sauf les enfants (pour l'instant).
18A	Rick Seabold et Arena Longelli. Pas de métier fixe. Toujours très bien habillés. Toujours de bonne humeur.
18B	Andy Rhys-Mullan. Travaille dans les assurances. Ardent golfeur. Sa femme, Susan vient de le quitter.
18C	Charmaine Laborteaux. Hôtesse de l'air.
18D	Archibald Spencer Reed. Libraire, antiquaire.
18E	Yvonne Summer. Retraitée. Photographe de renom.
18F	Alexander et Maria Kosjlik. Travaillent dans l'industrie cinématographique.
19A	Mary et John Cruz. La cinquantaine. Journalistes.
19B	À vendre.
19D	Kenneth Wasser. Agent immobilier.

19E	Julie Singer. Agent immobilier.
19F	Henry Roland et Julia Gaffen. Dentistes.
20A, B	Josephine Hart-Rollins. Soixante-dix ans cette année. Vit seule en attendant un cinquième mari.
20C, D	Sam et Esther Kahn. Retraités. Diamantaires.
20E, F	Elie Kahn, leur dernier fils. Médecin ophtalmologiste.
21A, B	Diane Warberg. Retraitée. Ancienne journaliste.
21C, D	Carrie et Vincent Broderick. Agent immobilier et professeur de yoga. "Invisibles."
21E, F	Bradley Fishburne. Propriétaire de deux restaurants, l'un sur la Deuxième Avenue,l'autre à Atlantic City.
22A	Marguerite Poinson. Professeur de piano à la retraite. A conservé deux élèves.
22B	Georgina Tchermnov. Retraitée. Veuve. Habitait auparavant avec son mari au dix-neuvième étage.
22C	Studio appartenant à Helen Wald, qu'elle loue. Vit la moitié de l'année à Port Washington.
22D	Mon studio. Légué par Pinchus et Hannah Belamitz.
22E	Appartement de fonction du superintendant. Aujourd'hui, Tom Rendell.

Il y a ceux avec qui on poursuit, en silence, une conversation ininterrompue. Bonjour, au revoir, bonne journée, bonne soirée, comment allez-vous aujourd'hui, toutes ces expressions banales et formelles prennent tout leur sens et la sincérité du souhait exprimé lorsqu'elles sont adressées par celles et ceux qui, dans le regard, le geste, quelque chose d'indéfinissable, vous font exister de façon unique, singulière. La formule est dépassée par une attention, une bienveillance, un réel souci que vous recevez et renvoyez avec la même sincérité.

Certains en font trop, ou pas assez. Heureusement, ils sont rares. Nous ne supportons ni la condescendance, la fausse complicité qui ne fait qu'accentuer que vous êtes l'obligé, ni l'impolitesse. L'indifférence est tolérée.

Ce pourrait être l'expression d'une autre catégorie, les quelques autres que je nomme "les invisibles". Mais il s'agit d'autre chose. Plus complexe. Qui tient plus de leur personnalité propre que d'un comportement. En réalité, ils sont polis, mais on ne les voit pas. Ils glissent, à l'entrée, à la sortie. Je pourrais presque oublier leur visage d'un jour à l'autre. Leurs corps traversent le hall, leurs pas les conduisent vers l'ascenseur ou vers la rue, ils distribuent leurs étrennes qui ne sont ni plus ni moins généreuses que celles des autres, mais ils ont une existence à part. Comme si, chaque jour, ils fondaient, disparaissaient, pour renaître, même enveloppe corporelle, le jour d'après. Sans mémoire.

Il y avait le chat. Il fallait bien le nourrir. J'ai attendu le surlendemain pour être à la fois frappé par la pensée de l'animal resté seul et la nécessité d'aller jusqu'à Brooklyn, chez elle. Prendre la L m'obligerait à quelques détours mais je n'avais pas le choix, certaines lignes restaient inactives et les trains ne s'arrêtaient pas dans le bas ravagé de Manhattan. La ville restait folle, mais le jour d'après, la maladie s'était muée en silence et prostration. J'observais les gens, dans les rues. Comme moi, ils marchaient sans avancer, regardaient sans voir. La course de la multitude marquait une pause, morbide, poisseuse. Les seuls mouvements perceptibles étaient sonores, le crescendo decrescendo continu des hurlements des sirènes et le martèlement obsédant des pales des hélicoptères qui finissaient par résonner jusque dans nos cages thoraciques.

Par contraste, l'éclat du soleil paraissait obscène. Mais le bleu franc du ciel était brouillé d'un voile cendré, et quand on regardait vers le sud, par les trouées des avenues du côté ouest, on discernait une masse brumeuse plus épaisse, un halo souillé. On devinait un néant inédit, insupportable, la béance nouvelle d'un paysage cauchemardesque.

Nous étions au-delà des cris et des larmes. La marée de terreur qui était remontée du sud jusqu'au nord de l'île, qui avait débordé des fleuves d'est en ouest pour noyer tout New York de son écume sale et mortifère s'était retirée, nous laissant tous pétrifiés d'horreur et de chagrin.

Je me laissais malmener sur l'inconfortable banquette du métro, songeant que j'avais complètement oublié ce que j'avais fait la veille. Avais-je dormi ? Travaillé ? Mangé ? À qui avais-je parlé ? Le temps s'était arrêté dans la fureur des sirènes et des stridences des deux téléphones du standard, déchirant sans interruption la quiétude rompue du hall du 10. Je me revois, après chaque appel, reposant le combiné avec une précaution inexplicable. Je revois mes mains lissant machinalement le comptoir, mes doigts, ma peau, tout à coup hypnotisé par l'entrelacs de veines, le fouillis des lignes tissant l'épiderme. Une peau chaude, vivante. Dans la soirée de ce jour épouvantable, une main s'était posée sur la mienne, avec douceur, j'avais relevé la tête, mes yeux pesaient des tonnes. C'était Hannah Belamitz, échevelée, débraillée, elle toujours si soignée, si élégante, une vieille dame mais qui avait à cet instant le regard d'une enfant triste.

— Ça va ?

Une jeune fille, assise en face de moi de l'autre côté de la travée, me souriait gentiment.

— Je ne sais plus.

— Qu'est-ce qu'il faut faire, vous pensez ?

— Je ne sais pas.

Je baisse la tête, croise les doigts. J'ignore ce que fuit le métro mais il dévale les voies à toute allure sous l'East River, il semble au bord du déraillement. On dirait qu'il se jette un pari stupide. Quelle vitesse peut-il atteindre jusqu'à la perte d'équilibre et la dislocation ?

Je ne sais plus si c'est lui qui hurle ou si c'est moi.

Je ne suis jamais entré, seul, dans la maison d'une personne disparue. A fortiori d'une amie chérie. Je me souviens d'une intrusion obligée, à trois reprises, à Park Avenue, mais je me fondais parmi des policiers, des secouristes ou des proches éplorés à qui j'avais ouvert la porte. La tristesse était de mise, sinon réelle, mais détachée.

Ouvrir la porte rouge de sa petite maison était comme franchir le seuil d'une nouvelle réalité, dérangeante, inédite et pourtant familière. C'est indéfinissable, l'espace d'une personne qui n'est plus là. Qui n'est plus. Elle n'existe plus, pour les yeux, le toucher, les sens. Le rire et les caresses. Les bons mots. Les disputes. Mais l'espace demeure. Et curieusement, cet espace est vivant. Il témoigne d'une vie, d'une sensibilité, d'émotions, de choix. Il est mouvements, habitudes, il est déplacements quotidiens, gestes machinaux. Il est toujours au présent. Le vide remplit l'espace mais l'espace résiste, de tous les moments connus, partagés. Seul le silence est particulier. Pourquoi diffère-t-il aussi brutalement de celui qui accueille quand l'autre est en voyage, par exemple, ou au travail, mais vivant, toujours ? Nuance insupportable de l'absence définitive.

J'aurais aimé découvrir le chaos en ouvrant la porte, j'aurais voulu que l'ordonnancement impeccable des meubles, des objets, fût explosé à l'image de l'amie fracassée. Mais non, tout était rangé, propre, prêt dans l'attente de son retour. Quelques pétales étaient tombés du bouquet de roses sur la table.

Ma bouche était sèche. Dans la cuisine, un livre reposait sur le plan de travail, un roman policier de James Lee Burke d'où dépassait un marque-page. Comme un zoom, mon regard était aspiré par ces choses de la vie interrompue, des fleurs à jeter, un livre à lire, le peignoir laissé sur le dos d'une chaise, la tasse dans l'évier, où un reste de lait s'était durci en croûte blanche. J'ouvris le frigo pour prendre un peu d'eau fraîche. Je m'en voulus du nœud d'épines qui soudain obstrua ma gorge en découvrant une assiette de pâtes qu'elle avait recouverte avec soin de film alimentaire.

Idiot. Stupide sentimental. Je me fustigeais pour ne pas sombrer, me projetais dans des actions dérisoires. Il faudra emporter, jeter, ces œufs, ces pots entamés, confiture, condiments, ces fruits, me disais-je. Plus tard. Je ne voulais rien toucher, me débarrasser de rien. Aujourd'hui je garderais tout. Seulement vomir ma peine. Et ensuite ma colère. Depuis trois jours, je la sentais venir, monter, monstrueuse et dévorante.

Je cherchais le chat. Comme un automate, je me dirigeai vers le petit bureau attenant au salon. Depuis ma dernière visite, elle avait ajouté des photos sur le mur, à côté de la fenêtre. Un grand carré d'un mètre de côté qu'elle appelait son tableau d'honneurs. Tous les amis y étaient photographiés, en uniformes, ou en costumes de fête, vêtements de fonction, tenues honorifiques, déguisements. Alma était là. En girl scout, en princesse, en toge d'étudiante à la remise de son diplôme devant les portes du 10. J'étais à côté d'elle, moi aussi en uniforme. Elle était si heureuse ce jour-là. En fixant la photo, je m'aperçus, pour la première fois, que mon sourire cachait mal mon émotion. Je la voyais avec trois amies, toutes en marinières rayées, dans une barque bleue. En robe longue, dans les bras d'un cavalier d'un soir, au bal de promo. Il y avait sa mère, étudiante dans les années 1950 mais qui travaillait alors à mi-temps dans une cafétéria, délicieuse de fraîcheur et d'innocence en blouse rayée rose et blanc, tablier immaculé et minuscule toque sur la tête. Elle riait, déhanchée, plateau à hauteur d'épaule, une main sur la taille, mimant l'attitude sexy d'une starlette de publicité. Ou peut-être célébrait-elle simplement la vie, l'insouciance de ces années-là, la joie d'un avenir riche de promesses. Où était-elle aujourd'hui ? Dans sa maison de Port Washington, à jamais inconsolable. Je lui devais mes respects et mes larmes.

Où était le chat ? L'animal avait-il ressenti le cataclysme ? Éprouvait-il la perte, l'absence irrévocable ? Je suis monté à l'étage. Le soleil lançait ses rais sur chaque marche, géométrie lumineuse, parfaite, qui suivait mes pas comme un projecteur. J'eus le sentiment diffus de monter à la fois vers la lumière et de descendre dans un tombeau.

Je poussai la porte de la chambre. Le chat était là, sur le lit, posé, les yeux déjà plantés dans les miens, ils me jetaient la question à la figure comme un reproche : Où est Alma ?

Je me détournai du lit, où se dessinait au bord du drap lissé l'empreinte légère de son assise. Sur le parquet gisait une paire de mocassins, qu'elle avait sans doute délaissée juste avant son départ, ce jour-là. Dans la lumière poudrée du matin, la pièce respirait l'ordre et la sérénité. Je m'appuyai au chambranle et je fermai les yeux. Des images roulaient dans ma tête, comme des sanglots irrépressibles. Je voulais partir et je voulais rester là pour toujours.

Je sentis soudain une infime vibration de l'air, puis un mouvement caressant le long de ma cheville.

Le chat se frotte à ma jambe. Il a la familiarité et l'affection d'un chien. Je comprends que je dois le suivre. Ensemble, nous descendons l'escalier, il ne se retourne pas, il sait qu'à présent, c'est lui le maître. Dans la cuisine, qu'il hume avec circonspection, comme s'il découvrait dans l'air une odeur nouvelle, il finit par se dresser devant ses deux gamelles et il attend, contemplant le vide des récipients. Puis il se tourne vers moi, me fixe de nouveau de ses prunelles dorées. Il a faim.

Je suis retourné sur Riverside Drive quelques jours après Noël. La neige avait commencé à tomber au début de l'après-midi. On la sentait arriver depuis le matin, alors que deux jours auparavant, la température était montée jusqu'à vingt-cinq degrés, au soleil. En traversant Madison Park, j'avais aperçu des enfants s'amuser en tee-shirt et en short, crapahutant sur les équipements de jeux multicolores en poussant des cris de plaisir. Les enfants avaient été les premiers à rebondir, à retrouver les gestes insouciants du quotidien. Les jeux, l'accompagnement attentif des enseignants, l'affection des parents dont ils demandaient des marques et des preuves plus fréquemment qu'autrefois avaient peu à peu effacé les visions affreuses des cauchemars qui avaient rempli leurs nuits pendant des semaines après les attentats.

La chaleur avait été lourde, ce jour-là et le soir même, alors que s'allumaient les rues, les arbres, les magasins, des lumières des fêtes de fin d'année. La température avait si peu fraîchi que le sapin de Noël trônant dans le hall d'entrée du 10 avait semblé définitivement anachronique.

Le lendemain, on avait perdu vingt degrés, et ce matin, un ciel de plomb annonçait la chute de pluie glacée ou de flocons imminente. Si les hommes étaient devenus fous, les saisons avaient repris leur cycle normal et régulier, et je vis, soulagé, tomber la première neige de l'année vers quinze heures. J'étais seul, derrière la réception. Je m'étais assis sur un haut tabouret, mon dos me lançait des pointes douloureuses. Jimmy, un jeune doorman, était à son poste, les mains croisées dans le dos, regardant la rue. Les premiers flocons firent accélérer le pas des rares passants. Il faisait sombre, on aurait dit le crépuscule. J'eus soudain envie d'un café et allai dans le bureau me servir de la machine qu'un des copropriétaires nous avait offerte à l'automne.

Il faisait déjà nuit à la fin de mon service, quand je sortis pour aller prendre le métro. L'immobilité scellait mes lombaires, un peu de marche me ferait du bien. Je sortis à la 72e rue, au pied du Dakota, continuai le long de Central Park sur une dizaine de blocs et coupai vers l'ouest pour rejoindre Riverside Drive. En quelques heures, la neige avait composé un doux tapis qui assourdissait les sons, même sur la chaussée où elle n'avait tenu qu'en boue brune. L'air glacé rendait les illuminations encore plus vives, elles brillaient comme des lucioles, elles palpitaient dans l'obscurité. Plus j'avançais vers l'Hudson, plus il faisait froid. L'hiver arrivé, après cet automne maudit, me donnait enfin l'impression de renaître. De me laver des cendres de la tragédie.

Riverside Drive, du côté des immeubles, était pareil à celui que j'avais découvert il y a longtemps. À l'opposé, on ne distinguait pas dans la nuit les nouveaux aménagements du parc, la neige et la nuit avaient effacé les nouvelles plantations et les arrangements savants des paysagistes. Je marchais sur la neige comme sur du sable. Je rendis leur salut à quelques marcheurs qui, comme moi, profitaient de l'air du soir avec la sensation qu'il était pur et leur ferait du bien. Sensation illusoire, nous le savions tous, mais le goût de la vie revenait aussi par ces petits plaisirs simples qu'on attrapait au vol avec reconnaissance.

Je faisais rouler dans ma tête la conversation que j'avais eue, la veille, avec Salah. Depuis septembre, il m'appelait régulièrement, pour avoir de mes nouvelles. J'étais resté des années sans entendre sa voix. Nous avions repris le fil de notre conversation comme s'il ne s'était jamais brisé. Nous bavardions comme nous nous promenions autrefois. Il vivait à Paris, il enseignait le cinéma dans une école. Il réessaierait, plus tard, de faire des films. "Maintenant, ce n'est pas possible, m'avait-il dit, quand il avait, le premier, repris contact. Trop d'images, trop d'images…" J'avais entendu sa voix se briser et nous étions passés à autre chose.

Je ne savais pas si Salah reviendrait un jour à New York. Je ne savais pas moi-même si j'y resterais. Je marchais sur Riverside comme sur une frontière. Tous les pays m'étaient connus, il fallait juste que je choisisse. Le port d'attache. Ou mieux, le port d'attachement. Un lien souple, affectif sans être envahissant, solide, qu'on noue et qu'on dénoue à sa guise. Pour l'instant, je marquais de mes empreintes la neige de New York.

Après son départ, Archie n'avait pas été remplacé. Avait été engagé un concierge à mi-temps, et j'assumais, en cas de besoin, la garde derrière le comptoir, en plus de l'accueil aux portes. Ces dernières années, le léger fléchissement de la gestion de l'immeuble se poursuivait. Le *board* restait vaillant malgré l'âge avancé des membres qui le composaient mais un laisser-aller mêlé de lassitude entravait de ses fils la marche parfaite et huilée de ce qui était l'organisme vivant du 10. De nouveaux arrivants avaient changé imperceptiblement l'identité, les comportements, la manière d'être et les relations de ce qui composait cette parcelle d'humanité au sein de la mégapole. J'avais aussi la conscience intime et douloureuse qu'approchait inexorablement la fin de mon existence ici, au 10, qui sonnait, avec brutalité, comme fin d'existence tout court. Même si, de plus en plus souvent, je remontais dans mon studio exténué par une longue journée en station debout, même si mon esprit s'échappait en projets chimériques lorsque la monotonie et l'ennui de l'attente aux portes me faisaient somnoler, il m'était pour l'instant inconcevable, impossible, de me projeter dans une nouvelle dimension de lieu de vie ou de loisirs. Je savais que ma “retraite” ne serait pas commune, mais rien de plus. Cette ignorance du futur me semblait plus forte encore que celle qui me pressait le cœur d’angoisse à la fin de mon adolescence. Mais l’inquiétude d’alors était riche de propositions qui débordaient, de possibilités qui se bousculaient, qui se battaient en un conflit d’où jaillissait perpétuellement l’énergie folle d’un jeune homme prêt à toutes les aventures. Aujourd’hui, j’arrivais au bout du chemin et la route n’offrait plus autant d’orientations contrastées et de promesses qui paraissaient alors infinies. Les mystères s’étaient affadis, mes désirs émoussés. L’âge, la fatigue, les renoncements accomplissaient leur œuvre de sape insidieuse. J’avais compris que ce n’était pas tant certains de mes rêves qui étaient inaccessibles que moi, doorman, hors de portée de destins chatoyants qui n’avaient pu, à aucun moment de ma vie, être les miens. Ces épisodes de résignation me terrifiaient, je les sentais arriver comme une vague noire de dépression, j’en reconnaissais les symptômes, avant même que les prémices ne me frôlent. M’effrayaient tout autant les pointes aiguës d’éveil, de réveil devrais-je dire. Mon corps était essoufflé mais mon esprit accomplissait encore des pointes de vitesse qui m’épuisaient tout autant que si j’avais réellement couru. J’aurais tant aimé être sage. J’imaginais une sérénité protectrice comme un cercle doux au milieu duquel j’aurais enfin pu trouver le repos. Mais ma vie était faite de lignes entrecroisées, entrecoupées, brisées, d’angles aigus, une géométrie farouche qui ne pouvait rassurer le vieil homme que je devenais. Pourtant, je les connaissais bien, ces perspectives sans fin qui pouvaient s’arrêter net. Impasses ou falaises, lignes droites ou en lacets, le chemin, jusque-là, en avait toujours valu la peine. Il était trop tard pour changer, et la marche, et la façon de marcher. Je me disais, malgré tous les doutes, en dépit de tous les essoufflements, qu'un point m'attendait, quelque part, géographique, humain, une destination que je rejoindrais et avec laquelle, apaisé, je ne ferais qu'un.

La catastrophe de septembre avait, telle une déflagration, fait exploser et détruit le fragile échafaudage de mes incertitudes, qui était devenu, au fil des années, du provisoire fait pour durer. Qui me convenait, d'une certaine manière. Le cataclysme avait déclenché une sorte d'appel d'air intérieur et avait créé le vide, fait se bousculer les éléments qui restaient encore, quelques mois plus tard, en suspension, pas encore prêts à reformer une combinaison logique et harmonieuse. Était-ce cela survivre ? Flotter et attendre ? Mais quoi ? La colère se mélangeait au chagrin qui se troublait de peur, qui se chargeait de haine. Je ne m'interdisais aucun sentiment, je n'en avais pas la force. Je ne pouvais lutter contre aucune de mes violences intérieures, je cultivais mon champ de ruines intime avec rage et délectation, sur lequel je régnais, somnambule insensibilisé. Les grandes marches s'étaient écourtées, les promenades étaient davantage émaillées de pauses-café ou de stations assises dans les parcs et les jardins. Je continuais, tout de même, à imprimer mes pas sur la surface tentaculaire de cette ville restée, malgré les années, les transformations brutales et les métamorphoses inattendues, aimée.

Fin 2001 et les premiers mois de 2002, je demeurai confiné dans le quartier. J'avais perdu le goût.

J'avais oublié tous les goûts. Alors, pour passer le temps, je faisais des listes. Chaque jour, je noircissais les pages d'un bloc-notes. Listes de choses à faire – pourtant, il n'y en avait pas beaucoup –, listes de courses – je n'avais quasiment rien à acheter et me procurais toujours les mêmes denrées –, listes de livres à lire, listes de lieux où se rendre. J'inventais des besoins, des envies, je remplissais les blancs des pages, je construisais sur du papier une existence de petits riens quotidiens, qui finissait chaque jour à la poubelle pour une nouvelle naissance, le lendemain. Listes d'objets autour de moi, listes de personnes, les présentes et les disparues. Il y avait aussi l'inventaire sans queue ni tête de tout ce que j'aimais à New York. Je formais des avenues de mots, à thématiques variées, cadavres exquis qui tombaient, à leur conclusion, dans le même trou noir.

Titanicellisislandlowereastsidedailyforwardyonahschimmelpastramibagelsbrooklynbridgemanhattanbridegewilliamsburgbridgequeensborobridgegroundzero. GrandcentralparkavenueavenueABCcarnegiedeliligneABCshuttletimessquaremadisonsquareflatironbroadwaywallstreetworldtradecenter.

J'écrivais, compulsif et irraisonné. Je soupçonnais que chacun, dans cette ville, conjurait la peine et la perte, après l'anesthésie du choc, à sa façon. La mienne était ridicule, mais c'était la seule que j'avais trouvée. Au fil des mois, j'avais peu à peu ralenti le rythme. Ce n'était pas tant par manque de mots, ma réserve était inépuisable, que par la conscience de mon immaturité et de l'inutilité de ma tâche. Aussi, j'avais reporté mon attention frénétique sur les personnes qui m'entouraient, familières ou inconnues, et le réconfort en était d'autant plus grandissant, réel et partagé. Il nous avait fallu du temps, à chacun, pour faire craquer la carapace, en sortir et respirer de nouveau en être vivant. La grande majorité de la ville se redressait, encore groggy, sachant que bientôt, New York serait plus grande et plus forte que jamais. La blessure béante, en bas, était cachée des regards, déjà soignée, bientôt transformée. Une ruche industrieuse y travaillait sans cesse, jour et nuit.

Malgré la surhumaine volonté de la masse entière, comme un monstre qui se réveillerait encore désorienté d'une longue hibernation, certains restaient à la marge des rouages en marche, abasourdis et sans force. Ainsi, lorsque Pinchus Belamitz est mort, à l'automne 2002, Hannah, sa femme depuis soixante ans, me confia qu'il ne s'était jamais remis de la catastrophe. Les semaines suivant les attentats, il commença à divaguer, dans les limites de sa tête d'abord, puis à l'extérieur. Si l'on considère qu'en réalité, après le 11 septembre, il ne remit les pieds dehors qu'au mois de mars. Alors que le sémillant vieil homme arpentait le quartier chaque matinée, le pied alerte et un sourire perpétuel au coin des lèvres, en ce sombre printemps post-attaques, ses jambes de quatre-vingts ans en comptaient cent. Il négligeait sa tenue, un halo de cheveux ébouriffés surmontait ses yeux éteints. Il était fréquent de le retrouver devant la porte de l'immeuble, à l'arrêt, humant le ciel, regardant, perdu, le flot des voitures, j'y vais, j'y vais pas, se demandant où il était, où il allait, et pourquoi. Hannah le rejoignait, elle courait presque, lui nouait une écharpe, ou lui posait un chapeau sur la tête, les jours de grand soleil. Elle l'embrassait ou effleurait sa joue d'une caresse, puis l'entraînait, son bras glissé sous le sien, qui pendait contre un corps qui se recroquevillait chaque jour davantage. Ils s'éloignaient à petits pas. Ils n'avaient qu'une douzaine d'années de plus que moi, et à nos âges, la différence n'était plus si visible, mais je les attendais toujours, je les guettais comme des enfants. Je n'activais plus pour eux la porte à tambour qui faisait sursauter Pinchus. J'ouvrais la porte de côté, que je tenais jusqu'à ce qu'ils soient passés. J'avais le temps d'atteindre l'ascenseur et de l'appeler, ou d'ouvrir la porte de la cabine, avant même qu'ils fussent arrivés devant.

Au début de l'été, alors que je goûtais l'air doux et sucré de juin, Pinchus était sorti derrière moi, s'était arrêté à mes côtés sous l'auvent, et de but en blanc m'avait déclaré, sans me regarder :

— Je vais mourir et j'en suis content, si vous saviez ! Mais je ne peux imaginer que le monde me survive. C'est idiot n'est-ce pas ? Et quelle prétention ! Comment le monde peut-il exister sans Pinchus Belamitz ? – Il eut un bref éclat de rire, comme un jappement. – Et pourtant, je n'arrive pas à m'ôter cette idée de la tête. Je suis vraiment un sale type égoïste car voyez-vous, mon cher Ray… – Il se tourna vers moi. – Mon Dieu, ça fait longtemps qu'on se connaît tous les deux, n'est-ce pas ?

— Oui, monsieur Belamitz.

— Décidément, vous ne m'appellerez jamais Pinchus.

— Impossible.

— De mon vivant ! Mais j'espère que lorsque je ne serai plus là et que vous parlerez de moi avec

Hannah, vous direz Pinchus. Ah, voilà ce que je voulais dire, dit-il, comme s'il rassemblait ses idées. Je vais mourir bientôt et au moins me sera épargné le chagrin de perdre mon Hannah. C'est monstrueusement égoïste, n'est-ce pas ?

Je ne savais quoi répondre.

— Qu'en pensez-vous ?

— Je pense que… Je comprends la douleur de la perte, et je comprends aussi qu'on puisse être heureux de l'éviter.

— Mais ce n'est pas glorieux.

— Nous ne sommes que des hommes, monsieur Belamitz.

— Je n'ai même pas la foi pour me consoler. Et son chagrin, à elle ? Cela m'est insupportable aussi. Je suis vraiment…

Il avait bredouillé en agitant la main en signe de dénégation et comme s'il voulait s'effacer luimême. Il s'était éloigné, à petits pas lents, continuant à parler tout seul, à maugréer, à remplir le silence qui s'était emparé de son âme.

Je m'étais rendu plusieurs fois à Ellis Island. Ma première visite, au début des années 1990, à l'ouverture du musée, s'était arrêtée au grand hall d'accueil, d'arrivée, de tri, d'enregistrement, je ne savais comment le nommer. Si l'on songeait au symbole qu'elle représentait, la porte d'entrée d'un nouveau pays, d'une nouvelle vie, et du nombre d'émigrants qui étaient restés là, des jours entiers, à attendre le sésame qui scellerait la fin de l'exode et le départ vers un autre destin, cette vaste salle était finalement de taille modeste. Le train de valises, malles, panières, savamment élaboré sur l'un des côtés, entre le mur et les colonnes, témoins usés, éraflés, abîmés de parcours tumultueux, abandonnés là comme ceux qui avaient laissé leur passé européen sans lendemain, pour tenter de franchir la porte d'or de l'Amérique, tranchait avec la propreté immaculée de la salle, fraîchement rénovée. Les murs étaient étincelants, le sol verni, les deux drapeaux qui pendaient de part et d'autre de la galerie vifs de toutes leurs couleurs et sans un pli. J'avais vu de vieilles photos de la même salle bondée, partagée, divisée, organisée pour recevoir et trier les milliers d'âmes pleines d'un espoir fou. Les images noir et blanc étaient fixes, abstraites, mais on y devinait l'attente, la panique, on entendait le brouhaha des langues multiples, les appels du personnel chargé des enregistrements, les ordres des policiers, les pleurs des enfants. On y sentait la crasse, la peur. Les murs étaient les mêmes mais je ne les reconnaissais pas dans cet espace amnésique et rutilant.

Je m'étais assis sur l'un des longs vieux bancs en bois. J'avais regardé d'autres visiteurs entrer, des touristes, curieux, insouciants. Ils avaient dans leur sac à dos leur passeport tamponné, leurs dollars bien pliés, leurs cartes bancaires. Ils n'étaient pas courbés sous le poids des valises, des enfants à porter, de l'angoisse du lendemain, de la peur de se faire refouler et de devoir repartir par le premier bateau. Mes yeux coururent le long de la galerie qui surplombait la salle. De là, on devait guetter, surveiller. Il n'y avait personne. L'endroit était comme une cathédrale qui résonnait de voix basses et de bruits de pas. La mémoire du lieu imposait gravité et respect. Un groupe de collégiens, comme un envol d'oiseaux, avait soudain troublé de leurs rires le silence factice.

J'étais resté un long moment sur le banc, seul. Je tentais de me faire observateur du passé et du présent d'un lieu qui avait été de souffrances et de promesses. J'étais acteur aussi. Moi aussi, j'étais un immigrant. Je n'avais pu bouger de mon banc et j'avais décidé que finalement, je visiterais le musée une autre fois. Il me semblait que les témoignages invisibles étaient plus forts que les objets, les papiers administratifs, les photos que je découvrirais lors de ma visite suivante, quelques années plus tard.

Je quittai la salle d'enregistrement pour me retrouver dehors. Des groupes avançaient çà et là, faisant crisser le gravier. Des touristes prenaient des photos de la statue de la Liberté. Tout était trop propre, trop organisé. Trop américain, dans un ordonnancement géométrique, une vision puritaine et une discipline toute militaire. Je m'écartai des visiteurs pour me diriger vers l'un des quais. Pas celui où notre bateau, parti de Battery Park, avait accosté. Mais l'un d'entre eux, abandonné, au long duquel s'étaient rangés, après l'épuisante traversée, les navires de toutes sortes et de tous pavillons dès la fin du XIXe siècle. D'où ils étaient repartis aussi, emportant leur lot d'inconsolables qui s'étaient vus refusés et séparés à jamais de leur famille. Je marchais sur une herbe rare, déjà jaunie alors que l'été venait juste de déployer ses premières chaleurs. L'endroit, désolé, me plut. Il était plus proche de l'idée que je me faisais des difficultés et du tragique d'un exil. L'eau sombre montait et descendait en roulis régulier dans le bassin d'accostage, recouvrait puis laissait à vue les parois de béton noires de vase et d'algues pourries. L'odeur était forte, d'iode et de fuel mêlés. Je m'assis au bord, les jambes pendant dans le vide, au-dessus du mouvement de l'eau. Cette eau noire à l'odeur nauséabonde, c'était ça l'exode. Un départ, une fuite, des bagages faits à la va-vite, et on ne prend que l'essentiel, un bateau surchargé, des odeurs de vomi, de mauvaise sueur, celle de la peur. Peur d'être rejeté à l'arrivée, peur de mourir. L'angoisse avait la couleur de ce rectangle sombre et liquide qui semblait sans fond, qui montait, descendait, remontait. C'était hypnotique. J'entendis soudain qu'on me hélait. À une dizaine de mètres derrière moi, un garde me faisait vigoureusement signe de ne pas rester là.

Mes deux autres visites furent plus détachées. Je fis le touriste, circulant dans les salles, regardant derrière les vitrines les bulletins des traversées, les précieux billets pour le voyage, les passeports, de toutes nationalités, les listes de noms, de dates, les vêtements, les objets du quotidien. Je traversai les petites cellules réservées aux visites médicales. Certains instruments exposés là dans leur immobilité de métal ressemblaient à des instruments de torture. Ces pièces étaient carrelées, glaciales. Je ne m'y attardai pas. Je regardais les photos jaunies d'un autre temps, d'autres pays, d'autres mœurs, celles qu'on avait emportées, serrées précieusement entre les vêtements chauds, pour ne pas oublier, malgré tout. Chaque fois, je retournai sur le quai désert. La troisième fois, il me parut avoir rétréci.

La dernière visite que je fis, l'été 2002, ressembla à la première. Je restai un long moment dans la salle, assis sur le même banc. Dix ans avaient passé. Les murs n'avaient pris aucune patine, tout était neuf. C'est nous qui avions changé. J'avais changé. Je n'allai pas voir le quai abandonné. Je ne pouvais plus charger ce décor d'aujourd'hui des images que mon imagination me distribuait à l'envi, comme on effeuille un livre de photos. Des vues nostalgiques qui étaient finalement réconfortantes, inoffensives. Celles du présent étaient autrement plus meurtries. Planté au bord de l'eau, je l'avais devant moi, la blessure, la vue de New York amputée. Je ne savais même plus les situer. Où étaient-elles exactement, ces satanées tours, que tout le monde avait détestées au moment de leur construction et qui étaient devenues, détruites, disparues, le symbole sacré de la ville et de ses martyrs ? De mon poste d'observation, je vis que leur absence n'avait créé aucun déséquilibre, la base granitique avait tremblé mais elle n'avait pas chaviré. Huit millions de vies s'agitaient toujours sur ce socle immuable. Je ne pouvais m'arracher du panorama. Malgré le vide, il m'était si familier. Je replaçai approximativement la silhouette des deux fantômes, les fit monter jusqu'au ciel. Le vent avait franchi le Verazzano et une fraîcheur bienfaisante montait des vagues légères. Je frissonnai. J'eus l'infime impression que je disais adieu à New York.

Les portes se sont refermées une dernière fois sur Hannah Belamitz. Je la croyais immortelle. Comme, d'une certaine manière, ma présence au 10. Tant qu'elle était là, je serais là aussi, fidèle au poste. C'était elle qui m'avait ouvert les portes du 10, elle m'avait donné un emploi, offert un toit. Les portes du 10 étaient aussi les portes de New York. Je poussais le battant mais c'était elle, la véritable gardienne.

Je n'imaginais pas que ce fût si rapide. Deux mois après la mort de son mari, alors qu'elle était restée vaillante, même si la tristesse voilait quelquefois ses yeux toujours attentifs, chaleureux et enfantins, elle avait décidé de s'effacer, avec grâce et silence. Nous ne l'avions pas vue pendant deux jours, accoutumés à ses sorties épisodiques et à la livraison hebdomadaire de ses courses par une jeune fille qui lui apportait tous les samedis sa maigre réserve de la semaine, de l'eau, des fruits, des céréales, des yaourts et du miel. Elle ne mangeait plus beaucoup, m'avait-elle dit, mais juste pour se faire plaisir. Ce qu'elle voulait et quand elle le souhaitait. Il n'était plus nécessaire de faire la cuisine, un grand soulagement, avait-elle avoué. De temps en temps, elle allait manger une soupe aux *matzo-balls* chez

Sarge et je suis sûr que c'était le seul repas chaud qu'elle s'autorisait.

Ce mardi matin, je devisais avec le nouveau superintendant, pour un problème d'inondation au quatrième étage, quand un employé du fleuriste de la 40e rue était entré et avait déposé deux roses rouges enveloppées de cellophane sur le comptoir, masquées par une longue enveloppe crème avec mon nom écrit dessus. Intrigué, je donnai un dollar au livreur et détachai l'enveloppe, que je déchirai.

“Cher Ray, vivez bien, mon cher ami, votre route est encore longue, pleine de beauté et de surprises. N'en attendez pas toujours de nouvelles. Je vous souhaite le bonheur de retrouver bientôt un Ray en paix. Quant à moi, je m'arrête ici. Pensez à moi quelquefois. Je continuerai à veiller sur vous comme vous avez toujours veillé sur moi. Je le sais. Hannah.”

Suivaient en post-scriptum des considérations pratiques que je compris avant même de les lire, mieux que les phrases qu'elle m'avait destinées. J'entraînai le superintendant interloqué dans son bureau, ouvris le placard où nous gardions un exemplaire de chaque clé des appartements et pris celle d'Hannah Belamitz. Tandis que nous comptions les étages en silence dans une montée interminable, je serrai la clé de toutes mes forces dans mon poing, pour me blesser, m'écorcher, pour faire sortir un cri qui ne venait pas. Arrivé au dixième étage, je courus sur la moquette du corridor vers la porte des Belamitz avec l'étrange sensation que c'était à reculons.

Elle était là, dans son fauteuil, la tête tournée vers la fenêtre, qu'elle avait laissée entrouverte, alors que nous étions déjà en novembre. Je songeais soudain à la pathétique précaution d'avoir voulu laisser la pièce aérée. Je la reconnaissais sans la reconnaître. La grâce de son cou, sa main posée sur la couverture dans laquelle elle s'était emmitouflée. Et je voyais aussi une petite vieille inconnue, fragile comme un insecte, l'enveloppe sèche d'une vie qui n'était pas seulement la sienne mais la chrysalide abandonnée de toutes les vies qui l'avaient précédée, tous les voyages par-delà les générations qui avaient emmené cette femme magnifique jusqu'ici, à New York, dans cet appartement feutré et paisible du 10 Park Avenue. Elle avait décidé de son dernier voyage comme elle avait toujours décidé de tout. Elle se confiait à moi une dernière fois. J'allai chercher un drap dans la chambre et je la recouvris, tandis que Michael appelait les secours et un numéro qu'elle avait laissé, sans doute celui de sa petite-nièce Esther que j'avais croisée plusieurs fois. Tout alla très vite, ou bien est-ce moi qui eus l'impression de rester sur place alors qu'on s'agitait autour de moi. J'attendis qu'on la mît sur une civière. Puis je remontai rapidement dans mon studio pour chercher mes gants blancs.

Je rejoignis le hall vide. La lumière avait-elle baissé ? Le sol à damier s'était-il terni ? J'entendis les portes de l'ascenseur de service s'ouvrir, les roues de la civière heurter le sol. Deux policiers ouvraient le cortège. Des secouristes encadraient la civière, Michael, la mine désolée, fermait la marche. J'avais ouvert les deux battants de la porte et, ma main gantée sur la poignée, je laissai sortir devant moi, pour un dernier passage, celle qui avait été ma bienfaitrice. Je restai raide et stoïque, j'étais le doorman.

Le petit groupe rejoignit l'ambulance, j'avais suivi, un peu à la traîne, immobile devant les portes, sous l'auvent. Puis les policiers regagnèrent leur voiture, la civière disparut et les deux secouristes, après un signe de la main dans ma direction, montèrent dans l'ambulance qui s'ébranla, sans sirène, vers le sud. Je ne la quittai pas des yeux, m'avançai jusqu'au bord du trottoir. Je sentis une présence derrière moi.

— Je ne la connaissais pas bien mais c'était une dame chic.

— C'était une dame, tout court.

Michael m'entoura de son bras.

— Rentrons.

Je rêvai de ma mère cette nuit-là. Cela ne m'était pas arrivé depuis des années. Nous étions à Oran, sous la pergola, dans le jardin de la maison de ma grand-mère, et elle me tendait une orange. J'étais le vieil homme que j'étais devenu et elle était restée dans l'âge éternel que ma mémoire avait conservé d'elle, au moment de mon départ, en 1962. J'étais donc plus âgé qu'elle. Elle me parlait, mais je ne comprenais pas ses paroles. J'avais froid, dans mon rêve. Le crépuscule, à Oran, faisait monter de la mer une humidité insidieuse qui, même l'été, au moment des grosses chaleurs ou lorsque le sirocco nous soufflait son air brûlant au visage, n'était pas bienvenue. Je n'arrivais pas à saisir l'orange que ma mère m'offrait. J'essayais en vain de tendre le bras, j'étais paralysé. Ma mère se détourna, se mit à marcher au milieu des arums, qu'elle piétina ostensiblement. Je dus la suivre, puisque j'étais toujours proche d'elle, je voyais ses clavicules saillir de sa blouse bleue, le léger duvet sur sa nuque.

Et pourtant, j'avais l'impression que je ne marchais pas, je me sentais de pierre. Soudain, nous étions près du poulailler. Les cages étaient vides, celles des lapins aussi. Du gravier blanc aveuglant recouvrait le sol, comme de gros cristaux de neige. Ces cages ressemblaient à des cellules. Ma mère ouvrit la porte grillagée de l'une d'entre elles. Celle-ci était basse, elle devait mesurer une cinquantaine de centimètres de hauteur et pourtant j'entrai de toute ma stature. Je tentai d'avancer, difficilement. Sous mes pieds nus, les petits cailloux étaient coupants. Je marchai comme un enfant qui fait ses premiers pas. Je sentis une impuissance insupportable saisir mes jambes, mon corps tout entier, et instantanément une peine infinie me labourer le ventre. J'étais seul. Ma mère avait disparu. À la seconde où je sortis brusquement du sommeil, essoufflé, en nage, la gorge douloureuse, un voile passa devant mes yeux et je vis le visage de mon père.

Le sable est froid. J'y enfonce mes pieds nus et j'observe les grains bruns couler entre mes orteils. J'ai vingt ans, j'ai cent ans. Mes pieds n'ont pas d'âge. Ma peau reconnaît des empreintes disparues, des traces enfouies. La plage est déserte. La mer se déroule en rouleaux gris argent, couleur de mercure. Un soleil blanc fait briller des éclats de mica. Malgré mon manteau, je frissonne. Il ne fait pas chaud à Oran, en février. La plage des Andalouses est inchangée. Peut-être les arbres, sur la corniche, sont-ils plus fournis. On voit des détritus, au pied des dunes douces, où des buissons enchevêtrent leurs branches frêles dans un fouillis de végétation, de papiers souillés et de canettes. La montagne est toujours aussi majestueuse, brutale. Elle plonge, orgueilleuse et libre, dans la mer. Les années, les guerres n'ont aucun effet sur son aplomb imparable. Je suis assis sur le sable, mes bras croisés sur mes jambes repliées. Comme lorsque je regardais les filles marcher au bord de l'eau, minaudant, se tenant par la taille, en maillot deux pièces qui tendaient leur ventre plat et bronzé et leurs seins, ronds à croquer. Comme lorsque j'attendais, entre deux gorgées de citronnade bien fraîche, préparée par ma mère, que les amis m'appellent pour jouer au volley, faire les fous dans l'eau, plonger dans la mer comme on plongeait dans la vie, les yeux grands ouverts et le sourire aux lèvres. Une de mes jambes me fait mal, je l'étends, me frotte le genou. Dans quinze jours, j'aurai soixante-dix ans. Le corps vieilli se souvient de sa jeunesse, les temps se frottent, se télescopent, c'est à la fois douloureux et étrangement réconfortant. Un petit bateau de pêche passe au large du cap. Je pense aux sardines grillées que j'ai mangées hier à la Marine, à pleins doigts. Le patron, heureux d'accueillir un unique client, sous la tonnelle tressée de vigne sèche, m'a resservi de pageots argentés et de crevettes, et a trinqué avec moi à l'amitié. Nous avons levé nos verres à eau remplis à ras bord de ce lourd vin de Mascara dont j'avais oublié la saveur épicée, le goût râpeux sur la langue. Il m'a demandé d'où je venais. Quand j'ai répondu New York, il a écarquillé les yeux. Quand je lui ai dit que j'étais né ici, il est allé chercher une autre bouteille, qu'il a ouverte et s'est assis à ma table. Nous avons bavardé jusque tard dans la nuit. Merine avait une quarantaine d'années. Il me parlait de l'Algérie avec une nostalgie de vieil homme.

— Tu es chez toi, me disait-il. Il faut rester. Il faut que tu reviennes.

La course vers l'Indépendance avait été indispensable, inexorable. Mais ses parents lui avaient raconté un Oran du vivre ensemble, bon gré mal gré, où les plus modestes, toutes origines confondues, vivaient en bonne entente. Je reconnaissais les visions de ma mère, de ma grand-mère. Mes jeux avec mes amis arabes, quand on tapait dans le ballon, dans la rue, et que la seule différence entre nous était la couleur de nos maillots.

J'étais arrivé une semaine auparavant. La ville n'avait pas fondamentalement changé. Elle était restée figée dans les années 1950, 1960, et offrait toujours ce mélange magnifique d'héritage maure, espagnol et colonial français. Les rues avaient changé de nom, adoptant ceux des héros de l'Indépendance, mais tous les passants à qui j'avais demandé mon chemin, même les plus jeunes, connaissaient les noms français d'avant la guerre. Le boulevard Maréchal-Joffre, d'où ma mère avait été emmenée, était devenu le boulevard Maata Mohamed El Habib, la rue de la Bastille, où j'avais habité brièvement, la rue des Aurès. L'avenue des Palmiers avait gardé son nom et son horizon, le vide au-dessus de la falaise, était resté le même. J'avais été surpris de la peinture blanche ceignant les troncs des palmiers. Le négligé des rues, le délabré des immeubles ne faisaient qu'accentuer la marque du temps et le charme ravagé n'en était que plus émouvant. Je me brûlai la langue en dévorant une part de *calentica* sur une épaisse tranche de pain blanc. La douce et tenace saveur de pois chiche saisissait et remplissait ma bouche, même après avoir avalé les bouchées. Les vendeurs ambulants de cacahuètes avaient disparu. Je trouvai un petit kiosque près de la rue d'Arzew, d'où je repartis, un cornet rempli dans les mains, vers le boulevard du Front-de-Mer. Assis sur un banc, je fis comme les autres, parsemant le trottoir des coques de cacahuètes. Le port était identique, les docks, les quais, les bâtiments. Il était presque vide, tranquille. J'avais du mal à le revoir grouillant de l'effervescence inquiète et de la panique affolée des départs vers la métropole, en août 1961.

La veille, j'étais allé au cimetière, sur la tombe de ma grand-mère, plus par curiosité que par piété. Le ciel, d'un bleu dur, se découpait derrière les hauts cyprès presque noirs. La réverbération du soleil, sur le large chemin de terre, sur les vieilles dalles de pierre blonde et les tombes de marbre blanc était aveuglante. Il n'y avait personne dans la petite maison qui faisait office de bureau d'accueil. Le cimetière était désert. Je ne me souvenais pas de l'emplacement du caveau. J'ai erré un moment dans les allées. Les herbes folles avaient envahi les passages entre les tombes, des fleurs des champs avaient poussé autour des dalles, je marchais dans un jardin sauvage, paisible, qui n'avait rien de morbide ni de solennel. J'aperçus un homme qui remontait d'une allée, poussant une brouette vide. Je l'appelai, me dirigeai vers lui. Il était petit et sec. Il portait une salopette grise sur un pull aux manches effilochées. Il devait avoir mon âge. Il avait une vieille casquette de laine sur la tête mais malgré la visière, il mit la main au-dessus de ses yeux pour se protéger doublement du soleil. Ou de moi. Je lui demandai, avec un peu plus de politesse que nécessaire, pour le rassurer aussi, s'il pouvait me renseigner. Quand je lui précisai qu'il s'agissait de la tombe de ma grand-mère, il mit la main sur son cœur, la posa sur mon avant-bras et me dit :

— Venez, on va chercher dans les registres.

Nous retournâmes à l'entrée. L'unique pièce du petit pavillon était glaciale. Murs blanchis à la chaux, tomettes ébréchées au sol. Une table en bois, une chaise. Il ouvrit les portes d'une haute armoire en chêne, qui aurait eu davantage sa place dans une chambre à coucher, et je ne le vis plus pendant un moment, caché par le large panneau de bois. Je l'entendis pousser un soupir de satisfaction et il réapparut, tenant à la main un vieux cahier recouvert d'une toile noire, à la tranche déchirée, le registre des enterrements de l'année 1953. Il m'offrit la chaise, que je refusai. Il ouvrit le cahier sur la table et nous nous penchâmes tous les deux sur les entrées du mois de septembre. L'écriture, sur les grandes feuilles de papier quadrillé, était celle que nous apprenions à l'école. Pleins, déliés, lettres rondes et bien formées, tracées au porte-plume. Les colonnes donnaient nom, prénoms, date du décès et emplacement de la tombe, carré, rang, chemin, lot. Je trouvai le premier. Il sortit de sa poche de poitrine un petit bloc-notes écorné et écrivit les références au stylo-bille, avec lenteur, d'une écriture malhabile. Il déchira la feuille et me la tendit. Après une seconde d'hésitation, il me dit :

— Je vais te montrer.

Il ferma le registre, le remit à sa place, referma soigneusement les portes de l'armoire. En sortant, nous fûmes aveuglés par le soleil. À l'unisson, nous mîmes notre main en visière. Il n'y avait aucune indication, aucun panneau, mais il savait où il allait.

On faillit manquer la tombe. La simple dalle disparaissait dans les mauvaises herbes. Une plaque de boue séchée masquait en partie les inscriptions gravées. Une branche de la croix que ma tante avait décidé seule d'apposer, contrairement au souhait de ma grand-mère, était brisée. Le gardien eut un mouvement d'humeur devant ce lieu délaissé et pathétique et me dit brusquement d'un air désolé :

— Je vais nettoyer. Reviens cet après-midi.

Je mis du temps à le convaincre que ce n'était pas nécessaire. Il répondit en s'excusant. Avec la main, je dispersai la boue. J'arrachai quelques herbes pour dégager la tombe. Il m'aida, il s'affaira plus que nécessaire. Il était contrarié. Je le rassurai en lui disant que ce n'était pas grave, et qu'il y avait si longtemps. Il me répondit :

— La famille, c'est sacré. Nous devons respect et amour à nos anciens.

Il détachait avec vigueur des poignées d'herbe quand il trouva un morceau de pierre blanche, salie, comme un petit carré de savon.

— Regarde, on l'a retrouvé, me dit-il, en me tendant, très content de lui, le morceau de croix, tombé Dieu sait quand et resté enfoui dans la terre. On peut la recoller si tu veux ?

Je pris la pierre, elle était étrangement chaude. Je la soupesai. J'étais tout à coup indécis.

— Non, pas la peine, lui dis-je finalement. C'est bien comme ça maintenant, merci.

Inconsciemment, je m'étais posté devant l'extrémité de la tombe, comme si j'adoptais une posture de recueillement. Je réalisai mon mouvement quand il me dit :

— De rien. C'est mon plaisir. Je te laisse maintenant.

Il rassembla le plus d'herbe possible que nous avions ramassée et il s'éclipsa discrètement. Je le suivis un moment des yeux. Il marchait dans l'allée, à présent ombragée. Alors qu'il allait disparaître derrière une rangée de tombeaux, je le vis balancer les herbes au milieu des sépultures.

Je restai là un moment. Je n'avais jamais su quoi faire, devant une tombe. Je ne connaissais aucune prière. Mon esprit était vide. J'essayais de me remémorer le visage de ma grand-mère et je ne voyais que ma mère. Après quelques instants, dont la durée me parut décente pour un recueillement improvisé, je décidai de partir. J'avais toujours le morceau de croix dans ma main. Je le posai soigneusement sur la dalle, comme un petit caillou de mémoire.

Le temps s'était comme arrêté, depuis que j'étais là. Malgré les variations du ciel, j'avais l'impression de vivre le même jour, démesuré, avec les quelques interruptions de la nuit. Je dormais d'un sommeil lourd, sans rêves et je me réveillais quelques secondes avant l'appel du muezzin, sa plainte sublime qui se déroulait en volutes sous les dernières étoiles de l'aube. Le chant m'ensorcelait chaque fois. Je me rendormais une heure ou deux et je quittais mon lit d'un bond. Tous les matins, le rituel s'était instauré de lui-même. J'ouvrais les volets, et je restais accoudé à la fenêtre, regardais le spectacle de la rue, déjà bien animée même à l'heure matinale. Mes yeux tombaient, tous les jours, sur la devanture de la boutique d'en face, Bazar de la Facilité, ça s'appelait, et je me disais : Voilà, la vie finalement, ce devrait être ça, un “bazar de la facilité”. Puis après une toilette rapide, je sortais, j'avais hâte de retrouver les rues, les grands boulevards, ces trottoirs où j'avais appris à marcher, entre mes parents dont je tenais les mains de toutes mes forces. Je ne m'étais préparé aucun parcours précis, balisé. J'y avais songé, à mon arrivée à l'aéroport de la Senia, après que l'employé de la police des frontières, à la lecture de mon lieu de naissance sur mon passeport américain, m'eut déclaré, avec un grand sourire jovial, "Bienvenue à la maison, Raymond !" Mais il y avait trop de lieux, trop de souvenirs, trop d'odeurs, de couleurs. Trop de nouvelles informations aussi, à enregistrer. Finalement, je laissais mes pas me conduire où ils voulaient. Ils ordonnaient, ils décidaient. Ils l'avaient toujours fait, sur tous les chemins de ma vie.

De mon hôtel, quand je descendais vers le centre-ville, je passais devant la façade noircie et craquelée du Rex, une des grandes salles de cinéma de la ville. Le Rex était fermé, scellé. Il semblait mort depuis quarante ans. Je passais devant des boutiques aux noms désuets, "La Mariée traditionnelle", "Coiffure à l'oranaise". J'avais oublié les devantures mais la calligraphie et le style me renvoyaient aux années de mon adolescence. Je passais devant la grande synagogue, fermée elle aussi. Près des tours, accroché aux vitres brisées, un lambeau de plastique flottait au vent. Je parcourais l'ancienne rue de la Bastille dans les odeurs de poissons, de fruits et d'épices. Le marché avait lieu tous les jours. Les vendeurs étaient presque tous des hommes, les femmes, en majorité, faisaient les courses. La plupart portaient des foulards colorés sur la tête, les plus âgées dissimulaient leurs cheveux dans des voiles plus austères. Je n'attirais pas l'attention. Avec ma peau mate, je pouvais passer pour un Algérien. J'achetai deux oranges à un étal. Le marchand, un jeune homme en survêtement, petit anneau à l'oreille, en ajouta une troisième dans le sac en papier. Il n'y avait plus de numéros aux murs des immeubles bas de la rue qui montait vers la cathédrale, et je ne retrouvai plus ma maison. Peut-être avait-elle été détruite pendant la guerre, et reconstruite. Je me souvins qu'il existait une entrée par l'autre rue, la rue Alsace-Lorraine. Je fis le tour et la pris, en redescendant. La porte jouxtait le passage qui menait au cinéma Empire, je la revis, vaguement. Mais elle n'était plus là. Ni l'Empire. Je reconnaissais pourtant certains édifices, même défigurés. Le temps avait ajouté d'autres peaux sur les façades lépreuses mais la beauté de la ville était intacte. La chaussée de la rue d'Austerlitz, dans le vieux quartier juif, n'avait plus de bitume. Certaines maisons étaient en ruine, d'autres, rafistolées, en équilibre précaire. On y habitait pourtant, je le voyais à un rideau, du linge pendu, un oiseau dans une cage à l'embrasure d'une fenêtre. Des pans entiers de la ville devaient être insalubres mais on y vivait et la ville continuait de croître et de s'étendre. Quand je l'avais survolée avant l'atterrissage, la gorge nouée, elle était plus grande que dans mon souvenir. Depuis ce seul instant d'émotion, je n'avais éprouvé ni peine ni nostalgie. Au contraire, une joie légère, comme enfantine, avait pris possession de tout mon être. Je découvrais sans découvrir et je m'émerveillais de tout. Je n'avais pas oublié le passé, il était là, comme un fait. Mais sans lourdeur. Je n'étais pas tiré en arrière ni par les souvenirs heureux et enfuis, ni par les drames et les disparitions. Ma mère, mon père m'accompagnaient comme jamais ils n'avaient été présents et vivants, toutes ces années. Renouer avec le passé, pour moi, c'était remplir les vides. Je le faisais enfin, ici, à Oran.

New York m'avait paru loin, ces derniers jours. Je m'avouais que la force de l'émotion des retrouvailles avec ma ville natale avait été plus grande que je ne le pensais, que je ne l'avais exprimée et que je ne l'avais ressentie, consciemment. J'éprouvais soudain comme un trop-plein d'existence. À New York, j'étais chez moi. Ici, c'était chez moi. New York m'appartenait mais j'appartenais à cette terre d'Afrique, j'étais son enfant. La dualité de cette prise de conscience, au lieu d'imprimer le doute, ne fit que redoubler ma sensation de force, de conscience aiguë de ma vie. Un vieux Pied-noir, Américain, marchait dans les rues d'Oran d'un pas de jeune homme, et c'était moi.

Je regardais la mer. En face, il y avait les côtes espagnoles, l'Andalousie, d'où était venu, en barque, le père de ma mère. Plus loin, vers l'est, il y avait la France, Marseille. Et encore plus loin, l'Amérique, New York. Assis sur le sable, je contemplais l'image devant moi. Je ne m'en rassasiais pas. J'aurais voulu être un dieu pour la dévorer, puis la désintégrer pour réunir ses faisceaux brisés et devenir moi-même l'image. J'avais l'impression que je pouvais rester sur cette plage pour toujours. Houleuse, la Méditerranée se soulevait dans des reflets couleur d'Atlantique. Comme par magie, la grève semblait avaler les vagues, les étirer en un tissage liquide pour les réduire à une dentelle écumeuse qui fondait, et finissait par disparaître. J'éprouvai un léger tournis et me levai. Non loin de moi, un homme s'était aussi installé sur le sable. C'était un beau vieillard, aux cheveux gris. Il était vêtu de noir et se tenait droit. Je m'approchai de lui, comme attiré par cette immobilité de statue, sans comprendre pourquoi.

J'avais l'impression de le connaître. Je le voyais de profil, son visage respirait la sérénité. Il plissait les yeux en scrutant l'horizon mais j'étais maintenant près de lui et je savais, par une légère contraction de sa nuque, qu'il avait pris conscience de ma présence et de mon regard. Il leva lentement la tête vers moi. Ses yeux étaient dorés. Je tentai un bonjour qui ne franchit pas mes lèvres. Seul le bruit des vagues faisait le lien de notre conversation muette. Il se mit debout avec une rapidité qui me surprit. Tout en se tournant de nouveau vers la mer, il fouilla dans sa poche, en sortit un paquet de cigarettes et une petite boîte d'allumettes. Il alluma une cigarette et aspira goulûment la première bouffée. Puis lentement, sans me regarder, il me tendit le paquet. Je n'avais jamais fumé. Je pris une cigarette, craquai une allumette. Je fis comme lui. Un goût insolite remplit ma bouche, la fumée saisit mes yeux. Je le vis malgré tout hocher la tête, reculer de quelques pas tout en me regardant. Puis il se détourna et s'éloigna en longeant le bord de l'eau, ses mocassins à la main. Je pris une autre bouffée et soufflai la fumée vers le ciel. Je me sentais bien. Je m'assis à la place exacte que l'homme avait quittée, là où le sable s'était doucement tassé. Encore, je fixais l'horizon. L'image n'avait pas bougé. Elle semblait immuable. Moi, je fumais ma première cigarette sur cette plage des Andalouses. Seul. Avec la mer.

OUVRAGE RÉALISÉ
PAR L'ATELIER GRAPHIQUE ACTES SUD
ACHEVÉ D'IMPRIMER
SUR ROTO-PAGE
EN OCTOBRE 2020
PAR L'IMPRIMERIE FLOCH
À MAYENNE
POUR LE COMPTE DES ÉDITIONS
ACTES SUD
LE MÉJAN
PLACE NINA-BERBEROVA
13200 ARLES

DÉPÔT LÉGAL
1re ÉDITION : FÉVRIER 2021

N° impr. : 97119

(Imprimé en France)